千里江山图

孙甘露 著

上海文艺出版社
Shanghai Literature & Art Publishing House

一九三三年
农历新年前后

目 录

1	骰 子
14	龙 华
19	陶小姐
31	玄武湖
44	身 份
52	老 方
69	赛马票
78	照 片
88	诊 所
100	租 客
110	远方来信
123	旋转门
135	除 夕
145	暗 语
157	银 行
168	皮 箱
177	茂昌煤号

187	二月
195	兴昌药号
208	趟栊门
229	添男茶楼
240	茄力克
249	后台
259	角里
269	贵生轮
280	公和祥码头
290	小桃源
306	染坊晒场
316	扬州师傅
326	墓地
335	牛奶棚
344	北站
356	鱼生粥
366	黄浦江
378	一封没有署名的信
380	附录　材料一
385	材料二

骰 子

腊月十五，离除夕也就十来天。

大约九点三十五分，卫达夫走到浙江大戏院门前，对面就是四马路菜场。

工部局允许车主在浙江路这一段停放车辆，平时这里总是拥挤不堪，除了汽车，还有黄包车、商贩的小推车、运送菜蔬的板车，行人进出菜场只能在车缝里钻。

卫达夫忽然感觉今天有点异样，菜场入口两侧秩序井然，虽然路边照旧停着一排汽车，但那些独轮推车、把纤绳勒在肩膀上拉的板车，这会儿都不见了踪影，就好像有人躲在街角拦住了他们。

他观察了一会儿，注意到黄包车停到路边后，主妇们刚一下车，车夫就急匆匆拉车离开，就好像周围空气中有某种警示，即使跑得满头大汗、气喘吁吁，他们也意识到不能在禁区里多待片刻。卫达夫觉得自己可能是神经过敏。话说回来，巡捕们心血来潮，突然跑到街上起劲地驱赶闲杂人等，在租界里也是常有的事情。他想，这段时间自己可能太紧张了。

戏院门口贴着电影海报，今天开映《海外鹃魂》，主演是金焰和紫罗兰。他觉得多半不好看，一个电影，统共三个主要角色，到最后三个都死了。再说时间也不对，第一场就要到下午三点，他心神恍惚地琢磨着。

上午九点四十分，世界大旅社屋顶花园。

游乐场看起来有些萧条，冬日阳光照在转台上，几匹木马垂头丧气，油彩剥落处看起来特别显眼。跑冰场、弹子房都空荡荡，书场也没有开门，只有露天茶室坐着一两个客人。

易君年走到花园一角，站在护墙边朝外看，马路对面的大楼，底下两层是菜场，主妇和用人挤在入口处，此刻正是人最多的时候。大楼上面两层的窗子都关着。窗户是上悬式样，从底下才能推开。

"你早上见了什么人？"凌汶在他身后问。按他们事先的约定，易君年今天早上要先到凌汶家，然后一起来菜场。可是他没有来，却让自己书画铺的伙计送来一封信，约她到世界大旅社屋顶花园碰头。凌汶曾经跟易君年来过这个地方，很容易就进门上了电梯。

"南市警察署的一个司机,运用人员。"

"那么急着见,出什么问题了?"

易君年背朝她摇摇头,仍旧俯视着下面的马路,想了想,忽然说:"白云观侦缉队半夜集合了一群人,说是要到租界里办事。"

易君年是凌汶的上级,按理说他不该把这些情况告诉凌汶,但她在这个小组里工作的时间最久,人也很能干,一直做内交通,易君年几乎什么都不瞒她。

"要不要通知老方?"凌汶顿时焦急了起来。

"不一定跟我们有关,而且也来不及通知了。"

秦传安没有走菜场入口,大楼朝北那面有个侧门,他从那里进去,乘电梯直接上了三楼。电梯门一开就听见舒伯特,他辨出那是《未完成交响曲》。

他穿过一条昏暗的走廊,地面铺着拼花瓷砖,淡绿色底子,上面有锯齿形方块,却看不出究竟是什么颜色。走廊两侧的房间有一扇门开着,里面堆着的折叠椅上满是灰尘。

秦传安径直走到通道尽头,推开双扇门,门内是个宽敞的大厅,放着几排折叠椅,大厅前面赫然是一整个管弦乐队。他找了把紧靠立柱的椅子坐下。他以前常来看乐队排练,他喜欢音乐,在自己的诊所里也放了一台唱机。如果乐队在市政厅或者兰心大戏院有音乐会,他通常会提前来看排练,他喜欢听乐队重复排练某些段落,甚至某个乐句。

听一会儿,他就看看手表。看到第七趟,已是九点五十分了。秦传安离开排练厅,没有按原路回去乘电梯,而是从走廊另一边的楼梯上去。开会的地方在三楼和四楼之间的夹层。

同春坊弄堂到底,有一道很高的围墙,墙背后是工部局立格致公学,校门却是开在街区的另一面。每次去上班,田非都会走这条路。

他在格致公学前后上了九年学。这家英式公学只招收男生,今天要放寒假,学校门口不时出来一群年轻人,虽然天冷穿着棉袍,但个个都规规矩矩,在棉衣外面罩上天蓝色阴丹士林布长衫,戴着圆顶软呢鸭舌帽,帽子上绣着黄色校徽。

田非沿着围墙,在学校大门和边门间来回踱步。路上的行人大都背着手,在路口簇拥而过,从后面望去,只看见一大片圆顶毡帽和毛绒棉帽。他们很快淹没在过马路的人群中。

他在图书馆工作,是他发现了书库后面那个房间,一个天长日久、自然形成的密室,外人很少知道两个楼面中间还有这么大一块地方。这是保存书库。那儿最里面的几间,也就是走廊到底那一排的几个隔间,存放的图书要么损坏严重,要么就是因为新版复本太多而被淘汰。那几个隔间连图书管理员自己也不会去,只有田非偶尔跑到那里,从满是灰尘的书架上拯救出几本。

一个多月前,他把一堆因为书架上放不下,不得不摞在角落里的书搬开，才发现那里有一扇门，门锁锈得不成样子，撬锁打开后，他发现了这个满是灰尘、散发一股霉味的好地方。

实际上，田非本该早到几分钟，因为要先去开门。他摸摸口袋，钥匙在那里——当时他没有花心思去找房门钥匙，直接拆掉旧锁，换了一把新的。他又摸一下右边的口袋，骨牌也在里面。

易君年看着凌汶走进下楼的电梯。她的直觉总是很好，他应该更加谨慎一些。老方告诉过他，会议十分机密，来开会的人都经过仔细挑选，他们来自不同的地方，进入行动小组后，必须完全脱离之前的工作。易君年原地站了一会儿，菜场入口周围看不出有什么动静，他又把视线转向另一边。

老卫站在上街沿，手里拿着个烟盒，似乎正准备拆开。只见他停下手上的动作，抬头注视前方，好像忽然看到了什么。

易君年顺着卫达夫的视线找过去，看到了马路中间的凌汶。显然，卫达夫认出了凌汶，看来他的记性的确好——他们两个人确实见过面，有一回事情紧急，易君年不得不让凌汶跑去那家茶馆，通知卫达夫更换接头地点。

卫达夫从浙江大戏院旁边的烟纸店买了香烟，过马路时，他正想拆开点上一支，抬头看见一个女人，好看，他心里暗赞,不对——他又盯着仔细看,确定自己没有看错,他一定在哪里见到过她。可他想不起来到底是在哪里、见她是为了什么事情。

菜场二楼这一片全是面档饭铺,这会儿早市正热闹。崔文泰原想喝碗豆浆、啃块大饼了事,可他跑到这儿一看,忽然起意,满心想喝一碗猪杂汤。四马路菜场卖的猪内脏,整个上海最新鲜、最有名,每天早上用木船从苏州河运来,卸船时筐里都还冒着热气。

他是租车行司机。今天早上他特地接了个单子,送客人到金利源码头。他算算时间,正好能准时赶到菜场。办完事,他再回车行交差,这样就神不知鬼不觉了。在上海做秘密工作,有时很需要一辆汽车,因此组织上特意把他安排进了租车行。办成这件事情,费了不少功夫,他要好好保住这个职位。

不知道为什么,崔文泰一时间特别想喝碗猪杂汤,汤里有几片番茄,他撒了很多胡椒,再来两块烧饼。一碗又香又辣、稍微有些烫的猪杂汤下肚,他顿时觉得心里踏实多了。喝完最后一口汤,嘴里还嚼着烧饼,他看了看怀表,九点五十分还没到,他慢悠悠站起身,朝电梯口望去。

十点差五分。

菜场东面,那里有一条极窄的夹弄。夹弄右边是菜场后墙,左边有一道篱笆,缝隙间不时飘出古怪的香料味。墙后影影绰绰有不少人，个个容貌奇异，穿着白袍，戴着白帽子。林石抬头望向大楼顶上，记下了窗子和防火梯的位置。他又看了看表，连忙穿过马路。

在四楼图书馆供读者自行挑选阅读的书架旁，林石所站的位置略靠近大门。出门向右走几步便是楼梯，楼梯向下转弯处有一扇门，后面有一条走廊，通向开会地点。

接近十点，一辆汽车停到菜场斜对面的街角上，有人凑近车窗，小声朝车内说了几句话，随即快步离开。汽车后座上的那两位，有一句没一句地说着，他们也在等待那一刻的到来。

"世界大旅社怎么样？"其中一位问道。

副驾驶座上警卫模样的人回过头来说："屋顶花园有趣，夜里花样很多。捕房地面上，游队长有兴趣玩，吩咐一声就好。这旅社就跟我们捕房自己开的一样，连茶房都定时向我们汇报。"

后座的中央捕房姚探长不喜欢下属多嘴，但他只是不动声色地接着说道："房间还不错。怎么样，过年给游队长开个房间泡泡澡打打牌？"

游天啸摇摇头，他看一眼对面的大楼："如果有人站在世界大旅社的屋顶花园，菜场门口要是有什么动静，倒是能尽收眼底。"

"游队长太小心了。"姚探长笑起来，"巡捕房在租界抓人，房顶上就算站满了人，他们又能怎样？"

虽然官拜淞沪警备司令部军法处侦缉队队长,但游天啸和租界巡捕房向无往来。巡捕房里的洋人,从总监到督察,以前一直瞧不起在华界横冲直撞的龙华侦缉队,侦缉队的人在租界办事,稍有不慎也会被他们抓进巡捕房关上几天。现在上面关系好了,国民党不再大喊大叫打倒帝国主义,有关对付共产党、交换情报和引渡犯人的合作协议也签了,下面办事的人自然而然就和睦了。游天啸和公共租界警务处几位华人探长都很熟,与姚探长的交情更是不同一般。

"招商局舞弊案,租界杜某人到底有没有插手?"游天啸换了个话题。他说的是去年秋冬之交,闹得尽人皆知的一件大案。

"李国杰,他就是只大洋盘。这事情从头开始就被人做了局。听说他叔爷爷和慈禧太后有一手,李中堂听说之后吓得几天几夜没睡着,终于决定让这个不成材的弟弟吃一包毒药,翘辫子算了。"

姚探长说话向来这样,就像下跳棋,左一句右一句。

"这个摆明的,陈孚木拿到钱就挂印跑了。人家是早有准备。就不知杜大亨是不是始作俑者。"

"据说有插手。"说到杜某人,连大嘴巴的姚探长也有点小心,"租界报纸反应那么快,做局的人手面不一般。听说是因为李国杰让安徽斧头帮暗杀了招商局总办,又换了几个船长,摸到老虎屁股了。杜亲自到庐山找委员长哭诉——"

有人急急穿过马路跑到车旁,游天啸看到来人,连忙推门下车,听了报告,回头对跟着下车的姚探长说:"你那位手下,早上没抓到,果然要坏事。"

"怎么回事?"

游天啸有点想骂人,但这事怪不着人家,巡捕房原本就是鱼龙混杂之地,要怪只能怪自己内部情报管理混乱,等他跑到巡捕房政治处跟人家副总监说好,人员任务都分派下去,又传来消息说巡捕房有内奸,恰好就在参加行动的捕房人员中间。可他为什么不赶紧逃命,却要跑到这儿来呢?想来报信?真是连命都不要了。

十点左右,来参加会议的人陆续进入房间。房间正中放了一张长桌,绿绒桌布上有些油渍和香烟烫出的洞。每个人都从口袋里摸出几只骨牌,放在桌上。

易君年站在桌前,把大家随意放在桌上的骨牌码齐,看了看牌说:"人还没有到齐——"他抬头把房间里面的人一一端详了一番,除了凌汶、卫达夫、田非,还有其他七个陌生的人,但是没看到老方。老方紧急通知大家开会,为什么自己却没有出现?易君年突然心神不安,觉得今天有可能要出事。

他再一次看看手表,已经十点一刻。卫达夫忽然说:"有什么事赶紧说吧,抓紧时间开会,说完就散。"

游天啸又有手下来报信,说是菜场里面已经动手了。一个人如果不要命,那可真是无孔不入。先是跟不知内情的捕房同僚套近乎,混进了设在菜场侧门的封锁线。进不了客梯，就硬往里闯，从菜场供冷库使用的货梯上了三楼。在三楼被堵住，这会儿正大闹排练厅，打伤了一名侦缉队便衣，把一群乐师吓得在楼里到处乱窜，又退回货梯上了四楼。

游天啸点上一支烟，想起来又递了一支给姚探长。他吸了几口，把半截香烟扔在地上："不能等他们开会了，直接抓人吧。"

走廊里远远传来两声闷响，夹层房间里的人都愣住了。易君年敏捷地冲到门旁，听了听，又打开门，楼道里没什么动静，通向楼梯的门仍然关着。他转回身，对着大家摇摇头，又把一根手指竖在嘴上，每个人都安静下来，看着他。

易君年盯着卫达夫看了一眼，回到桌旁。

可又一次，他刚想开口——动静从天花板上传来。现在每个人都确定那是枪声，很多人在尖叫，楼板上方传来四散奔逃的脚步声，然后是窗外——刚刚有人进来时，嫌房间里有一股潮湿发霉的气味，打开了窗。

只听哐啷一声，先从四楼掉下一扇钢窗，然后是一个人，坠落地面时发出一声闷响。田非冲到窗口，伸头向下看。有人撞断了铰链，连人带窗一起从四楼掉了下来。

这人选择从这里跳楼，是为了发出警报？不容多想，易君年压低声音对大家说："快走，从后门！"

打开后门是另一条走廊，通往楼梯。

"记住！"易君年又提醒大家，"下楼不要急着冲上街，先混进菜场的人群中。"

卫达夫抢先出门。他跑出走廊，撞开防火门，几步冲下楼梯，身后跟着几个一起开会的人。其他人还没来得及奔到楼梯口，从走廊另一头拥入的巡捕就朝这里射了一排子弹，林石刚推开防火门，子弹就打中了他的腿。

通往楼梯间的门被封锁了，易君年带领大家转身跑向前门的走廊，他们先前就是从这里进来的，可是走廊尽头的门大开着，门口站着几个荷枪实弹的巡捕。

易君年回到房间，坐在那副牌九前。桌上多出了一对骰子，他把骰子拿起来，放进口袋，定定神，刚想开口说话，房门被撞开了。

"嚯——人不少啊，躲在这里做什么呢？"

游天啸大步走进房间，径直来到长桌旁，拍了拍手。巡捕冲了进来，每人手里端着一支步枪，把房间里的人团团围住。几名便衣懒洋洋地散在门旁，那是龙华侦缉队的人，游天啸自己带来的。他瞥了他们一眼，似乎对他们的表现不太满意。

易君年冷冷地看着这个神气活现的家伙，然后把视线转到桌面上，忽然微笑着说："阵仗那么大，我们不过在玩钱。"

"在玩钱？"游天啸走到易君年面前，从口袋里摸出一对骰子，对齐两个六点，并排放到桌上的牌九旁，"跟我们走吧，换个地方玩。"

看到游天啸摸出一对骰子，大家都愣住了。易君年心里一荡，这是约定的接头方式，上级派来传达任务的人会拿出一对骰子，可这个人怎么会知道呢？

"都给我带走！"游天啸命令道。

崔文泰先前跑在卫达夫后面，才下了一层楼梯，转身之间，那个嚷嚷着赶紧开会的人就已经不见了，只能向右转进走廊。他分不清方向，只知道拼命向前跑，在一道门背后看见了电梯，便冲了进去。出来却是底楼冷库，原来那是货梯。他顺手抓了片麻袋披到肩上，扛起一爿猪肉。

门外停着巡捕房的黑色警车，一群巡捕盯着出口。崔文泰把脸埋在生猪肉下面，混在人堆里跑出了菜场。

跳楼的人身体蜷曲着，躺在马路中间。巡捕在周围拦了一圈，有人拿着照相机过去拍照，有人蹲在边上察看他有没有断气。马路对面聚集着看热闹的人，巡捕过去驱赶，人群却不肯散去，这座城市里有太多好奇心重、喜欢管闲事的人。崔文泰不敢细看，转身朝路口跑去。

刚转过街角，迎面又来了一辆警车，他连忙避进一条弄堂，背上却被人拍了一掌。崔文泰心里咯噔了一下，没等他扭头，便被拽进了暗处。

"老方！"崔文泰从惊吓中缓过神来。

"其他人呢？"

"都跑散了！"崔文泰气喘吁吁。

老方观察了一下马路上的情形，一些巡捕开始封锁路口："这条弄堂通后面的马路，分开走！"他戴上手中的帽子，闪出弄堂，随着四散的人群侧身往远处退去，转眼就消失不见了。

　　崔文泰随即朝弄堂深处跑去,他得绕回去取车。跑到弄底时忽然想到,老方不会以为我趁乱顺走了一爿猪肉吧?

龙 华

腊月十六。一大早天色就阴沉着，浓雾笼罩。

龙华寺左近的淞沪警备司令部大门只开了一半，四扇木制门板上钉着防弹铁皮，门楼上青天白日旗高挂，墙垛射击孔中隐隐可见机关枪管。大门左侧淞沪警备司令部的牌子下站着两名岗哨，提着上了刺刀的步枪；右侧国民革命军三十二军牌子下站着三名同样提着步枪的哨兵。

正对着警备司令部大门的二层洋楼像往常一样安静，穆川进门时冲它暗自端详了一番。院内杂草丛生，砖道湿滑，杂草从砖缝中向外钻出来。

他走进军法处办公室，回身带上门时，望了一眼淞沪警备司令部院墙外的报恩塔，习惯性地在心里默念了句阿弥陀佛，脱下大衣，叫来勤务兵，让他拿到门外去拍打一下。

他喝了几口热茶，照例要到司令部院内溜达一圈，如同巡视自己的领地。看守所、法庭、警卫、汽车班、牢房、围墙、铁蒺藜网，他下意识地希望自己能从寒冷死寂的冬日光线中发现点什么。在南京，在苏州，他都喜欢这么做。转完一圈，他回到办公室，再喝了几口勤务兵煮好的红茶。

"请游队长过来。"他若有所思地说了一句。

话音刚落，就听门外传来一个沙哑的声音："穆处长，天啸已到。"

游天啸虽然是穆川的下属，却有另一个秘密身份，他是国民党中央党务调查科派驻上海的负责人。党务调查科是一个神秘的机构，公开地址在南京丁家桥，一度设在国民党中央组织部内，但那里的办公室只有不多的几个机关人员，它真正的大本营另设在中央饭店附近，后来人越来越多，党务调查科又搬进了瞻园，了解内情的人都称其为"特工总部"。

这个机构专司政治案件，不仅调查共党，也调查本党异己分子。对于这个组织，穆川不像很多同僚那样对之侧目，说实话，他平时对游天啸倒也颇假以辞色。

游天啸身材不高，脸色发青，眼角经常布着血丝。他手里抓着一个纸包，站到穆川桌前。因为穿着军装，他草草行了个礼，又把手中那本《特务工作之理论与实际》放到穆川的办公桌上。

"穆处长，你要的书给你带来了。"

穆川看了一眼游天啸，盼咐勤务兵先出去。他拿起书，看了看封面，又随手翻了两页，一边把书放进抽屉，一边笑着说:"这书我慕名已久,费了你不少功夫吧?"

"印得不多,有专人管着,申领手续花了一点时间。"

"严谨!"穆川伸手让座,"也不必事事那么紧张,我看门楼上那些机关枪完全可以撤了。"

游天啸不知其意,两人沉默片刻。

"你多久没去南京了?抽空也该去看看。"

"南京,常在念中——"游天啸盯视着穆川的茶杯,"听他们说穆处长常回南京?"

"哪里——"穆川正伸手端茶杯,停了一下,手指轻轻敲着杯沿,"你听谁说的?"

"他们说处长每星期都要到南京开会。"

穆川笑着靠向椅背:"不过都说南京是做事,上海才是生活。"

"属下要做的事情都在上海。"

穆川笑了起来,游天啸却有点不解,他明明说了一句很认真的话,却被别人当成了笑话。

"游队长昨天辛苦,不过——"穆川点上一支烟,又递了一支给游天啸,"也是大功告成。"

"抓了六个共党分子,其余跑了。图书馆是租界里的外国人办的,他们集会的地点是书库后面一个从来没人去的房间,图书馆管理员中间可能有共党分子,侦缉队要继续查。"

"那个跳楼的怎么回事,听说是巡捕房没把事情办好?"

"巡捕房泄露了消息。"游天啸点上烟,说话速度忽然放慢,"侦缉队也不能在租界随便抓人,我们不得不提前通报巡捕房政治处，让他们协助抓捕。前一天下午，中央捕房姚探长安排了人手，为了保密，这些人晚上不许回家，侦缉队还花钱请他们喝酒，喝完酒就到巡捕房休息待命。有人千方百计想往外打电话，说是要关照家里，看起来夜里会很不太平。姚探长发了脾气，说等忙完了要好好查一查。为了确保抓捕顺利，我跟姚探长商量，把他们全赶进了巡捕房小礼堂，可到了凌晨，人还是跑了。姚探长说他负责把人抓回来，去他家扑了空。谁也没想到，他竟敢冲进菜场。"

"他是共产党？"

"他开了枪，打伤两个人。真是心狠手辣，连巡捕房同事都开枪。最后被逼在储物间里，跳了楼。"

"他想跳楼逃跑？"

"他跳窗的位置，楼下就是他们的开会地点。跳下去应该是为了给楼下的人报信。"

"哦，那是白死了。"

房间里安静了一会儿。

"人抓到就好。"穆处长吐出一口浓烟，"我报告了警备司令部，给游队长请功。"

"处长栽培。"

"不用谢我，司令部那帮人——像游队长这样的人才，自有领奖的地方。"穆川大笑，又压低声调，"游队长在共党内部经营有方，情报质量很高，将来不断为党国立功，不用在意司令部那帮家伙。"

游天啸斟酌着不知该怎么回答。

"听说代号叫'西施'——"穆川挥了挥手，像是要赶掉一只苍蝇，话题一转，"尽快把人从租界引渡回来，尽快审讯。"

"是，处长，手续办好了，今天巡捕房会派人把所有人犯押送白云观。从南市押解回龙华的这段路，情况比较复杂，侦缉队人手不足，穆处长能不能跟司令部宪兵队联络一下？"

"宪兵？军用卡车一动，是不是太兴师动众了？这些人都还没审过。龙华这些年也抓了不少假共党，抓了放，放了抓。市面上的流氓，贩毒的，仙人跳的，杀人越货的，教书做翻译的，审不出名堂，到最后都是一放了之。"穆川轻描淡写地说。

"有人不惜送命，冲进抓捕现场给他们报信，光凭这一点就很有把握了。"

"所以，是有情报说共党要在路上劫人？"穆川停了一下，像是忽然领悟了什么，"这六个人都是共党分子？游队长是不是把自己人也一起抓来了？"

"没有，没有我的人。"游天啸说得郑重其事。

陶小姐

凌汶被嘈杂的声音吵醒了，虽然她几乎直到凌晨才睡着。先是一阵刺耳的军号，穿过黎明时分的薄雾，然后就不停传来咣当咣当的声音，过了很久她才意识到，那是开关铁门的撞击声。她在看守所里，在龙华。

昨天上午，一辆黑色囚车把她从老闸捕房送到南市，下午她又上了另一辆囚车，天黑前才被押送到这里，车上全是那天开会时被捕的人。囚车过了枫林桥，车上就有人小声说，看来是去龙华。果然，车子开进了淞沪警备司令部，停在一幢小楼前，又有人小声嘀咕，军法处。押送的军警一听见说话声就开始吼叫。

小楼里，他们靠窗站了很久，窗外暮色四合，每个人都心情沉重。天黑以后，他们才一个个被押进牢房，直到现在她都没有吃过什么东西。

但她并没有饥饿的感觉,就算食物放在面前她也吃不下去。她想的很多,但没什么头绪,接下来会遭遇什么,她心里也没数。不过有一点她很清楚,不管碰到什么,她都决不能屈服。

"真是个美人坯子。"

阳光照进牢房,有人在说话。凌汶转头,看见一个三十岁左右的女人,坐在对面床上,手里拿着一面小镜子,对着脸照来照去。

"你们醒了?"女人站起身来到凌汶床头,朝她伸着个俏脸,说个不停,"睡了一觉气色好多了。昨天晚上你们进来,脸色都蛮吓人的。我姓陶,叫我陶小姐好了。"

牢房里原本气味难闻,这个女人一靠近,倒带来一阵香味。

"总算有人来了,我在这里好几个月了,厌气得要死。要是进来三个就更好了,可以凑一桌麻将——"她咯咯笑了起来,"女人蹲监房不大有的,你们不会和我一样,也是被冤枉的吧?"

陶小姐又往脸上涂了点脂粉:"每天涂涂抹抹,也不知道给谁看——你们一晚上没吃什么,饿了么?我有麦乳精,外面都要托人才能买到呢,我给你们泡一杯吧?"

正说着,牢房门哐啷一声打开了,狱卒讪笑着说:"陶小姐,出来吧!"

陶小姐抹抹旗袍，站起身，摇摇扭扭出了门，站在门口说了一句："今天天气倒蛮好，我要好好晒晒太阳。"

牢房里安静下来，只听见门外狱卒对那女人说："陶小姐，她们和你不一样，她们是共产党，你可不要乱搭讪。"

凌汶猛地坐起身，环视四周。牢房里还有一个人，和自己一样，也坐在床沿，床上只有几条木板和一片草席。陶小姐的床靠里，铺着厚厚的床褥，鸳鸯花样的床单上卷着一条缎面被子。

她望着牢里的另一个人，她们俩刚见面就一齐被捕了。她试探着看了看对方，遇到一双温和的眼睛，正勉力朝她微笑。这个年轻的姑娘留着齐耳短发，像个老师，两人一时间都不知道怎么开口。

良久，凌汶问道："你还好么？"

对方点点头。砖地上有些青苔，蚂蚁在阳光下爬行。她抬起头看着凌汶，眼神热切，显得有点激动，好像有无数个问题要问，还没来得及出声——

"在这里，说话要小心。"凌汶说。

"我认识你。我读过你的小说《冬》。你叫凌汶。"

"那么你呢？还有那个穿夹克的年轻人，在囚车上你们一直紧挨着。"

"我叫董慧文，他是陈千元。"她想还是第一次遇到这种状况，本来她们可以在会上互相认识的。

那天上午，她和陈千元约定十点前赶到四马路菜场，他们说好了，先在同春坊弄口碰头。坊里一条直弄堂走到底，

21

便是明惠小学的校门，她在那里教书。那天早上，她不得不先去学校。马上就要放寒假了，她要跟毕业班的学生告别，把校长签名盖章的修业证书发给他们。

"你怕不怕？"见董慧文陷入了沉默，凌汶上前坐到她身旁，伸手替她理了理头发。

问题很直率，董慧文发现自己不知道如何回答。她怕吗？她一点都不怕那些人，可是当她真的进了这个阴森的地方，心里又不免有些发毛。她发现只有当自己心中充满怒火时，才会情绪激昂，全无畏惧。她犹豫了一下，忽然睁大眼睛望着凌汶："那天在四马路跳楼的，是什么人？"

凌汶摇摇头。从昨天到现在，她也一直在想这个跳楼的人，他这样义无反顾地跳出窗外，就是为了通知他们敌人进来了吗？她试图去理解他，就好像她觉得，如果能真正了解这些人在生死抉择前内心的种种想法，她就能更加懂得龙冬，她在写《冬》的时候，是多么幼稚啊。

董慧文想了一会儿，又抬起头对凌汶说："我不怕。我早就想好了。"

窗外高墙的铁丝网上，一只灰鸽停在上面，牢房中沉默下来。凌汶看着面前这个姑娘，心里有些为她担心。凌汶坐过牢，她知道最艰难的时刻还没有到来。抓他们的人，还想挖出他们的秘密。任务——虽然她也不清楚究竟是什么，他们临时被召集起来，一定有什么重要任务。老易知道他们要去做什么吗？

牢门再次打开，狱卒站在门口。

"过堂了。"

凌汶看了看董慧文，站起身——

"你，出来。"狱卒指着董慧文喊道，并在牢房门口给她戴上了手铐。

董慧文被带进审讯室，不是通常提审犯人的地方——那是在处长办公室边上。她被带去的，是昨天下午去过的那幢洋楼，在里面等着她的人，她隐约记得在逮捕现场见到过。那是游天啸。

有人给她松了松手铐，血管里的血液瞬间释放进手指，指尖有点刺痛。

"打开吧。"那人说。

手铐拿掉了。董慧文努力压制着心中的不安，慢慢镇定下来，等待着。

"董小姐，知道为什么请你来这里么？"

紧张的感觉再一次袭来。她盯视着对方，没有回答。她想起从前陈千元对她说过的话，如果你害怕，你可以愤怒，怒火会驱赶恐惧。

"董小姐，你要喝点水么？"那个人对一侧的书记员努了努嘴，"我是军法处，侦缉队，游天啸。"

董慧文看看放在桌上的水杯，没有出声。

"没想到你这么年轻——"他装模作样地看了看案件卷宗，"像你这样的年轻小姐，应该穿得漂漂亮亮，去看看电影，逛逛马路——"

"可我就是在逛马路。"

"是么？逛到菜场去了？另外那些人也跟你一样，在逛菜场？"

董慧文抬起头，看到她平生所见最可怕的笑，就像贴着咧开嘴的人皮面具，神情冰冷，眼角冒着红光。

"危害民国紧急治罪法，"他停顿片刻，惋惜地说，"这样的罪名，是要枪毙的！"

说到"枪毙"这两个字时，游天啸的声调突然高亢刺耳。审讯室安静下来。他点上一支香烟，朝着董慧文的方向吐了一串烟圈。

"去菜场楼上的图书馆是谁通知的？"

董慧文有点慌乱，她不知如何应付这样的审讯。在她对革命的想象中，从来没有出现过这样的场面。她想象中的敌人，也不像面前这个人，这个自称姓游的家伙，说话听着和气，却让她感觉随时可能露出残暴的面目，但她告诉自己必须咬紧牙关。

"这样吧，董小姐，我们来做个游戏——"

游天啸摁灭烟蒂，像变戏法那样，从卷宗袋里摸出一沓照片，码齐，正面朝下放到桌上。他从里面抽了一张，在手上晃了晃，脑袋向后仰，装腔作势地把照片送到董慧文的眼前：

"是他吗？"

董慧文愣住了，她看到了照片上的自己。

游天啸缩回手，看到照片上是董慧文，扔下照片，又换了一张。

"我不认识这个人。"

董慧文有点迷惑,她猜不出这些滑稽戏般的动作背后,到底有什么阴险的计谋。游天啸耐心十足,一张接着一张举起照片——

"我不认识。"

"不认识。"

窗外有汽车的引擎声,轮胎在砖地上摩擦。好像是陶小姐在说笑,笑得像滩簧戏中那些放肆的女人。笑声从楼内持续到楼外,车门关上,引擎再次转动。

审讯室内的滑稽戏仍在继续,董慧文看到了凌汶。

"这个我认识。"

手缩了回去,他仔细看照片。

"是刚认识。"

游天啸泄了气,又换了一张照片。照片上陈千元抿嘴瞪眼,怒气冲冲。董慧文心里飘过一丝柔情,她把目光转向桌上的杯子,觉得自己不能盯着那张照片看太久。

游天啸慢慢收回照片,看了一眼,把照片放在水杯边上。

"你可以喝点水。"他又举起另一张照片。

滑稽戏终于结束了。董慧文心里有几分忐忑,她的神情有没有暴露了什么?她想喝点水,却又一次看见那张照片。她立刻缩回手,想到不能照敌人说的做,他们让你喝水,你就偏不喝。

"陈千元。"游天啸盯视着水杯旁的照片,说出了照片中人的名字,却没有再往下说。

他翻开卷宗,找到一页,看了看,向后靠到椅背上,手指在那页纸上画着圈:"陈千元。记者。"他看了看董慧文:"教师。二十三岁——"

游天啸又看了看那张纸:"二十六岁。"

他从那沓照片中找到董慧文,也放到水杯边上。现在,两张照片上的人肩并肩站到了一起。

"确实很般配。看看电影,逛逛公园,逛逛百货公司,还有图书馆。"他盯着董慧文,脸色越来越阴沉,"董小姐,龙华不是南京路。进了军法处,想活着出去,你要好好动动脑筋。想死倒是很简单,司令部后面的荒地里不知有多少孤魂野鬼。我可以把你们两个一起枪毙,也可以让一个看着另一个被处死。"

"凭什么?"董慧文在椅子上挺了挺身,抬起头,心中升起一股怒火。她看了看坐在一旁的书记员,高声叫道,"你有什么证据?"

游天啸朝书记员挥了挥手,书记员起身离开了审讯室。

"你以为什么都会记录在纸上的么?是黑是白我说了算。淞沪警备司令部里,有的是屈死鬼。我劝你好好想一想。董小姐,下次再找你,我们就要换一个地方了。"

"那又怎样?"

"你有没有在陈千元身上看到一对骰子?"

"骰子不是你拿出来的吗？"董慧文反问道。

游天啸失去了耐心，猛地站起身，抓起水杯朝地上扔去，水，还有粉碎的玻璃，溅落在董慧文脚边。

"说！浩瀚躲在哪里？"他朝着董慧文咆哮。

董慧文圆睁双眼，从椅子上跳起来，大声说："什么浩瀚？我没听说过！"

游天啸冲了过去，挥拳砸在董慧文的脸上。

董慧文睁开眼睛，窗外一片刺眼的白光，她想，如果陈千元是上级派来的同志，她需要保护的依然是同一个人。

中午，阳光给阴暗的牢房带来一丝暖意，院子里传来狱卒的叫骂。凌汶站在牢门内，看见董慧文被押送回来。高低不平的砖道上，她的脚步有点踉跄。凌汶退后几步，站到床边。

董慧文侧身站在门口，抬头看了看天。狱卒打开门，解开她的手铐，将她推入牢内："这样不是很好吗，说清楚就不用吃苦头了。"

这话是说给谁听的呢？凌汶看着董慧文，只见她愣愣地靠着牢门，左边眼角下有一块瘀伤，身上没有动过刑的痕迹。她不太相信狱卒的话，但在敌人的监狱里，她不能出错。

凌汶把董慧文扶到床边，让她坐下，掏出自己的手绢，浸了点水，敷在董慧文受伤的脸上。

"你说了什么不该说的事情么？"她问董慧文。

董慧文摇摇头，眼神茫然地望着墙角。有好一阵，牢房里悄无声息。她是受到惊吓了吗？她是不是无意中泄露了什么？一瞬间，凌汶几乎有点怀疑自己的判断。

"他说自己是侦缉队的，姓游。"董慧文望着凌汶，一开口就停不下来，话越说越凌乱，"进了审讯室，我就想好了，如果他们动刑，我就朝墙上撞。"她大声说道，好像是在向外面那些坐在看守室里的军警们示威。凌汶站起身来，走到牢门旁向外仔细观察了一番，回身示意董慧文小声说话。

这个姑娘刚刚不知道承受了怎样的心理折磨。即使对一个经验丰富的同志来说，刑讯也是一个巨大的考验。凌汶想起龙冬告诉过她的一些故事，心中涌起怜惜之情，她自己第一次坐牢时，也十分害怕。

但凌汶仍然强迫自己仔细听、仔细观察。一开始，她没听懂为什么会出现一沓照片，很快她就明白了那个姓游的家伙的意图。这个单纯的姑娘，她不知道她心里想的一切，都已表露在了脸上。她的人生才刚开始，就要面对这样复杂危险的局面。凌汶想象不出董慧文到底是露出了怎样的神情，才让敌人看出了端倪。

但她十分确定，那个特务猜得没错——他把我们的照片一起放在水杯旁。董慧文这样说。

她问董慧文："除了陈千元，那些照片上还有你认识的人么？"

"那就只有你了。"董慧文看着凌汶，顽皮的笑容刚一展露，又消失不见。

"你和陈千元是什么时候认识的？"

"你也猜到了——"

董慧文愣了一会儿，又叹口气，把目光移向牢门外阳光明媚的天空："也不知道他关在哪里。"

凌汶有些感动，她搂着董慧文的肩膀说："我和我丈夫是在五卅运动中认识的，结婚的时候北伐军刚刚从广州誓师出发。可是没多久，国民党就开始屠杀我们的同志。"

"他人呢？"

"敌人包围了联络点，他不得不撤离到广州，几年前他在那里牺牲了。"

她突然转过脸，严肃地问董慧文："你有没有向敌人泄露党的秘密？"

"没有。你相信我吗？"

"我相信你。"

"他们问起浩瀚同志。"

"浩瀚同志？"

在党内，谁都知道使用这个工作化名的领导同志，他常常用这个名字在《向导》周报发表文章。

"他还问有没有看到一对骰子。"董慧文困惑地说。

"骰子？"

凌汶确实听老易说起过骰子，他觉得很有意思。老方说上级派来的那位同志会拿出一对骰子，可没有人拿出骰子，倒是那个特务拿了一对出来。所以他们知道了骰子的事情。老易还跟谁说起过骰子吗？

老易会不会就是上级派来的同志呢？她既不能确定他是，也不能确定他不是。一个做秘密工作的人，可以有好几条线路，在每一条工作线路上使用不同的化名。何况她是老易的下线。

"通知你开会的人，是不是老方？"

凌汶知道自己不该这么问，按照纪律，在两条平行线路上工作的同志不能相互打听，哪怕他们同在一个屋檐下，是一家人。可是另一方面，如果不是敌人突然冲进会场，等开完会，她和董慧文多半就成了一个小组的同志。

无论如何，她没猜错。进入开会地点的十一名同志，大部分互相都不认识，原来并不在同一条工作线路上。

"我们应该设法通知组织，敌人在寻找浩瀚。"

凌汶正跟董慧文小声说着话，陶小姐回来了。她一回来，牢房里就喧闹起来，叽叽喳喳都是她的声音，请她俩吃她带回来的瓜子花生，说她很快就要出去了。她还对凌汶说："原来你是有名的作家，我也很喜欢看小说的呀。徐枕亚你认识吧？他跟我跳过舞的。"

玄武湖

　　勤务兵送来刚烧开的热水，穆川从柜子里拿出那把桥钮朱泥圆壶，坐到沙发上，往茶壶里放了点岩茶。他用第一泡茶洗了洗杯子，再冲水泡茶。阳光下热汽氤氲，他想了想，提起电话打给游天啸。

　　"游队长来啦，穆处长在里面喝茶，您请进。"勤务兵在门口大声说。
　　游天啸敲了敲门，没等穆川说话，便推门而入，手里拿着一摞案件卷宗。
　　"穆处长，审讯记录我给你拿来了。"
　　穆川挥手让座，游天啸把卷宗放在茶几上，坐到沙发上时，从裤袋里掉出一对骰子，他连忙俯身拾起。

穆川看了他一眼，挑了一只杯子，洗杯注水来回倒腾。

"穆处长在喝什么好茶？"

穆川做作地打了个哈欠："昨晚被翁副官拉去喝酒，稍微喝多了一点。这会儿想喝两口茶。"

"常来警备司令部那个老是戴着巴拿马草帽的广东人？"

"游队长果然无所不知。"穆川给游天啸倒了一杯茶，"你试试看这武夷山大红袍，我觉得味道不错。"

"好茶。"游天啸喝了一口，虽然他更喜欢喝凉水。

穆川一反常态，竟然认真地看起了卷宗。他翻了一页，忽然说："我知道你们侦缉队花样多。不过有了钱，可以找个女人，成家立业——"

他指指游天啸的裤袋："这种事情，逢场作戏玩玩就算了。"

游天啸欲言又止，最后只说了一句："是，处长。"

室内一时只有纸页翻动时发出的声音。

"还没有开口。"他轻轻地说，好像在自言自语，说罢又给自己点上一支烟。

"也审了两天了吧？"穆川并没有抬头，一边说话一边又翻了一页。

"这些人职业五花八门，干什么的都有，乱七八糟聚在一起，光凭这一点就可以确定。"

"虽然共党案件属于紧急治罪，"穆川边看边说，"但训政时期，军法处也不能像从前那样由着性子来，定谳总还要有证据。"

"这个凌汶，是个作家，又是富商遗孀，简直是有闲阶级。"穆川又往前翻了几页，"一个女教师，一个记者，一个银行职员，一个古董书画铺老板，还有一个当过兵。果然是疑点重重，难怪你把他们一起抓进来。你那个情报线索，究竟是怎么说的？"穆川语气轻松地说道，"这个易君年，你是不是让他吃了点苦头？"

"是个做字画买卖的，看他有点害怕，我们就稍微动了他两下。"

"口供颠三倒四，肯定让你们打得不轻。"穆川笑了起来。

"没有打。给他通了电线。"

"用了那套德国货？"南京方面去年给警备司令部送来一批德制装备，其中有一套电刑机器。

"银行职员林石，哪家银行？"

"仁泰银公司。逮捕时腿上中了子弹，司令部军医给他包扎了一下。半昏迷着，没怎么审他。"

"梁士超，还是行伍出身？"

"他自称从前在十九路军干过，'一·二八'沪战负了重伤，退伍后一直在养伤。"

"哦——"穆川又仔细看了看这一页的口供，"电询过他们军部？"

"官兵都在福建'剿共'前线。司令部说花名册上有这个名字，但他们一直在打仗，士兵都换好几茬了。"

"你认为易君年是他们的组长，为什么？"

游天啸没有告诉穆川，他从易君年身上搜出了一对骰子，但易君年坚持说这对骰子是他自己带来的。游天啸时不时觉得自己的脑子会分裂成两半，每一份记录他都要滴水不漏地做成内容不同的两份，一份给军法处，另一份交到特工总部。

"易君年和那个作家，"穆川向前翻了几页，"凌汶，倒是老相识？"

"周围的邻居说，易君年常去她家。问他们自己，两个人都说是为了买卖字画。凌汶夫家姓龙，家里据说是两广富商，有一年为了生意上的什么事情出门，被绑架撕票了。这些年，她靠着变卖古董字画和做二房东收租过日子。"

"这样的人，也会做共产党？"穆川若有所思地说，"怎么没有陈千元的笔录？"

"他还在审讯室。审了他大半夜——"

"也没说出什么？"

"董慧文，那个女教师，是他的弱点，我想通过这个来突破。"

"哦？是他的达令？"穆川饶有兴致。他点上香烟，望着袅袅上升的烟雾，"你给我看的这些审讯笔录，好像没有照着提审顺序编号？"

"我那儿就这么一个书记员，一天审完了才有空整理归档，可能他弄乱了。"

穆川笑得像一只老狐狸："游队长果然心机过人，你是担心我看出你究竟在找什么吧？"

"穆处长——"

穆川挥了挥手:"游队长不用当真,你我都是为党国效力。"

他盯着陈千元档案页上的照片,就好像能从照片上那双怒火燃烧的眼睛里看出些什么来。游天啸也在想着心事,烟灰掉落在处长室精心打蜡的地板上。

"翁副官昨晚请穆处长喝酒,"游天啸一句一顿地说,好像在吃力地寻找词句,"或者是蔡军长有什么话?"

"蔡军长是南昌行营的红人,带兵离开上海这几年,他戎事倥偬。当年驻军上海的时候,蔡军长交了不少朋友。"

游天啸挺了挺身,挪坐到沙发外沿。他摁灭烟蒂,眼神低垂,继续听着。

隔了一会儿,穆川又接着说道:"翁副官说了很多,最重要的一句,他说如果这些人是共党,你们照规矩来,秉公办案。如果不是共党,请你们网开一面。"

电话铃响,穆川起身接听:"找你的,游队长。"随即把听筒搁在桌上。

"在审陈千元,我跟他们交代了到你这里找我。"游天啸解释道。

他拿起电话听了几句,大声说:"又昏过去了?那——先把他送回牢房。"

"他交代了什么没有?"穆川靠在沙发背上,摩挲着沙发扶手。

"没开口。"游天啸站在茶几旁,"处长的意思我明白了。

我先回去看看。"

穆川点点头，游天啸正要离开，穆川又说："那个陶——"

"陶小姐今天就放了。那天把她送过去，谈了整整一个下午。说是宋先生亲自出面讲的条件，学乖了。"

"这些女人，关一关就服帖了。"穆川掸了掸裤子上的烟灰，忽然轻蔑地问，"她到底有没有怀上？"

"关了这么些天，据我看，没有。"

"没有就好，不然宋太太也不会放她过门。出去前你再关照她一下，让她把嘴闭上。"

陶小姐喜气洋洋出了牢房。她本以为直接就能从看守所后门出去，那天上午汽车就是这样接了她去见宋先生的，可是狱卒却把她送到了游天啸那里。每次看到这个人，陶小姐都会有寒毛凛凛的感觉。

窗外太阳很好，游天啸却坐在阴影里。只听他森然说道："陶小姐，请坐。出去以后不会再闹了吧？"

"游队长，不会了。"

"那很好——"游天啸盯着她看了半天，突然说，"她们有没有让你带什么东西出去？"

陶小姐没有说话。

游天啸站起身，走到她跟前，弯下腰，面对面几乎贴上了那张俏脸，眯着眼，继续盯视着她。陶小姐觉得那对瞳孔缩成了一根冰针，刺进自己的心窝，全身的血都快要凝固了。游天啸猛地直起身，转到她背后，房间里一点声音也没有，陶小姐几乎能听到自己的心跳。她只觉双腿发软，坐都坐不住，恨不得缩成一团，掉到地上。

游天啸倏地伸手，抓起狱卒放在陶小姐脚边的那只藤编箱子，放到桌上，打开后兜底一翻，全倒在桌上，旗袍衣物口红镜子撒了一桌。他随手翻了两下，折叠整齐的衬裙、丝袜、袜带、短裤顿时乱作一团，那只掉了油漆的桌子，顿时变得像百货公司女装部的柜台。

"你当住大旅馆了——"游天啸厉声说，"回头给你脱光了搜身，要是查出来，你就别想出门了。"

陶小姐忽然咯咯笑了起来，眼神娇媚地瞟了一眼游队长，又伸手摸他灰呢军服上的皮腰带。侦缉队虽然也发军装，却向来没什么着装要求，可游天啸一进司令部，穿着还是严守军容风纪。

陶小姐似乎花了好大力气才欠起身，往桌上指了指，说："还真有一封信。"

"拿出来。"游天啸背对着她。

"夹在旗袍里衬下面。"

"哪一件？"

"那件宝蓝的，呢绒料子。"

游天啸从那堆衣物里找到那件旗袍，撕开里衬。陶小姐觉得这件旗袍就像穿在自己身上一样，心里一慌。

信找到了。

　　方兄如晤，老易与妹等情形，料兄悉知。我等既已入院，决与之抗争。内心甚为安宁，最坏情形也不过一死而已。天气严寒，望兄等珍重。并请转告父母大人，幸自摄卫。妹凌等。

游天啸翻来覆去地端详这片纸，又问陶小姐："让你把信送到哪里？"

"让我出去后，装上信封，寄到徐家汇邮政支局，到局自取，一三七号信箱。"陶小姐犹犹豫豫地说道。

游天啸点点头，没有再说什么。他伸手打开台灯，把信纸翻过面对着灯光，然后放下信，从抽屉里摸出一瓶药水，滴了几滴在纸上，很快显出一行字：

> 所有同志决心已定。骰子事已暴露，有内奸。另，他们问浩瀚下落。

游天啸一口气喝下半杯凉开水，又一次点上香烟。陶小姐见他神色有变，半天不敢吱声。隔了好久，游天啸才抬起头，神情古怪，好像刚刚注意到边上还有陶小姐这么个人。他抬了抬下巴，让人把她带出看守所后门，放了。

木制百叶窗向下翻着，房间里光线暗淡。游天啸连着抽了两支香烟，忽然从口袋里摸出骰子，捏在拳心虚晃了几下，扔到桌上。他看了看点数，拿起电话，让警备司令部的女接线员把电话转接到南京瞻园。

"请接特工总部叶副主任。"游天啸在电话里郑重其事，但跟其他人一样，当着叶启年的面则直呼叶主任。

半小时后，南京的电话接通了。

"老师，"游天啸站立着，对着电话恭敬地说，"我要当面向您汇报。"

游天啸刚从南京下关车站出来，就在新造的椭圆大厅门外被人拦住。

"游队长，"来人是马秘书，他指着不远处停着的一辆汽车说，"叶主任在那边等您。"

这会儿还不到六点，晨雾笼罩长江南岸。昨天下午按叶启年的安排，游天啸到京沪铁路局督导室取了车票，连夜坐蓝钢快车直奔南京。

他看见叶启年亲自坐在驾驶座上，刚想拉开副驾驶这一侧的车门——

"你去后面坐。"

叶启年是游天啸的老师，当年在训练班，只有叶老师是真正的特务工作内行。这位老师很难亲近，那么多年，在叶老师面前他向来都是远远站着，哪怕单独会面，身体距离也从未接近到五米以内，汽车前后座就算是难得的靠近了。

可是一有什么事情，他还是一个电话挂到叶启年的办公桌上。特工总部虽然是国民党中央组织部的下属单位，但内部实行的更像是某种家法。要是犯了什么错，处置十分严厉，连枪毙都有可能。在特工总部，游天啸的顶头上司不是叶启年，但叶启年从不反对游天啸打电话直接向他汇报，他们从不按表面官序层级来指挥。

"老师，审了好几天，问不出什么。"

"连你这个老手也问不出什么来？"

"巡捕房泄露了消息，不得不提前抓捕。学生处置不当。请求处分。"

"罚你也不能解决问题。"

汽车在下关码头绕了一个弯，在晨雾中向东开去，路上既没有行人，也没有车，汽车放慢了速度，叶启年凝视着车窗外玄武湖畔的明城墙。

游天啸望着昏暗前座上的背影，没有出声。

"你这回想跟我说什么？"车过鸡鸣寺，叶启年忽然开口问道。

"我想把他们先放了。"

汽车在旧城墙边停了一会儿，游天啸注视着破裂墙砖上的青苔，慢慢地说出了他的想法。

说服这位老师并不容易。当年在训练班，叶老师就极其善于识破学生的各种花样。他不信任过于复杂的计划，总是说，把事情想得太复杂，实际行动当中就会碰到太多意外。但"西施"是他的得意之笔，游天啸特意强调先把他们都放了，这样能让"西施"发挥更大的作用。

"现在看来，易君年不太像是他们的中央特派员。"他这样回答老师的问题。

"每个人都有可能。特务工作的本分就是怀疑一切。"叶启年同样空洞地说着些陈词滥调,间或问一些反复问了好几遍的问题。游天啸知道,叶老师正在仔细权衡。

"那个穆川,他也听说了'西施'?"

"是。他常跑南京。"游天啸想了想,又说,"他大概不太想当那个军法处长了,嫌它造孽太多,影响官运。"

"什么话!造孽?党国实在太多这样的干部,简直像个筛子,到处都在泄露秘密。"叶启年十分愤怒。

"那封信你怎么处理的?"

"烧了。"

"把它寄出去。"

游天啸坐在那里发愣,叶启年又说:"重新写一封。"

发现这位学生还没有理解自己的意思,叶启年又补充了一句:"他们是单线联系,信是写给姓方的,这个人一定要把他抓回来。"

他好像想起了什么:"我不抽烟,你可以抽呀。"

游天啸摇摇头。片刻,叶启年说:"我同意你的计划。你回去发一份电报到特工总部,等他们交来了,我会给你批复。让他们交保释放,来交铺保的人,你要调查清楚。每一个出去的人都要严密监控,人手加倍。我会从杭州训练班再给你派一些新学员。你们那个侦缉队,成了警备司令部的托儿所,什么人都有。"

"是,老师。"

"再出什么差错,连我也救不了你。"

"是，主任。"游天啸听出了叶启年语气的变化。

汽车又开回火车站，游天啸下了车，准备坐下一班火车回上海。

叶启年换回后座，马秘书开车朝瞻园方向开去。

"你早上来接我时说了什么？"一大早汽车驶过神策门旧城墙时，叶启年心头忽然浮起一片阴翳，心神恍惚了好久。

马秘书汇报说："主任，前两天总部派人到上海密捕浩瀚，被一个家伙搅了局，我们还怀疑了好一阵，是不是总部派去的那些人里有内奸。现在他们说，有人看了从上海发回总部的案件卷宗，发现那个没有去开会的共党分子方云平，应该就是在普恩济世路上开枪的人。方云平靠近借火，我们的人记住了他的脸。"

"让他们抓紧追捕方云平。"叶启年命令马秘书，"'西施'没有了解到这个情况？"

"他可能不知道。"

"通报给他，让他查一查。方云平不去开会，跑到包子铺去救人。他是得到内线情报了？"

"主任，我觉得不像。很可能是现场行动人员自己暴露了。方云平多半是去跟浩瀚接头，在现场发现了情况异常。"

"这也有可能。"

他们俩都知道，这些做久了特务的人，看上去确实会跟一般人有些不一样。

叶启年沉吟道:"方云平又要去开会,又要去跟浩瀚接头,这就有些耐人寻味了。"

"主任是说这个会议跟浩瀚有关?"

"各地分站这些天都在传,共党中央可能有大动作,有一个秘密计划。"

身　份

　　半夜里，淞沪警备司令部上空不时有几道亮光，像剪刀一样交错而过。去年日军入侵上海发动淞沪战争后，司令部紧急配备了防空探照灯。看守所岗楼上也装了一个，时不时朝监区牢房的高墙上掠过。强光透过窄窗，牢房内部瞬间照亮，又瞬间变暗。

　　梁士超在军队里养成了习惯，到了陌生地方，总要四下观察，先从各个方向了解环境。男牢并排分为三弄，第三弄的一侧正对着围墙，此刻十分安静。走廊对面的牢房偶尔传来鼾声，间或有人梦中惊醒，发出几声叫喊。

　　他看着牢房中的几位同志，心里有些着急犯愁。那天早上，他跟着秦医生一同离开诊所，远远走在后面。秦医生是个文雅沉稳的人，走路不疾不徐。从菜场撤退时，他还担心秦医生是否能脱身，结果反倒是自己没能跑出来，也不知道他现在怎么样了。

一年多前，梁士超在反"围剿"时负了伤，从苏区来上海医治，秦传安就是为他治伤的医生。伤愈后，组织上临时安排他参加地方党组织工作，所以就留在了诊所帮忙。

白天审讯时，他对敌人谎称自己从前在十九路军当兵，跟随翁旅长多年，"一·二八"在闸北阻击日本人时受了重伤，因为在上海的医院救治，没跟部队调防。那个游队长将信将疑，出去转了一圈，夹了支香烟回来，就让狱卒把他押回牢房。这个游队长就那么容易相信他的说法？

两天里敌人轮番审讯，追问谁是召集人，逃跑的那几个人都是谁，为什么聚集在那个地方？可是今天下午，审讯换了花样，那个游队长把对骰子的兴趣转到了牌九上。是敌人掌握了什么新的情况，在故意迷惑他们吗？

大家都说是来打牌的，可是钱呢？虽然老方确实对大家交代过，每个人都多带一点钱，他们也带了，但是把他们身上所有的钱都掏出来，凑在一起也不过一百多块大洋。就这么点钱，为什么要跑到图书馆的密室里打牌？公共租界虽然装模作样抓赌，可谁都知道连巡捕自己也喜欢赌钱。梁士超清楚，他们不会相信这个说法。最让人疑惑的是，组织这次会议、通知大家来开会的老方，竟然没有在约定的时间出现。

林石伤得不轻，他被捕时右腿中弹，两天来大部分时间都处在半昏迷状态，这倒让他暂时比较安全，因为在审讯室里，他随时都会不省人事，敌人把他拖出去，没多久他就又被狱卒架回了牢房。

林石一边回想那天从开会前到特务冲进来抓捕时的各种细节，一边观察着牢房里的其他三个人。

陈千元第一次提审回来，身上到处都是伤。林石猜测，敌人可能见他比较年轻，也许参加地下工作时间不长，未必了解什么重要秘密，索性拿他开刀，打了又打，以为把他拖回牢里，可以吓唬其他人。

虽然回到了牢房，但陈千元的情绪还是难以平静，只要狱卒一走开，他就站到牢门边朝外张望，显然十分担忧。林石想，他应该是在担心那位年轻的女同志，那多半是他女朋友，他们两人一起走进菜场上了楼。从白云观押解到龙华，一路上两人一直紧挨着。

女牢靠近男牢一弄，在另一侧的围墙边，那里的小窗虽然对着男牢，但是与男牢三弄隔着三排房子。

"你这样能看到什么？"梁士超走到牢门边，把陈千元扶回床边坐下。

易君年可能受了电刑，回来时虽然一声不吭，但手腕脚踝上明显有灼伤。第一次审讯中，那个游队长问过林石，易君年有没有把口袋里的骰子扔到桌上，林石说没看见。那个游队长又问，那么后来易君年把骰子放进口袋，你看见了没有？林石回答游队长，他根本就没看见第二对骰子，他在那房间就只看到过一次骰子，就是游队长你自己从口袋里摸出来的那对。

提审回来后，易君年就这么靠墙坐在几片草席上，林石一直在观察这个人。敌人冲进来时，他看见易君年抓起桌上的骰子放进口袋，所以易君年肯定知道骰子的事情。究竟有几个人知道？游队长也知道骰子，林石当时就明白了，组织内部被渗透了。

最初只有老方知道骰子，但他却没有来开会。梁士超说过一句：所有这些情况，只有老方最了解。没有人接他的话。易君年隔了很久才说，老方不可能有问题。易君年很少说话，这不奇怪，经验丰富的同志，进了敌人的监狱通常比较沉默。

老方为什么不来开会？这个问题林石想了很久，但他就像易君年一样，不愿意轻易怀疑任何一个同志。

林石把参加会议的人在脑子里过了一遍。有一个人，易君年跟他打招呼，叫他老卫。特务冲进会场前，这个老卫十分焦躁，催大家赶紧开会。后来撤退时，又是他第一个冲出房间，成功逃脱。他好像有先见之明。

"你说，老方到底为什么不来开会？"梁士超问陈千元。

"他可能得到情报，特务知道了开会地点？"陈千元试图解释。

"那他难道不应该通知大家吗？"梁士超自己倒有个想法，"你们说，老方会不会被捕了？"

牢房里安静了下来。

林石动了动,易君年起身过去看他,又查看了一下他的伤处:"你怎么样?感觉好些吗?"

"身上发冷,伤口发炎了。"易君年一直都很关心他的伤情,可林石不想让别人知道他受伤到什么程度。

易君年摸了摸他的额头:"你太虚弱了,多睡会儿。"然后脱下棉袍,盖到林石身上,转头对那两个人说:"牢房里说话小心,隔墙有耳。"

林石确实觉得奇怪,军法处那么多牢房,关押的人一向庞杂,为什么把他们关在一起,是想要制造环境让他们私下议论吗?

"老方是哪天通知你开会的?"梁士超又问陈千元。

"开会前一天下午。他急匆匆跑过来接头,说完了马上就要离开,说还有其他人要通知。他是一个一个通知的,我和董慧文,我们俩他很清楚,但他也是分开通知。到开会前一天晚上我们俩碰头,才知道第二天要去同一个地方。"

"现在想想,老方为什么要跟我说骰子的事情呢?"梁士超自言自语。

易君年见两个人转过头来看他,便说:"我调到上海第一天就和老方接头,这三年一直都跟他一起工作。就算你们都怀疑他,我也仍旧相信他。他那天没到会场,一定有他的理由。情况十分复杂,我们要相信组织上早晚会查清真相。他来通知我开会,是直接到我那个书画铺,我那里他很熟悉。如果他真有什么问题,我早就被捕了,用不着等到今天。"

"不过你们说到骰子,我也觉得有些奇怪。按理说,他自己也要来开会,不需要把这个情况告诉大家,但那天他也对我说了,所以我觉得,他也许那时候就想到第二天会有意外情况,所以提前把与上级来人接头的方式告诉大家,以免他来不及赶到会场。"

他转念一想:"幸亏他没有来,没有按时开会。不然上级派来的同志一表明身份,把秘密任务一宣布,如果像你们说的那样,内部真有敌人的奸细,那就真的要坏大事了。"

"也不知道上级到底要给我们分派什么任务。"

易君年再一次阻止他们继续讨论下去。在牢房里,他们本不应该提及秘密工作。他改变话题,问陈千元是做什么的。

"国际通讯社,给通讯社编译电讯。"

"懂洋文,能做翻译,了不起。"易君年称赞道,"将来你一定可以为党做重要工作。"

"我太年轻了。"

"年轻有什么关系,很多年轻同志早已担任重要领导工作。那么,你呢?"易君年看向林石。

"我在银行做事。"

"我当过兵。"梁士超跟了一句。

"卫达夫是房屋经租处跑街的,我开书画铺。把我们凑到一起,这个任务不寻常。"

林石心想,这个易君年,一面让大家不要讨论秘密工作,一面自己又提起这个话题,他的好奇心很重,这一点让林石也感到好奇。

"我估计上级派来的同志不是没到会场,就是在从会场逃出去的人中间。"陈千元一边想,一边就把心里的想法说了出来。

狱卒走到牢房门前,用警棍敲了敲牢门上的小窗:"不许说话!"

梁士超心里,其实还有另外一个疑问。他自己也受过枪伤,不止一次。军法处把司令部军医叫来给林石换药,他也凑上去看了一下伤口。子弹侧面贯穿小腿,从另一边钻了出去,撕裂了一大片肌肉。虽然创面很大,但处理还算及时,在巡捕房时就找了医生。梁士超觉得,枪伤并不是很严重,摸他身上也不怎么烫手。他为什么要装得伤很重呢?

还有这个书画铺老板,为什么一直阻止他们讨论老方的问题呢?这个老板自己其实也很感兴趣,这话题原本就是他先引起的,但他很快就闭嘴不说,过了一会儿,反而劝大家要小心,不要乱说话。做地下工作实在太伤脑筋了,革命工作的这个部分真不适合自己,梁士超觉得。

"被捕的两位女同志,一位叫凌汶,是有名的女作家。她丈夫在广州牺牲了。另一位女同志我不认识。"易君年转过头,看看陈千元。

"慧文在小学做老师。"

"广州起义后,牺牲了太多同志。"梁士超忽然问易君年,"你也在广州工作过?"

"你怎么知道的?"

"那个姓游的提审时说,一网抓进来,其中三个都到过广州,这里面肯定有文章。"

"所以林石也在广州工作过?我们居然都没见过。"易君年微微一笑。

窗外探照灯的光束来回掠过,疲倦伴着伤痛阵阵袭来。陈千元努力回想着那天早上出门时,有没有把摊在桌上的翻译手稿藏好。如果能从龙华看守所活着出去,他希望自己能把书稿译完。迷迷糊糊地,他回想着那些尚未校对的文字:

> ……奇迹在自然界和历史上都是没有的,但是历史上任何一次急剧的转变,包括任何一次革命在内,都会提供如此丰富的内容,都会使斗争形式的配合和斗争双方力量的对比,出现如此料想不到的特殊情况,以致在一般人看来,许多事情都是奇迹……

老　方

上午十点左右,申新旅社日班茶房老陆把客人送进二楼房间,白天,这一层的房间都由他管。他把两只皮箱放到架子上,关上窗,打开房间里的热水汀,站在那儿没动。再过几天就是除夕,客人不多,长住的客人也走了不少。要等过了年三十,才会有客人来包了房间打牌。

客人姓陈,陈先生往他口袋里塞了五角钱。不是那种手面豪阔的客人,但也晓得规矩,懂经。如果不是要过年,他多半只拿出一张两角五分。老陆笑嘻嘻地说:"陈先生,我回头给您送泡茶的热水。走廊两头都有电话,往旅馆外面打,旅馆有接线小姐。"

"好,谢谢。"

"您还有什么吩咐?"

客人摇摇头。一路上楼，老陆搭讪了几句，但是客人沉默寡言，不怎么接话。他看上去十分疲劳，面庞清瘦，应该有几天没刮胡子了，那身镶毛皮领子的厚呢大衣虽然散发着一股长途旅行的气味，但穿在他身上，样子实在是好。

他只是说他从"新京"来，是个做古董生意的商人。自从去年伪满洲国成立，上海的旅馆里也常常见到从那儿来的客人，这些来路不明的东北新贵还都很有钱，不知跑到上海来干什么。如果这位陈先生是个乐于聊天的客人，老陆说不定要跟他聊聊之前日军侵占山海关的事情。

客人忽然像回过神来："哦对，老陆，我想理个发，附近有没有好点的地方？"

老陆对这个一直面无表情的客人有了些好感，旅社下榻的客人通常直呼茶房，没人关心杂役姓甚名谁。

"旅馆里就有，这会儿应该上班了。外面么，您出门向北，顺着门口这条马路下去一直走到三马路，转个弯就能看见一家。"老陆仔细指点道。

"谢谢。"

陈千里下楼在前厅桌子上拿了一份《申报》。他先在头版上看了蒋介石亲赴南昌坐镇指挥"剿共"的消息，又向后翻到广告版，似乎漫不经心地扫了一圈，全是些铺屋租赁、旧车收购、鬻字卖画的小广告。在旅社门前，他把报纸插进大衣口袋，按照茶房老陆的指点，向三马路方向走去。

快过年了，街上飘着股腌鱼腊肉的气味。几家呢绒绸缎铺外面，都打着抵制日货的布幡。他放慢脚步，像街上其他行人那样闲适地走着。

啪——左侧弄堂里一声脆响，一个小男孩蹿了出来，穿得像个圆球，新棉袄上已沾了不少泥灰。他左手攥着几颗鞭炮，右手点着根火煤子，一头撞过来，陈千里闪身扶住小孩。他看了看手表，又见弄堂出口旁边有个烟纸店，柜台上放着一台公用电话。他付了钱，拨打了一个号码，等了好一会儿对方才拿起听筒……

他看到茶房老陆说的那家理发店，就在对面街角，但他没有过去，而是在马路中间的车站跳上了一辆有轨电车。

一个多月前，陈千里离开了伯力的训练学校，他在那儿住了三年。三年下来，连不近人情的教官都有了些离愁别绪，那天把正在冬泳的陈千里从冰水中叫上岸，在教官宿舍里喝了一夜酒。接着就是万里征途，先是坐六百公里火车，一路穿越西伯利亚森林，到了海参崴，没想到在那里耽搁了半个月。

冬天，外港海面上结了一层厚冰，只有少数运送苏联急需物资的货轮可以用破冰船开道，进出港口。他费了好大功夫才找到一艘能搭乘旅客的货轮。

从伯力启程时，他得到的指示是潜入福建和两广地区，对国民党军阀高层做瓦解分化工作，为粉碎敌人对中央苏区的下一次"围剿"预先作好准备。原本他应该到香港下船，但是在青岛，一位预料之外的客人上了船，到他的单间客舱拜访。来人让他临时改变计划,把目的地换成上海。

"中央交通局的'老开'在上海被捕,特务包围了开会地点。一同被捕的还有其他五位同志。加上'老开',那次会议应该有十二位同志参加,会后这十二位同志就将组成一个临时行动小组,执行机密任务。"

来人告诉陈千里,他们将要执行的任务,与中央最近所作的重大决策有关,那是一项绝密计划,即使在组织内部,也只有极少数同志了解。上级临时把陈千里调过去,指示他帮助"老开",继续推进那项任务。具体情况等他到上海后,会有人向他传达,向陈千里传达任务内容的同志,很可能仍然是"老开"。

陈千里问:"被捕同志有可能营救出狱?"

"参加会议的人并没有全部被捕,根据得到的消息,会议还没有开始,特务就冲进了会场。被捕的人中,除了'老开',没有人了解任务内容。到目前为止,也没有人知道'老开'究竟是其中的哪一位。'老开'是经验丰富的同志,组织上相信目前有关情报并没有泄露。

"党组织正在运用所有力量营救他们。目前看来,希望很大。等你到达上海,他们很可能已经出狱了,你要设法与'老开'取得联系,他会向你传达中央的绝密计划,以及临时行动小组负责的具体任务。"

陈千里望着舷窗外夜色中的港口:"上海小组在秘密会议现场被捕,说明地下党组织很可能被渗透。我需要了解更多情况。"

客人端起茶杯,焐着手心:"组织上也有相同判断。最近在上海,不断有地下党组织被敌人破获。特务甚至冲进了党中央绝密机关,有证据证实有人被捕叛变。

"这两年,南京那个特工总部似乎找到了一点窍门,据说他们因为频繁破坏我党的地下组织,越来越受到蒋介石的信任,这两年特务机构得到了很大扩充,眼下斗争形势十分严峻。

"上级从内线得到情报,有一个代号叫'西施'的特务,很可能潜伏在我们内部。情报来源并不了解他从什么时候开始混进了党组织。特工总部得意扬扬,吹嘘他们的'剿共'成果,才使这个消息漏了出来。上级情报部门作了分析,感觉这个'西施',有时候像一个长期潜伏的特务,有时候却又像是个新近投敌的叛徒。"

陈千里刚刚就想过这个问题:严格地说,如果党的地下组织遭到敌人渗透破坏,那么这部分系统就应该冻结起来,暂时不能启用。

"既然有内奸,为什么不另外组建行动小组,重新布置任务?"

"时间十分紧迫。上海临时行动小组执行的任务,是中央绝密计划的一部分,参加人员是考虑到执行任务可能遇到的情况,由组织上从各个不同行业的人员中紧急挑选的,一时间也很难重新组织这样一支队伍。况且'老开'已经与他们见面。上级派你过去,就是希望你能够对地下组织被渗透的范围,作一个精确判断,争取尽快肃清内奸,同时帮助

'老开'完成任务。"

"召集行动小组之前，有多少人知道这件事情？"

"除了'老开'，那个时候只有上海地下党负责同志方云平了解情况。参加小组的人只是收到会议通知。原本上级让老方也加入行动小组，作为小组负责人，配合'老开'完成任务。但是有消息说，他那天没有去开会。"

"所有人都在开会的地方，为什么特务只抓去了六个人？"

"菜场十分混乱，事发突然，部分同志混进人群逃了出来。"

"这些人里面，上级认为有谁可以信任？"

"上级等着你的判断。"

"那个老方似乎存在疑点？"

"如果老方有问题，敌人抓捕的时间会更早，范围会更大。组织上目前还没有这样考虑。"

陈千里认为这样的推断并不十分严密。

按照这位访客的指示，他来到上海。轮船在吴淞口停了一个晚上，上午退潮后领航员登船，租界的外国警察也随同一起上船。巡捕盘问了他，把他登记成做古董生意的商人。下船后他让黄包车夫把自己拉到申新旅社，安顿好之后，立即来接头地点找老方。

陈千里在四川路桥前下了电车，过桥沿苏州河堤转向西去，绕着邮政大楼回到北四川路，他四下看了看，确定没有尾随的人，然后沿路朝北走去。这一带是他曾经常来的地方，公益坊里的水沫书店、辛垦书店不知道是否还开着，鲁迅、冯雪峰也曾在此参加《前哨》杂志的活动。公益坊广东人聚集，西北面的戾虹园，是中山先生数次到过的地方，这会儿门前一组新人和亲朋好友正在准备文明婚礼。

陈千里从人群中穿过，走进了马路对面的弄堂，找到了那家剃头铺。

一位客人脸上蒙着热毛巾，躺在放倒椅背的理发椅上。剃头师傅二十多岁，手里拿着剃刀，正准备给他修面。见又有客人进来，他伸着剃刀指指边上另一张椅子，陈千里坐了下来。店铺里忽然安静下来，三个人谁也没说话。过了一会儿，修面的客人从热毛巾下开口说话：“这位先生不是本地人吧？"

"从青岛坐船刚到上海。"

"快过年了，您是来看亲戚？"

"做生意。"

"年关将近，这大冷天倒还有生意？"

"古董生意，不讲时令。哪儿有好玩意，就得往哪儿赶。"

正说着，剃头师傅过去关上了店门。修面客人一把拽下变凉的毛巾，朝陈千里转过脸——

他说他是老方。

剃头师傅拎着烧水壶，站到店门外，门旁有个炉子专门烧热水。他关上了店门，现在店里只有他们两人。

老方躺回椅子，又把变凉的毛巾盖回脸上，露出两只眼睛盯着对面墙上挂着的一面小镜子。这镜子想必是要等剃完头后，才递给客人的。陈千里顺着老方的视线，也看了看镜子。镜子挂得很巧，略微侧了侧，正好对着店门旁那扇窗户，透过窗户，就能看见外面的动静。

"这里——你觉得不放心？"陈千里轻轻地问。

"这里没有问题。那是我儿子。"老方指了指门外。

少顷，他又补了一句："敌人掌握了大部分地点，我住的地方也被他们包围，我逃了出来。这里从来没有做过联络点，被捕的人也不知道这里。"

"他好像有点不太乐意？"陈千里望着房门，门缝忽明忽暗。

"他想参加工作，想做大事。"

店门外，老方的儿子拦住了附近常来理发的熟客："太忙了，店里两个客人刚坐下，你过会儿来吧。"

"来这里理发的都是附近弄堂里的居民。"老方小声说了一句。

陈千里站起来走到门边朝外观察了一下，回身拿起旁边凳子上叠着的一条白围布，把它套在自己身上，坐了下去："还是不能大意。那天开会你没去？"

"我本来应该去的，但是迟到了。我赶到菜场附近时，看见巡捕房的警车，后来又遇见从会场逃出来的崔文泰。"

"你是召集人，怎么迟到了？"

老方犹豫了一下："开会前一天晚上，上级派人通知我，要我第二天早上六点，到兰心戏院斜对面，普恩济世路口一家包子铺，与一位同志接头。包子铺早上开门后，就把门板横在外面，吃早点的人可以拿它当桌子，那位同志到时候会坐在那里。

"我一到那里就感觉情况不对，马路上闲人太多了，一大清早，街上那种打扮的人不应该有那么多。我远远看见包子铺门外的桌子是空的，没有人坐在那里。

"我必须做点什么，向那位同志发出警报。东边马路上有个人靠在梧桐树干上抽烟，就是刚刚说的那种看着形迹可疑的闲人。我靠近他，跟他借火，趁他不备，伸手拍了拍他的衣服，果然衣服底下有手枪，没等他反应过来，我就给了他一拳，拔出那支枪朝天开了几枪。

"普恩济世路向东再有一小段就到头了，前面是小浜湾，弄堂是通的，从里面可以一直走到隔壁圣母院路。我就朝东跑，一边跑一边开枪，然后在小浜湾里把枪扔了。他们没有追上我。我等了很久才绕回去，弄了一顶帽子戴到头上，到那家包子铺附近打听，据说那帮便衣没有抓到什么人。"

"什么人这么重要，让你冒这么大风险？"

"你知道那位同志是谁？"

"你告诉我。"陈千里注视着老方。

老方转过头来："那是浩瀚同志。"

陈千里当然知道，虽然这只是一个工作化名。

"上级原先指示，让我与浩瀚同志接头，安排好隐蔽住所，等待通知。前几天中央绝密机关有人叛变，浩瀚同志不得不撤离，情况十分危急。我就问上级，既然那么危险，为什么不赶紧让浩瀚同志转移，反而要让我与他接头？我这里也并不安全呀。上级就说，等明天开完会你就知道了，'老开'会告诉你怎么办。"

"你是什么时候通知大家开会的？"

"前一天下午开始，一个一个分别接头，跑了整整一下午，到晚上才把十个人全部通知到，加上我，加上'老开'，一共十二个人。具体人选也让我决定，临时召集，只说是有重要任务。抓了六个，逃出来五个。逃出来那五个我都认识，所以'老开'一定被捕了。"

"地点是你安排的？"

"是的，那是个新地点，我们刚弄到手还没有——"

门外间或有人路过，他们就停下交谈，像两个有些不耐烦的客人，一个掰着手指关节，发出咔咔的声音，另一个不停地把两条腿换着叠来叠去。

老方想了想，郑重其事地说："我愿意接受组织调查。"他从棉袄里掏出一封信，递给陈千里。

　　方兄如晤，老易与妹等情形，料兄悉知。我等既已入院，决与之抗争。内心甚为安宁，最坏情形也不过一死而已。天气严寒，望兄等珍重。并请转告父母大人，幸自摄卫。妹凌等。

陈千里翻过信纸，找到一段密写，字很小，而且写在正面那段文字背后，很难被发现。

所有同志决心已定。骰子事已暴露，有内奸。

"这是狱中同志送出来的？"

"是凌汶和董慧文两位同志。"老方指点陈千里看信纸下角几个很不起眼的墨点，"位置和数量，敌人伪造不出来。"

"骰子是什么？"

"接头的方式就是牌九和骰子。每个人都会带上几只骨牌，人到齐了就凑成一副牌九。正式开会时，'老开'会拿出一对骰子。我也不认识'老开'，所以就用这个办法。敌人还不知道'老开'的事情，但是他们知道骰子。"

"骰子有谁知道？"

"这件事情我大意了。我不应该把骰子告诉别人。我自己也会去，所以完全没有必要跟大家说。我那时候只是觉得，只要会议一开，大家就都知道了。我仔细回想，有好几个人知道骰子，我不知道老易会不会告诉凌汶。这是个接头暗号，他们从各条线上临时调进这个小组，我告诉他们开会时拿出骰子的人，就是上级派来布置任务的同志。"

"也许他们会在狱中告诉别人？"陈千里几乎让人难以察觉地摇了摇头，"这封信，取信安全吗？"

"我们租下了徐家汇邮局一三七和一三八信箱，一三八正好在一三七下面，隔板有个机关，轻轻一拉，一三七的信就掉下来了。就算有人在旁边监视，也不容易注意到打开一三八信箱的人。"

"还是太冒险了——"陈千里再一次仔细检查那封信。

"我的交通员是崔文泰,实际上是他去取的信,今天早上刚交给我。"

"先说说那些参会的同志吧。"

"我负责地方党组织工作,这些人我都很熟悉,都受过严格考验。凌汶,是个女作家,参加过左联,认识不少人。她丈夫牺牲了。我觉得她应该安心当个作家,我们党也需要这样的同志,但她说要继续丈夫未竟的事业,甘愿冒风险从事地下工作。

"梁士超,参加过南昌起义,反'围剿'时受了重伤,只能送到上海,秦传安同志就是为他治伤的医生。

"卫达夫,组织上特地派他到房屋经租处工作,很多秘密联络点都是从他手里租下的,如果他出了问题,那地下组织早就暴露了。

"易君年同志,民国十八年七月,组织上把他调来上海。他在广州就一直做情报工作,秘密斗争工作经验丰富,有好多次他抢在敌人行动前报信,是个可靠的同志。

"田非,在菜场楼上那家图书馆工作,开会的地方就是他找的。我仔细想过,他会不会有问题,但我想不出有什么迹象。"

老方似乎激动起来,不停掐着手指关节:"他们都是可靠的同志,虽然职业不同,有些同志缺乏经验,但我没法怀疑他们对党的忠诚。"

"我们不是在怀疑,而是要考察他们。"陈千里纠正老方。

"我同意。他们愿意为党的事业牺牲一切。李汉的哥哥,凌汶的丈夫,都牺牲了。陈千元和董慧文是一对恋人,两个人都充满热情——"老方忽然抬头看了看陈千里,怀疑自己究竟有没有看见他的眼睛闪了一闪。怎么那么巧?

"陈千元是你什么人?"

"是我弟弟。"陈千里脑海里闪过陈千元从前的样子,"我们也三年没见了。所有这些人,包括陈千元,我更想了解的是他们之前的经历。历史——"他望着镜子中的老方,"人的面貌很难看清楚,那是用他们的历史一层层画出来的——"

"白区工作没法为同志建立档案。"老方觉得组织上派来的这位同志,目光锐利,考虑问题却有点教条繁琐,"这几年,国民党疯狂发展特务组织,地下工作稍有不慎,就会被敌人发现,各系统不断遭受损失,很多同志因为原先的工作条线被破坏,上下级关系失联。他们怀着极大的革命热情找到党,然后被安排到其他条线工作。按照纪律,在新的工作系统里,相互之间不应该提到过去。可是同志之间的忠诚和信任,才是大家开展工作的基础。"

"易君年,他的情报来源可靠吗?"

"老易来上海时,大革命失败两年了,地下组织处境艰难。组织上把他调来,就是为了重建情报网。这些年他一点一滴做工作,为党组织提供了大量有价值的情报。"老方补充道,"有一次,因为来不及通知执行任务的同志,他亲自出手惩处了叛徒,避免了一次重大损失。"

"具体说说。"陈千里第一次让老方感觉到他对话题有点兴趣。

"组织上做了调查,那个叛徒十分危险,老易处置果断,做对了。后来特务大肆报复,老易的情报网,有一位同志也牺牲了。"

"是这样——"陈千里一步步复盘着老方讲述的线索,"营救现在做到哪一步了?"

"组织上通过十九路军的关系,军法处已经让我们提交铺保文件,我正在安排,计划让秦传安担保梁士超,他开了家私人诊所,在上海有很好的社会声望。"

"他也是小组成员,去菜场参加了会议,让他出面合适吗?"

"按理说,确实不能由他出面,但他说小组里其他人都不认识他,梁士超一直在他的诊所里帮忙,由他担保名正言顺。秦医生是从德国医院出来的,多年来一直在租界行医,结识了不少达官贵人,只要不是被敌人当场抓住,或者证据确凿,敌人也不能在租界里随便抓人。"

老方忧虑地说道:"另外几位同志的铺保还没有落实,我正在设法安排,但是这几天特务到处找我,租界铁门上贴着画像,我白天不能到处跑。为了确保组织安全,我切断了大部分工作关系,一直在等你。"

"一面交保释放,一面又在抓你,敌人这是想做什么?"

两个人都陷入了沉默。

有人推门，是老方的儿子，他把头伸进门里说："有两个陌生人在横弄堂晃来晃去。"说完又退了回去，门关上了。

陈千里警觉地站了起来，再一次走到门边："这些同志互相之间，以前有横向工作关系吗？"

老方也站起身来，一边朝门外张望了一下，一边下意识地拿起旁边的剃刀，手指提着刀刃，刀柄在小桌上轻轻地敲："凌汶和卫达夫是易君年的下线，是情报网的内勤。我特地挑了老易，他有谋略，也很勇敢——"老方看了看陈千里："我觉得他和你，从某些角度看，还真有点像。我们花了很大力气疏通营救，他们应该这几天就会从龙华释放，到时候你跟他接头，你们俩也许合得来——"

"我们得赶紧离开这里。"陈千里打断了老方的话。

门口人影晃动，有人用手肘推开门，手拢在夹棉长袍的衣袖中，一步跨了进来，小方在来人背后喊："今天来不及做了，客人明天请早——"顺手把来人往门里顶了一步，也跨进屋内，背手合上门。

来人见势不妙，放下拢着的手，撩起棉袍下摆，手就势往里面掏——

陈千里两步跨到来人背后，按住他的手，顺着一摸，对老方说了一声："枪。"

"识相点，侦缉队大队人马在后面，马上就到，跟我们跑一趟吧——"来人话没说完，陈千里顺势拿过老方手中的剃刀，割向特务的喉咙。

陈千里抱着这个家伙，慢慢把他放倒在地上。

"弄口来了好多人，"小方催促道，"你们先从后门出去。"

老方俯身从特务腰里摸出一支史密斯威森转轮手枪，一面退出弹膛检查子弹，一面郑重地望着陈千里："你从后门走，先找老易。"他一步跨出门外，又回头对着陈千里说："带着我儿子！"

老方走到弄堂里，回头看了儿子一眼，抬手朝天开了一枪，便向弄堂深处跑去。陈千里站在门后，从窗口看见他刚跑到横弄口，突然停住，回转身，似乎想要往回跑，这时从弄口方向射来一阵乱枪，一颗子弹打在老方的肩膀上，他趔趄了几步，躲进了横弄堂。

可是后门也被堵住了。小方推开门，只探了下头便退了回来。后门两边的弄口也有便衣特务。两人上了楼，从一条昏暗的窄梯爬上晒台。小方跑到晒台护墙边伸头看看外面，指着护墙外对陈千里说："你下去，顺着那道墙爬，翻过屋顶就是隔壁人家的晒台。"

弄堂里又响了两枪，接着是一阵乱枪声，然后安静下来。不知谁家养的一群鸽子从屋顶蹿上半空，有人急急关上窗户。

陈千里上了护墙顶，回头叫："跟紧我。"

枪声又响，小方朝他摇摇手："我回去找老头。"他转头冲向楼梯口，一眨眼就消失不见了。

陈千里犹豫片刻，又向前挪去。护墙连到隔壁人家的山墙，离房顶半人多高，他搭手上了房顶，轻脚踩到瓦片上，爬了几步翻过坡顶，果然下面是个晒台。

他伏下身，听见隔壁晒台上一阵打斗喧嚣，有人从楼梯滚落，又有人咒骂，紧接着是凌乱的脚步，似乎有很多双皮鞋踩在楼梯木板上，再是一阵打斗，有人突然开始叫骂，是剃头师傅小方，声音断断续续，还有些沉闷，像是从很远的地方传来，像是脸被按在水门汀地面上发出的声音。

他蹲在墙边想了想，觉得敌人也许知道剃头铺里有三个人。如果是那样，他们很快就会搜查弄堂里的每户人家，他不能在这里耽搁太久。陈千里在晒台上站起身，向四周眺望，这片石库门房子连甍接栋。

接连翻越了两处晒台，墙外已是马路，陈千里脱下大衣，翻了一面，露出里面的羊羔绒，穿上后便走楼梯下了晒台，悄悄穿过楼道。没有人。他下了楼，穿过天井，推开一扇门，门后是一家沿街茶庄。店里没有客人，掌柜讶异地望着他旁若无人地出了店门。

剃头铺那条弄堂口围着很多人，几个巡捕举着警棍，吓唬几个靠近张望的年轻人。警棍打到棉袄上，灰絮飘扬起来。陈千里没有马上就离开，他静静地在人群后站了一会儿，听见有人说："年轻的一塌糊涂，脸上都是血。老的那个当场被打死了。"

陈千里在路上不时想起老方刚刚说的话："带着我儿子！"

赛马票

本场电影已过半,下一场的观众还没到,大光明大戏院外只有三两行人,在寒风中匆匆赶路。头顶上方的电影海报被风吹脱了一半,飘在半空中哗哗作响,夕阳照在玛琳·黛德丽有些扭曲变形的脸上,那头著名的金发也已饱经冬日风雨和尘土的摧残,变得黯淡无光。陈千里到票房转了一圈,又从另一扇门走了出来。他继续向东走了一段,左转进了派克路。

他仔细回想,应该没有什么异常。昨天,他在书画铺门口的电线杆上贴了一张绿字条。字条是老方牺牲前给他的,书画铺老板只要打开店门,就会看到字条上写的寻人启事,然后按规定时间到卡尔登大戏院,与来人接头。书画铺开门营业了,夜里二楼也开着灯。陈千里在附近观察了很久,没有站在街角无所事事只顾抽烟的人，也没有手势生疏的鞋匠。

这几天，意大利山卡罗氏歌剧团在卡尔登上演《图兰朵》。戏院门旁，那幅表现主义风格的巨大招贴画上有中意两种文字：在图兰朵的家乡，刽子手永远忙碌。那是开场合唱中的一句歌词，不知制作它的人专门挑出这句是什么用意。

那家书画铺的老板，正是易君年。陈千里在他的书画铺门口仔细观察了他两天，人群中一眼就找到了穿着灰缎夹袍的易君年。

陈千里跟着一小群人前行，慢慢靠近易君年。他侧过身，望着马路对面，那是正在建造的四行储蓄会大楼，冬日夕阳照射在高耸入云的脚手架上："一个卖古旧字画的，也来看意大利歌剧？"

"它说的可是中国故事。您是——"易君年朝招贴画努努嘴，画上有一个尖下巴的中国女人，背景上隐隐约约是一些中式宫殿。

"姓陈。"陈千里回头看着他。

易君年慢悠悠地从大衣口袋里掏出烟盒，借递烟打量了一下来人，当对方随着人流走来时，几乎不易察觉，但当他站到自己面前，却像是一个从电影里走出来的人物。陈千里摆摆手，易君年自己取出一支茄力克香烟点上："陈先生，不是本地人吧？"

"从新京来，受人之托，想找一些好东西。听说最近北平的东西都跑到了上海,不知道易先生有没有路子?"

陈千里这件从海参崴旧货店买来的大衣,羔皮里子狐毛领,一望便知从极寒地方来。从下船那一刻起,他就话里话外透露自己是个古董商人,与在大陆冒险的日本商人有一些神秘联系。

"连政府都打算把北平的文物运到南京去,何况民间。"易君年接着陈千里的话题说道。因为日军在长城一线蠢蠢欲动,据说国民政府正准备从北平故宫文物中挑拣一批,送往南京。几天来报纸上议论纷纷,都在说这件事情。

风从空旷的跑马场方向吹来,把梧桐落叶吹得到处都是。易君年扔掉抽剩的半支香烟,搓了搓手。两个人一前一后,好像只是不约而同,一起向跑马场方向走去。

跑马场外围的护栏边,行人稀疏,他们停了下来。马赛大多在春秋两季,届时赛道围栏旁簇拥着赌徒和小报记者,人人都争着打听和传播各种真假消息。平常日子,骑师和马夫也会不时牵着马到赛道上转几圈,让赛马在众人面前亮亮相,假装精神抖擞或者萎靡不振,以此操纵赔率。不过这会儿,薄暮笼罩的跑马场上,只有几个外国小孩在争抢一只皮球。

"陈先生对什么感兴趣?我只懂点字画。"

"那我就找对人了。"

皮球踢上半空,又落到砂石赛道上,惊起几只麻雀。陈千里轻轻地说:"我只担心买到假货。"

"买到假货,那是常有的事,在上海,连金先生这样的大藏家也不免上当。"

围栏边突然孤零零出现一匹赛马,马背上盖着条纹毛毯,马夫远远跟在后面,不时吆喝几声。一马一人寂寞地在赛道上绕着圈。

"愿闻其详——"在冬日黄昏的萧瑟寒风中听一个略带喜剧性的故事,陈千里对此似乎很有兴致。

"金先生最爱明四家,做梦都想要一幅'仇英',字画行里是个人都知道这件事。"

易君年又点了一支香烟,盯着那群正翻过围栏、准备回家的小男孩:"于是有一天,'仇英'自己上门来找他了。来人说,手上有一幅'仇英'的小画。金先生喜之不尽,约定日子让他拿来看,还特地约请了沪上一位书画界的行家,于那日一起来鉴赏。

"到了那天,此人果然拿着一幅'仇英'上门,请来的那位行家细细观摩了好一阵,然后说,这幅画是假的——"

易君年停下来,抽一口烟。

"既然是假的,以金先生的身份地位当然不收。金先生也不多话,客套了一番后,礼送出门。那位行家也婉辞夜宴,一同出门离去。

"金先生有点奇怪,多生了个心眼,让下人跟着出去,正看见这位行家在门外街上拦着来人横竖要买。下人回来报告金先生,金先生大怒,这快赶上明抢了。第二天金先生就让人捎了一句话给那位行家,要么卖给金先生,愿意再加价一倍,要么自己拿着那幅'仇英',从此就别想在上海滩混了。"

"那幅画是假的。"陈千里说。

"正是如此。"易君年扔掉烟蒂,"那位行家自己画的。"

陈千里忽然笑了起来:"故事是好故事,可这故事像是从《笑林广记》里偷来的。"

他从大衣内取出一册广益书局版《笑林广记》,递给易君年。易君年接过去翻开,书中夹着半张跑马厅大香槟票。

"这回大香槟赛,开出头奖二十万。"易君年一边说,一边往怀里掏,"赌马的人越来越多了,市面越是萧条,跑马场就越热闹。"他掏出半张马票,上印"提国币一元作慈善捐款"。他把那两个半张合到一起,凑成完整的一张。

易君年不用再假装冷淡,有点激动地去握陈千里的手。他刚经历被捕和审讯,释放后又听说老方牺牲了,时刻都在担心就此与组织失去联系。陈千里却没有握住那只伸向他的手,只是朝对方笑了笑。

"我叫陈千里。"他说。

听到这个名字,易君年愣了一下。

"陈千里同志,"他克制着情绪,但语气仍然有些悲愤,"老方牺牲了。"

天色昏暗,路灯渐次亮了起来,陈千里注视着易君年:"哪来的消息?"

"我们在巡捕房里面有内线情报。他们在老方儿子的剃头铺里找到了老方。老方儿子也被捕了,敌人严刑拷打,就想知道老方在那里准备跟谁接头。是你吗?"

"老方在码头附近跟我接头，他离开时没有什么问题。"陈千里并没有什么明确的判断，但他决定有些事情要先观察一段时间再说。

"按理说，你们刚出狱，不应该急着跟你联系。"陈千里说得很直率，"但我必须找到'老开'。"

易君年又点上一支烟，脸上忽明忽暗。陈千里觉得自己看不清对方的表情。

易君年轻轻叹了一口气，知道陈千里的话是对的，虽然他很想立刻就取得对方的信任，他想马上重新开始工作。

"'老开'，就是上级派来传达任务的同志？"

"他现在在哪儿？"

"他还没有表明自己的身份，敌人就冲进来了。我们陆续进房间，每个人都往桌上放了骨牌。十二个人如果到齐了，主持会议的人应该拿出一对骰子，证明他是上级派来传达任务的同志。可就在那时，听到了枪声，接着有人跳楼，大家紧急疏散，但两边通道都堵住了，我们只能回到房间，混乱当中我看到那对骰子已经放到了桌上，说明他已经到了。我意识到我们马上就会被捕，他是唯一知道会议秘密的人，不能让敌人发现。情况太紧急了，我没有多想，把骰子悄悄放进了自己的口袋。"

陈千里想了想，又问："你觉得敌人知道'老开'就在这些人中间吗？"

"我估计敌人可能并不知道这个化名，从没有人提起。老方通知大家时也没有说过。"

"审讯过程你能回忆起来吗？"

他们站在这里的时间会不会太久了？陈千里转了个身，背靠着围栏。天差不多完全黑了，远处路灯下偶尔出现一两个行人，大马路上新近安装了霓虹灯，在黑夜里勾勒出一两幢大厦的轮廓。如果有人看到他们在这里说了那么久，会不会觉得奇怪？他在想。

"押解到龙华的第二天，上午很早就开始提审。我比较晚，我要到下午。有人听见女牢也是上午就开始提审。后来我听凌汶同志说，先提审了小董，就是董慧文——"

"在狱中你们有联络通道？"

"那倒没有，女牢隔得太远了。是出狱后，出狱之后我和凌汶见了面。"

他在躲闪什么？陈千里心想，夜色中他隐约感觉对方窘迫地笑了一下，接着又说了下去："她是上午出狱，知道那天我们都会被释放，她叫了两辆黄包车，让一辆空车在警备司令部释放犯人的门口等我，她自己坐一辆远远地看着。我们都联系上了，我们六个人，释放时就约好要互相保持联系，谁先找到组织就通知大家。我和凌汶原本就一起工作，她是下线。我们这个小组专门做情报，她是内勤和交通，忠诚可靠，她丈夫前些年牺牲了。我信得过她。

"有时先来提一个，过会儿再提出去一个，偶尔也会两三个人一起提审。先出去的不一定会先回来。审讯并不在同一个地方，每个人回到牢房以后都尽量回忆，好把需要警惕的事情告诉其他同志。我自己被提出去审了两次，军法处侦缉队的队长游天啸，两次提审他都来了，就来一会儿，时间不长，应该是在几个审讯室跑来跑去。游天啸一点也不相信我们事先想好的托词，他很确定我们不是在赌钱。我们这些人互相都不认识，怎么会聚在一起，他反复盯着问，我想他猜到我们有一个特殊任务，推测应该会有一个传达任务的人。第二次提审时，他提到了骰子，他问谁是把骰子拿出来的人。"

"你是说第二次提审时，他知道了骰子的事情？那么——是有人在提审中向敌人泄露了这个秘密？"

易君年认真地想了想："应该不是。游天啸领着人冲进会场时，他自己拿出一对骰子放到桌上，装出一副什么都知道的样子。"

"如果是那样——"陈千里似乎一边努力思考，一边斟词酌句，"你怀疑组织内部被敌人渗透了？"

"我认为——"易君年艰难地说出了他似乎考虑很久的想法，"组织内部很可能有内奸。"

陈千里摇了摇头，好像决定暂时放下这个想法："我要跟'老开'同志取得联系。"

"上级也没有告诉你到底是什么任务？"

陈千里没有回答，却反过来问易君年："你们约定了出狱以后，用什么方式互相联络？"

易君年把大家的联络方式告诉了他。他发现这位同志的记性特别好，每个地址和联络方式他都只说了一遍，而对方没有再问。

两人分手时，陈千里又回转身问易君年："那个卫达夫，是不是专门负责安排安全住所的同志？"

"组织上安排他进房屋经租处工作，一旦需要设置秘密联络点，或者安全住所，他很快就能安排好，哪怕临时通知他也没有问题。他手里也有一些十分可靠的铺保。"

易君年把《笑林广记》卷了卷攥在手里，迟疑了片刻才又说道："但是菜场会议被敌人破坏以后，加上部分同志被捕入狱，他有些意志消沉。"

"那我就借这个机会观察他一下。"陈千里摘下帽子，挠了挠头发。易君年看了他一眼："对，要过年了，我也该去理个发。"

陈千里的背影很快消失在暗夜里。易君年压了压帽子，收紧大衣，背着手朝跑马厅路路口走去。穿过马路时，他随手把《笑林广记》扔进了一辆路过的垃圾车，拉车的骡子垂着头毫无知觉。

易君年在马立斯大楼前停下脚步，又点上一支烟。寒风中行人缓步走着，仿佛并不着急回家。他直到抽完那支烟，在鞋底碾灭烟蒂，才顺着暗红色的砖墙转进弄堂。

照 片

马立斯新村。弄堂很深,从两侧房子的底楼飘来阵阵油香,不知哪户人家的小孩忽然一阵吵闹,片刻之后就又陷入沉寂。

易君年抬头看一户人家。窗帘拉着,室内开着灯,映照着窗台上的花影。瓶花是安全信号。他转到弄底,推开一扇虚掩着的门。这是后门,里面是厨房,这会儿没人,底楼几家租户烧好饭菜,都进了房间。

他径直上了二楼,敲敲门,凌汶打开房门。

易君年脱下大衣,挂在门旁的柚木衣帽架上。桌上放着刚做好的饭菜、豆芽炒肉片、猪脚黄豆汤,还有炖萝卜。

"楼下人家有没有问你最近去哪儿了?"易君年问她。凌汶是二房东,前些年,龙冬租下了这幢弄堂房子,择吉接了她住进来。他们俩是夫妻，比那些因为工作需要才住在一起假扮夫妻的同志，更容易适应环境。不像在其他系统工作的同志，国民党暴露真面目前，龙冬就已经转入地下为党做情报工作。"四一二"大屠杀前夕，很多同志在国民革命高潮中过于轻敌了，龙冬所在的小组虽然相当隐蔽，但因为没有与党的公开活动完全隔离，在国民党大肆"清共"时仍然遭到破坏。不过敌人没有发现这幢房子。

"我说到亲戚家住了几天。"吃饭时凌汶告诉易君年，"我猜他们可能知道。楼下小宝说，有陌生人到房子里来问过，巡捕房姚探长陪着。那天带巡捕冲进菜场的，不就是这个姚探长吗？"

有人读了凌汶写的那部小说《冬》，会以为她和龙冬很难分得开。谁也不会想到他说走就走，都没见上一面。联络站暴露，特务悄无声息地冲进房间，凌汶正在那里取信，也被抓了进去。幸亏销毁了密信。凌汶不在逮捕名单上，特务并不知道她也是小组成员，关了几个月就把她放了。等她出狱后，龙冬却不见了，与他有关的所有东西，几乎全都消失。

"我怕你有一天突然不见了，就像水进了大海。"
"那你面对大海就能看见我。"

这是小说中那对恋人的一段对话（她把自己和龙冬的名

字赋予了他们）。有一天早上，小说中的汶告诉冬，她做了一个可怕的梦。

过了一年多又传来消息，龙冬牺牲了。凌汶找不到组织，而这幢房子当初由他们夫妇出面承租，并没有暴露，根据上海的房屋租赁规则，房屋业主不得无故取消租赁权、收回房子。房租月月往上涨，她发现只要出租一部分房间，她就仍然可以住在这里。等易君年找到她，让她恢复工作后，她倒是提过想把房子退租，但易君年不同意，他说，这房子从没有当联络站使用过，连自己的同志都很少知道。既然组织上不用另外花钱，你何不就住着呢？说不定以后可以派用场。其实她心里也不想离开，因为龙冬。

"巡捕房来说了些什么？"易君年询问道。

"要有什么要紧话，他们会跟我说的，我这儿邻居关系好。"

"那是因为你不涨租金。"

"当然不能涨，我们不能当剥削阶级。"

"你这个二房东，要是跟别的二房东不一样，就会让人怀疑。"

"那也不能涨价。"

易君年点点头，笑骂了一句："小宝这只小流氓，对邻居倒客气。"他说的是楼下的租户吴四宝，从前在跑马厅做过马夫，被跑马厅董事会一个洋大人看中，挑他当司机。小宝抓住这个机会，在跑马厅一带混得风生水起，外面马路上都叫他"马立斯小宝"。

"他们都这样，说是兔子不吃窝边草。"

"我下午见了上级来人。"易君年一边往饭碗里盛汤，一边说。

"这不是有点冒险吗？"他们刚被释放，按照地下工作的一般原则，党组织在与这些人重新接头前，应该有一个静默期。

"也许是因为任务很紧急，所以当初才会临时召集开会。关键是，上级派来传达任务的同志也没有现身。"易君年拿调羹在汤里搅了两下，又放下碗，"老方也牺牲了。"

凌汶感到十分悲伤。除此之外，她也隐隐自责。在看守所她最后拿定主意，写了那封密信。被捕后再次启用秘密信箱，这么做很不妥当。信一交到陶小姐手上，她就开始后悔。她一直在怀疑是不是自己犯了大错，她觉得老方牺牲跟那封信有关。

"做秘密工作，事前要考虑周全，现在就不要多想了。"易君年漫不经心地说着，心思像在别的什么事情上，他经常这样，凌汶见多了不以为怪。他们都是能在脑子里把事情琢磨清楚的人，她就做不到。她要是认真思考一件事情，就总想拿支笔写下来。人和人不一样，同样是动脑筋，老易看起来就像心不在焉，所以她有时候觉得，易君年如果不想回答一个问题，就会显得漫不经心。

因为易君年，她才能重新联系上党组织。像龙冬一样，易君年也掌握了一个秘密情报网。老方常常说，老易把天线安进了敌人的心脏,我们有一个易君年,安全保卫工作就省了一半心。市党部、警察署、巡捕房,老易都能搞到情报。常常是半夜,老易跑到她这里,交给她一支香烟或者一颗蜡丸,告诉她有人面临危险,要求她连夜送出情报。这种时候她总是为自己和小组同志所做的工作而自豪。

"这是什么?"

易君年吃完饭,坐在沙发上抽烟。他拿起茶盘边的小纸片,盯着看了一会儿。凌汶手上拿着抹布,凑过来看。

"随便乱涂的。"

她习惯随手在纸上涂抹,成形的想法会记在小笔记本上,零零碎碎的想法写在小纸条上。一张文稿纸裁成一小沓,放在口袋里。纸条上写着"内奸""骰子",还乱七八糟地画了一些谁也认不出是什么的图案。

"你这个习惯一定要改掉,"易君年说,"很危险。"

他点燃一根火柴,在烟灰缸里烧掉了字条。

"我觉得肯定有内奸,能不能从敌人内部找到线索?"

易君年深深吸了一口烟,慢慢地说:"我会查。如果我的怀疑没错,这个内奸应该十分隐秘,即使在敌人那边也不会有几个人知道。"

"你有怀疑对象吗?"

"不要轻易去怀疑一个同志。"易君年看了看她,严厉地说,"随随便便把同志打成内奸,我们有过惨痛的教训。"

"如果不把他查出来,组织会遭到更大的破坏。"

这句话说中了易君年的心事。从今天接头的情况来看,上级一定也在怀疑。

"你觉得敌人这次为什么会释放我们？"他一边想，一边漫无目的地随口问凌汶。他没有找到老方，但他找过卫达夫。那天逃跑后卫达夫混进菜场人群，正好碰到熟人，连忙上去搭话，以此为掩护，离开了菜场大楼。出去以后卫达夫似乎找过老方。

"你不相信卫达夫说的话？"

"或许吧，或许——"易君年沉吟着说，"你觉得那天在菜场，发生了那么多事情，有人开枪，有人跳楼，有人逃跑，说是赌钱，桌上却没有钱，特务会相信我们的话吗？组织上虽然能找到关系，托人营救，可如果特务们相信手里抓着的真是共产党，他们能放了我们？"

"假意释放我们，监视跟踪？"

"你不是怀疑我们内部被敌人渗透了吗？"易君年望着她。

"如果你不相信卫达夫的话——"凌汶忽然想到，"你是不是认为他出卖了老方？"

起风了，夜晚房间里有点冷。易君年坐在客厅沙发上，凌汶到隔壁取了暖水瓶，给他泡了一杯茶。易君年接过茶杯时，凌汶看到他手腕上被灼伤后的疤痕，伸手轻轻摸了一下。她心里有个问题一直都没找到机会问他——

"你跟我提起过，老方说，上级派来的人会拿出一对骰子。"

易君年注视着茶几上的照片,那个小小的相框,原先放在梳妆台上。

"特务好像知道这件事。"凌汶慢慢地说,好像在整理头脑中的想法,"那个游队长审讯小董的时候,专门问过骰子的事情,而且他冲进来时就拿出了一对骰子。他们没有问你吗?"

"你想知道什么?"易君年严肃地看着她。

"特务进来时,我看见你手里拿着骰子,放进了自己的口袋。我一下子有点糊涂了,原来上级派来传达任务的同志就是你。后来进了看守所,我就一直在担心你。"

"这就是最大的问题。他们知道骰子,说明他们了解党组织的秘密安排,但最后却把我们放了。"

易君年陷入了沉思。凌汶知道此刻她不能去打扰他,老易有丰富的情报工作经验,擅长发现蛛丝马迹,从片言只语中捕捉到线头,一步步分析,找到真相。

每当这种时候,她望着他,恍惚中会觉得他有点像龙冬。虽然仔细一想,又觉得他们俩并不是一种人。龙冬豁达,越是情势紧急,他越是松弛洒脱。易君年呢,她记得自己以前对他说过,只要碰到紧急情况,他就会烦躁不安,别人要是说一句话,打个岔,他甚至会发脾气。就是那一回,她头一次在他面前提到龙冬,结果差点不欢而散,要不是当时有事需要交代,他可能会拂袖而去。

傍晚时她拿着照片,坐在沙发上想了很久。那年夏天,龙冬带回一只莱卡小型照相机,他们俩一起跑到虹口公园,他装上胶卷，给她拍了几张照片，龙冬说，胶卷头上有一些这样的照片，是很好的掩护。他还跑去跟一个戴着软呢鸭舌帽的犹太人商量，让他给他们俩拍一张。那个犹太人正站在草地上又弹又唱，拿着一只古怪的三弦，琴身不是圆的，而是做成了三角形。犹太人给他们拍了照，又专门为他们俩重新弹唱了一遍。后来龙冬告诉她，那种琴叫 ba-la-lai-ka，他一个音一个音地教她说这个词，又说那首曲子叫 tum-ba-la-lai-ka，就是弹奏这种琴的意思。那是一首意第绪语犹太民歌，在空旷的公园草地上，听起来特别忧郁动人，她至今都能哼出那声"咚巴啦咚巴啦啦"。

这些事情，都是老易不会去做的。她就是这样，不时拿两个人做比较。有时候越比较越觉得两人很像，有时却越比较越觉得不像。他们俩在工作时，简直太像了。凌汶常常会觉得，如果他们俩在同一条线上工作，一定会配合默契。他们思考问题的方式都跟别人不一样，会跳过一些事情，直接抓到结论。他们走着走着，会突然好像想起什么事情，猛地回头，如果有特务在背后跟踪他们，就会被发现。他们和她在某个地方接头，分手时都会突然离开，就好像一句话没说完，人就像梦一样消失了。他们俩连说话的方式都很像，从交代秘密任务到日常闲话，一点都不需要过渡转折，连突然压低声音都显得特别自然。甚至，有好几次，凌汶发现易君年在安排接头方式、编造掩护借口时，居然能跟好多年前的龙冬想到一起。

"审讯时他们问了我，所以他们用了电刑。他们一用，我倒放心了，说明他们没有别的办法了，黔驴技穷。有人把骰子放在桌上，这说明上级派来的同志就在我们中间。"

易君年又一次看见茶几上的照片，他在想，要是龙冬碰到这样的情况，他会不会也是这样当机立断？"外面情况一乱，我立刻决定把骰子拿过来。这位同志是谁没人知道，我也不知道，这样最好。骰子我拿着，万一敌人了解这个情况，我可以说我就是那个带着骰子的人。

"我相信自己能顶住敌人的审讯。再说，我也确实不知道到底是什么任务。这样，党组织最重要的秘密就安全了。在看守所，我没有把实情告诉他们，因为既不知道'老开'是不是在我们这些被捕的人当中，也不知道我们中间有没有安插的特务。我把各种情况都考虑了一遍，两个人都在狱中，两个人都逃了，或者一个在里面一个在外面。无论如何，我只能选择假装自己就是上级派来的同志。"

"'老开'？"

"上级派来的同志，"易君年犹豫了一下，"——他的代号是'老开'。"

"可是，敌人提审的时候只问过浩瀚。"凌汶脱口而出。

"这样看来敌人知道得不少。"易君年反复斟酌着，"游天啸看上去很狡猾，其实愚蠢自大，自以为抓住了什么线索。我想，敌人到最后把我们放了，最大的可能是他们相信'老开'同志从抓捕现场逃脱了，而潜伏在党组织内部的特务却被抓进去了。"

易君年再次陷入沉思。每个人都有可能，他想。他摇了摇头，对凌汶说："这样想下去，不会有什么进展。老方召集的这些同志，我们大都不了解。一个人的秘密，深埋在他的历史中间，党组织反复遭到破坏，继续战斗的同志，几乎没有从头就在一起工作的。

"白区工作，尤其是秘密的地下工作，为了安全起见，组织部门从不保存个人历史档案。如果有可能，我想应该建议上级，把这次每一个参会同志的过往历史都清查一遍。"

凌汶看到他伸手拿起茶几上的照片，突然觉得心里有些别扭，在这之前，老易从来没有碰过这张合影，每次他都装作没有看见。她有时候会觉得，这就是她和老易的问题所在，他们俩中间永远隔着一个龙冬。

"你以前说过，龙冬同志撤离上海，也是因为党组织遭到严重破坏，很多同志被捕，有不少牺牲了。为什么组织上没有让你一起撤离呢？"

"我们这里并没有被破坏，敌人从来不知道这个地方。我的工作是内交通，接触的人少，和龙冬结婚以后，就主要做内勤。"

"是因为出了叛徒？"

"组织系统被完全破坏了，很难查清。"

夜深了，凌汶望着茶几上龙冬的照片，想着斗争是如此残酷，甚至使不少人变得面目全非。

诊 所

  同福里三成坊三零一弄，弄口过街楼朝马路那面墙，角上钉着一块牌子，上面大字写着"西医诊所秦传安"，底下不像租界里有些私人诊所，列出儿科妇科内外科这些，让人觉得这位医生什么都能接诊，有点靠不住。这块牌子下面的小字简简单单，只说门诊时间是下午一时至七时，出诊面约。

  过街楼上，秦传安正在发愁。这两天他已经开始怀疑诊所被监视了，马路对面弄堂口忽然来了个卖香烟的人，以前从来没见过；出诊时总感觉背后有人盯梢，他不那么确定，那张陌生面孔是不是在附近看见了好几次。

  仅仅是因为他出面交了铺保吗？这倒是预先做过打算，编造了过得去的理由。本来铺保就是一个形式，亲戚之间，朋友之间，帮个忙而已。担保梁士超更是名正言顺，他本就在诊所帮忙。

老方并没有想到营救会那么顺利，没几天就有消息了。前几天他打了个电话到诊所，告诉秦传安他的处境很危险，敌人正在到处抓他，然后就完全没有了音讯。

这说明敌人确实知道得不少。秦传安不知道营救工作如何进行下去，只能等着。可是没想到，人真的放出来了。诊所收到了释放通知书，可他仍旧找不到老方。

秦传安是位外科医生，此前在附近的德国医院做了好几年住院医师，随后自己出来开了诊所，公开的理由是这家德国医院规定住院医生必须单身，实际上当然另有原因。原先老方跟他说好，他只出面担保梁士超，其他人另作安排，可是老方自己却出了问题。

令人诧异的是，警备司令部军法处居然问他，因为同案其余几个人迟迟没有送交铺保文件，不知秦医生愿不愿意为所有同案人员担保？因为马上就要过年了，看守所方面希望能让这些人早些回家。这真是一件奇事，国民党龙华看守所什么时候变得这么有人情味了？担保梁士超他名正言顺，担保其他同志，这不是摆明了告诉敌人，这些人都是一伙的吗？可他救人心切，假意为难了一番，等对方再一次试图说服，他就答应了下来，签了担保书。

没想到事情那么顺利，释放那天秦传安还特别高兴。崔文泰开着车，和他一起把梁士超和受伤的林石接回了诊所，其他几位同志也都顺利出狱。可一回到诊所，他就高兴不起来了。梁士超悄悄告诉他,有内奸。这么秘密的会议,特务怎么知道的?而且知道得那么详细,那个姓游的家伙甚至拿出了一对骰子。

"如果敌人知道得那么多,为什么会释放这些同志呢?"

秦传安问出这句话后,马上就想到了,如果组织内部被敌人渗透,有内奸,释放就可能意味着更大的阴谋。但他不知道该怎么办,老方不见了,跟上级的联系断了。

让他担心的还不止是诊所外面来了一些陌生面孔。

今天早上他到病房,林石说他要打个电话去银行,林石的公开身份是仁泰银公司的职员,从被捕到出狱那么多天,他应该跟工作的银行联系一下。秦传安不以为意,想把梁士超叫来扶林石去门诊间,可林石说他自己能行。

这些天诊所很空闲,要过年了,除了林石没有住院的病人,因为不在门诊时间,那会儿连护士都没上班。秦传安趁机和梁士超说了一会儿话。

梁士超听说林石自己跑去打电话,只冷冷地说了一句:"现在他倒能走路了。"

电话打了很久。回到病房后,林石交给秦传安一封信,请他帮忙寄出去。收信人是中汇信托银行吴襄理。这么来回折腾了一阵,林石又有些发烧,躺下后很快就睡着了。

秦传安拿着信去了门诊间。门诊间就在过街楼上,朝着马路和弄堂里的两边都开着窗,十分明亮。他站在朝马路的窗边朝外看了看,那个卖香烟的开始上班了,身上挂着香烟箱子,也不叫卖,靠在街对面一根电线杆上,自己倒抽起了香烟。

他正考虑着如何不引人注目地把信放进马路对面的邮筒，梁士超进来了。

"秦医生，先不忙把信送出去。你最好打开看一看。"

"为什么？"

"为什么——"梁士超犹豫了一会儿，"你记不记得那天我对你说，我怀疑组织内部有奸细。"

"你怀疑林石同志？"秦传安有些担心，诊所外面说不定已被敌人监视，如果诊所内也有特务，那这里就跟看守所没什么区别了。

"我一直都在怀疑他。他装病。在牢里我看过他的伤，并没有那么严重，为什么整天昏迷，睡觉还哼哼唧唧，毫无革命意志。一进诊所倒来精神了，又打电话又写信。"

秦传安是医生，他可不相信这样的怀疑："对枪伤，每个人身体的反应都不一样。"

"特务还很照顾他，专门找了警备司令部的军医来给他看伤换药，提审他的时候也没有动刑，提审了好几次，每次时间都不长。提他出去的狱卒，对他也很客气。"

"就这些？"

"这些还不够吗？斗争形势这么复杂，任何迹象都要警惕。"

但秦传安不同意打开信封，他觉得自己无权这样去怀疑一个同志。梁士超一向信赖秦传安，但被捕以后发生的事，秦医生并不清楚，梁士超思来想去，始终没法驱散心头的疑惑，于是要求召开临时党支部会议。

在这个临时党支部里，除了被捕的同志，还有秦传安、崔文泰和田非，后面那两位原本与秦传安也不在同一条线上工作，互相并不认识，可是那天他和田非一起逃出菜场，正好看见崔文泰上了自己的车。三个人都有点蒙，不知道究竟发生了什么，他们要先找一个地方定定神，想一想下一步该怎么办，秦传安便让崔文泰把车开到了诊所，他认为那里应该比较安全，特务可能一时想不到把一位外科医生和共产党联系到一起。

老方失踪后，他们三个保持着联系。狱中的同志被释放的前一天晚上，崔文泰自告奋勇，要开车去把同志们接回来。这些天，他们如同断了线的风筝，只能把诊所当成了联络点，聚在一起彼此激励。田非建议成立一个临时党支部，团结在一起才有战斗力。这是大家都同意的，如果跟组织上失去联系，那么自己组织起来，也可以继续工作。

可这会儿，秦传安却不同意召开支部会议。他认为诊所周围的街上，有太多奇怪的迹象，不正常。

梁士超有些生气，换一个人他早就发火了，但他不能对秦医生那样，秦医生是个缜密的人，况且救过他的命。他按捺住自己的情绪，扭头出了门。

一个小时后，他回来了，不是一个人，身后跟着崔文泰和田非。三个人进了门诊间，先开口的是田非，他严肃地对秦传安说："你必须把信交出来，临时党支部决定打开这封信。"

秦传安看了看窗外,临近中午,太阳照着对面沿街的房子,窗下挂着不少腌鱼咸肉和风鸡。明天就是大年夜,家家户户都在忙年。街上人来人往,手上提着扎成串的年货。

既然是大家的意见,他决定服从。从抽屉里取出信,田非一把拿过去想要撕开,被崔文泰拦住了。门诊间暖炉上烧着一壶水,等水烧开,蒸汽不断从壶嘴往外冒。梁士超把信的封口对准壶嘴,不一会儿,封口上的胶水就融化了。他揭开封口,抽出信纸,把信交给了秦传安。

吴襄理作民阁下大鉴:

  原约本月十日与阁下会面,因事无法前往。前又于电话中获知保管箱续期事宜当以书信寄达。以下:

  径启者,兹为二七九号保管箱延用至三月十一日,其所需各项资费于到期前合并结清。希即查收批准为荷,此请。

秦传安看了信没作声。田非把信拿过去看完,随即轻喊一声:"果然。"

"果然?"梁士超连忙问。

"本月十日,不就是菜场开会,我们被敌人抓捕的日子吗?"

"这说明了什么?"梁士超又问。

"秘密会议,上级布置紧急任务,这么重要的事情,他还有闲心约了人见面。他肯定有问题。"敌人冲进图书馆实施抓捕以后，田非虽然脱了身，但是遇事越来越焦躁。

"这说明不了什么问题。"秦传安示意大家不要着急，"林石同志的公开身份本来就是银行职员，那是他的日常工作。"

他故意用了"同志"这个称呼，想要提醒大家注意。

"他现在刚刚被释放，受伤住院，银行的日常工作需要那么紧急地打电话写信吗？你们看，他都被捕了，身上还能带着印鉴。"田非觉得自己很敏锐，他指了指信尾加盖的私人印鉴。

"那现在怎么办呢？"崔文泰说了一句。

这下几个人都没了主意，内部调查必须得到组织上批准，这是纪律。

"上级联系不上，我们自己查清楚。"田非有点激动。

"怎么查？"梁士超看了看秦传安。

"应该先把他控制起来，不能把他一个人放在病房里。"田非话没说完，就带头跑向病房。

三个人进了病房，崔文泰把门关上，梁士超站到靠窗的位置，田非俯身看着林石问道："保管箱里有什么？"

林石眨着眼睛，好像还没完全醒，有些迷糊。

"那个吴襄理是什么人？"田非压低了嗓音。

林石想了想："中汇信托银行的吴襄理？"

"你们本来这个月十号要见面，你是打算开完会去见他？"田非连珠炮式地发问，但这些问题之间并没有什么逻辑。

梁士超插进来说:"你觉得敌人为什么会发现我们的秘密会议?"

"你觉得敌人是怎么发现的呢?"林石笑着反问。

"这是临时党支部对你的正式询问,请你严肃点——"崔文泰倚着房门远远地说了一句。

这话说得一点都不严肃,梁士超心想,他朝崔文泰摆了下手:"我们在敌人看守所里就讨论过这个问题,结论是组织内部很可能有敌人的奸细。"

"还不能说有结论。"林石语气平静,"工作疏忽,或者其他渠道泄露,这些可能性都存在。需要在上级领导下,通过组织作严格审查。"

"上级联络不上,就算现在能联络上,我们也不能贸然接头,必须先清除内奸。"

"这两位同志,"林石指了指田非和崔文泰,"他们不应该出现在这里,没有被捕的同志,现在这样跑来跟我们见面,不太合适。"

田非恼了,上前一把掀开林石身上的被子:"你坐起来,好好回答问题。"

"保管箱的主人是一位银行客户,"林石坐起身,靠在床头,"我在银行上班。"

"你不要骗我们了。你在仁泰银公司上班,保管箱在中汇信托银行。不是什么银行客户,保管箱是你自己租用的。"崔文泰在远处笑得有点得意。

"我看,不把那个箱子打开,看看里面究竟是什么,你是不会说实话了。"田非越说声音越大。

崔文泰对另外两位使了下眼色。三个人出了房间,田非回头对林石说:"你不许动。"

回到门诊间后,田非问:"怎么办?"

众人都没了主意。秦传安刚想开口就被梁士超打断:"查都查了,那就一查到底吧。"

"不能动手吧?"田非有点犹豫。

"绝对不行。"秦传安态度坚决。

见大家一时都愣在那里,崔文泰便说:"先把他绑起来,万一他真的是特务,说不定会逃跑。"

梁士超想了想:"绑起来也好,看看他会不会害怕。"

三个人又冲回病房。

秦传安在楼道里听了一会儿,没什么动静。心想,林石倒没有反抗。他又回到门诊间,找出一张舒伯特的唱片,想听会儿音乐,但是刚打开唱机,又关上了。他望着窗外,心里越来越不安。

他忽然望见街对面黄包车上下来一个女人,织锦缎夹袍,紫色毛呢大衣,提着冠生园点心盒子,打扮得像是过年走亲戚的富家太太。她站在街沿,转头看了看两边,正准备过马路时,又抬头向诊所方向望了一眼,秦传安这才认出是凌汶。难道梁士超也通知了她?他有些奇怪。这可真是乱了套,没法联系上级,同志们就自说自话,把他这里当成联络站了。问题是,这会儿诊所很可能在特务们的监视下。

护士还没上班,他自己下楼开了门。

"秦医生,"凌汶站在门口笑着说,"我来看看林先生——"

"这里没有外人,"凌汶进门后,秦传安告诉她,"门诊时间没到,护士们还没上班。"

凌汶上楼时对秦传安说,老易让她来通知大家,他跟上级联系上了。

"这下好了,"秦传安由衷地高兴,"我正没办法呢。"

"怎么了?"

进了门诊间,秦传安就把刚才发生的事情告诉了凌汶。

"这怎么行,"凌汶当即就说,"我先去看看。"

一进病房,就看见三个人围着房间当中的一把椅子,椅子上坐着林石,手臂和椅背绑在一起。

凌汶劈头就是一句:"放开他。"

"不能放,他是内奸。"这几个人当中,只有梁士超认识她,他补充了一下,"——很可能。"

"内部调查要听从上级指示。"

"上级联系不上。"

"联系上了。"

听到这句话,房间里所有的人都看着她,田非抓着林石的手也松开了。

"上级派人跟老易联络,"凌汶有点兴奋地告诉大家,"接头很顺利。"

"上级有没有说让我们恢复工作?"田非急切地问道。

"就你们这样无组织无纪律，随意聚集，随便调查同志，乱来。田非同志，菜场楼上的会议地点是组织上让你设法安排的，难道大家就可以因此怀疑你吗？"凌汶瞪了他一眼。

田非不免有点委屈，心想自己可是按老方的指示安排的会议地点。

林石温和地看了眼田非，转而望着凌汶问道："老易怎么说？"

"老易认为我们应该尽快开会商量一下，在组织上开始内部调查前，每个人都要作好准备，把被捕前后的情况仔细回忆清楚，到时候如实向上级汇报。"

"请老易跟上级说，我想回苏区工作。"梁士超说得很认真。

"他原来就是红军指挥员，来上海治病一时回不去。"秦传安向凌汶解释。

"老方说他向组织上汇报了我的情况，突然又叫我到菜场开会，有临时任务。现在这么一来，我又回不去了。"

"上级安排你参加这次任务，一定有用意。"秦传安又转向大家，"大家仔细想想自己的身份，组织上挑选我们这些人，一定有考虑。再闹下去，诊所的护士都要起疑心了。"

梁士超不作声，他半条命送在了上海，是秦医生救了他。

"对了，你安心休整下，可以在这里住几天。"林石笑着看向梁士超。

梁士超一直看林石不顺眼，在看守所里整天躺着，显然是对敌人有点害怕。就算现在暂停对林石的调查,梁士超还是有些疑虑:"我休整得太久了,现在这样的情况,我怎么能够安心?"

租 客

邋遢冬至清爽年，从上星期开始，天天暖阳高照，到了今日，天空更是一碧如洗。虽然西北风刮个不停，但也算是腊月里难得的好天气。卫达夫走了一下午，身上穿着棉袍倒觉得有点热。

每年冬天他都在琢磨着想买一件大衣，这样他就能穿着那套洋装跑街了。这才像样。他引着顾客去看的都是好房子，水门汀洋房，穿个大棉袍，他觉得连说服客人的信心都打了个对折。每年冬天，从他手里成交的房子就比春秋天少很多。有一件大衣，进了房间一脱，西装革履，跟客人说说话，中气足。

下午四点左右，太阳偏西，风倒小了，树梢纹丝不动。静安寺门前的香客少了，都等着年初一上头香，可是周围小摊小贩却多了不少。往年一到岁末，就没人出来赁房子了，这时节卫达夫每每在路上闲逛。今年却有点不一样，到铺子里约他看房子的人一直都没断过。

走到静安寺，卫达夫停下脚步朝大门合掌拜了拜。祈求什么呢？祝同志们都平安吧。他想，如果身后有盯梢的特务，也许会放松警惕吧？不过，如果是自己的同志呢，碰巧路过，日后大约又要批评他封建迷信。他暗自好笑，朝不远处的田谷邨走去。

愚园路地丰路交叉路口，客人正等着他。

"王先生王太太？"卫达夫走近几步，朝两位拱拱手。

王太太嗔怪道："我们等了半天，老远看到你慢悠悠晃过来。"

卫达夫脸上做了个苦笑："王太太不要动气，跑了一下午，跑街这碗饭，吃起来也不容易。"

"你自己要吃的，又没人请你吃。"王太太似笑非笑。

王先生摇摇手上的《申报》："辛苦卫先生，抓紧领我们看房子吧。"

王太太又跟一句："再等下去天也要黑了。"

卫达夫领着两位客人朝弄内走去。

"广告上讲新式玻璃门面街面房，倒领我们跑到弄堂里去了，"王太太嘴巴一刻不停，"还说距静安寺一箭之遥，拉弓的人力气有那么大吗？"

三个人转入左侧横弄，进门上到二楼。卫达夫打开房门，一步跨到窗前，推开高窗，转身对客人说："并排弄堂房子，虽然不如有东西厢房那样宽敞，不过前楼这间，本身就宽过一丈，朝南阳光好，两边是隔壁人家的山墙，冬暖夏凉，住住还是很舒服的。"

"面朝弄堂，靠得这么近，房间里有点什么事情，对面人家全看到了。"太太挑剔着，丈夫没作声。

"越是好地段，越是寸土寸金。乡下房子隔得倒是远。"卫达夫有点不耐烦，"上海人家都是装窗帘的，拉起来随便做啥。"

他看了看窗外，弄堂其实算是很空阔了，他自己住的地方那才叫逼仄。他还想说几句，身后脚步声响起，两位客人已径自上了三楼。

他缩回已到嘴边的话，回过身，吓了一跳。房间里忽然站着个陌生人。

房门关上了。

"请问你找谁？"卫达夫有些不安。

"我也来看房子。"

"你是哪位？我们约过吗？"

来人上前一步，卫达夫却向窗口退了两步。

"我姓陈，陈千里。"来人站到窗前明亮处。

"不知经租处哪位给了陈先生这个地址？"

"我就是来找卫先生的。"

"陈先生从哪来？"

"那个地方——"陈千里摊了摊手，像是要让卫达夫放松一些，"很远。"

他在窗前圆桌旁坐下，伸手摸摸桌上的灰尘："家具不错。"

"你要真想租房子，我可以帮你另外找。这间房子已经有人要了。"

"好啊，你说说。"

卫达夫拉出圆凳，在来人对面坐下，点上一支香烟，顺手推开半扇虚掩的窗户，把烟灰点到窗外。

"不知陈先生——是来上海做生意吗？此地有没有亲戚？租房子需要铺保。"

"这好办。"陈千里观察了他一下午。陈千里昨天去了一趟肇嘉浜，在河边的煤场见到了李汉。逃离菜场楼上秘密集会地点时，李汉紧紧跟在卫达夫身后。可是等李汉跑到那条楼道尽头，楼梯却被特务堵上了。易君年和李汉都提到了卫达夫。当时所有人都震惊了，他却似乎早就意识到敌人就在门外。

卫达夫又朝窗外点点烟灰："那就好。陈先生手头宽裕的话，田谷邨这样的新式里弄倒是不错。门厅马赛克铺地，房间蜡地钢窗，水池抽水马桶都是时新的英国货，静安寺近在咫尺，生意人烧香磕头也方便。"

陈千里看上去饶有兴致："有没有公寓楼房？"

"倒也是，陈先生如果没带家眷，住公寓楼比较安静，进出也方便。弄堂里人多眼杂。"

正说着，那对年轻夫妇从楼上下来，推开房门朝里面看了一眼。

卫达夫起身问道:"两位看下来怎么样?"

"看不中。再——会!"那女的拉长声音扔下一句话,挽着那男的,摇摇摆摆下楼走了。

卫达夫追到门口却又停住,回到圆桌旁坐下。

"陈先生如果想找个公寓楼,我们东陆经租处手里有好几个。"他朝窗外挥了挥手,"从这里转到海格路,过去善钟路走到赵主教路就有几幢,四层水门汀房子。不过租金有点辣手。"

"贵处倒是什么房子都能找到。"

"房子都在那里,难找的是客人。有时候客人约来聊了半天,"卫达夫说罢把指间的烟蒂弹出窗外,"最后才发现并不是真想要房子。"

陈千里起身关上窗户:"是易先生让我找你的。"

看到陈千里关窗,卫达夫也走到门边,轻轻关上门:"哪个易先生?"

"易君年先生,他说你为我预备了一套房子。"

"哪里的房子?"卫达夫犹豫了一下。

"马斯南路。"

卫达夫想了一会儿,说:"马斯南路两头都是丁字路口,不知道你说的是哪头?"

卫达夫很少使用这个接头暗号,按照规定,只有上线同志来找他才会使用这个暗号,可是这两年,他的上线就只有老方和易君年,他都快忘了这个暗号了。

房间渐渐暗了下来,有人在收回晾晒的衣物,窗外传来藤拍子打击棉被的声音。

卫达夫冒出一句:"要不要把灯开开?"

陈千里微笑了起来:"当然,没什么要在暗中说的。"

卫达夫起身,拉了下圆桌上方的灯绳,玻璃罩下的灯泡亮了,光线晕黄,房间里有点冷。

"我见过老易,他没有说起有人要来接头。"他抬起头看着陈千里,"不过,你是上级派来的同志吧?他倒是说起跟上级同志取得了联系。"

"你觉得老易怎么样?"陈千里突然问他。

"什么——怎么样,"卫达夫有点摸不着头脑,"老易参加革命很早,是个老布尔什维克,斗争经验丰富——"

"你觉得他被捕前后有什么不一样吗?"

"我转入地下工作后,老易一直是上线,他是领导,总是他来找我,没有特殊情况,我不能去找他。他特别擅长干这个,遇事冷静——"

"比你冷静?"陈千里笑着问。

"我不能比。"卫达夫摸出烟盒,"我没有看出有什么不一样的地方,他就是看起来有些着急。他原先都是给经租处的跑街金德林发一封信,小金去年就不在这里做了,收发室老傅会把跑街的信都插在自己桌边的墙上,墙上钉着一排布袋子。老易会在信封两头角上画三个连在一起的圆圈,插在那里很显眼。信里只说些不相干的话,但是会有一个时间和一个地址,到了时间我就去那里等他。"

卫达夫接着说:"可是这一回,他直接跑到经租处来了,把我吓了一跳，跟你刚刚进来时一样。我连忙把他拉到外面街上，他说他跟上级接上头了，我们要抓紧时间清查内部漏洞，所以，必须开一个会。开会，我问他，这个时候把人召集起来开会，会不会引起特务注意？他就批评我了，说我斗争意志薄弱。

"后来还责怪那天开会时我说的话，我也没说什么呀，外面突然乱起来了，我就说赶紧开会赶紧散会。但是老易就说我动摇了，我怎么就动摇了呢！当然我也不怪他，他刚刚从看守所出来，心情肯定不好，所以我说他有点着急。我婉转地对他说，其实现在最要紧的不是恢复工作，而是要保持隐蔽，过上一阵，等敌人不再注意我们了，再慢慢开始恢复工作。要是换到从前，他自己就会对我说这个话。"

"那天在四马路菜场，巡捕房围住了菜场，你是怎么跑出去的？"

"我应该是第一个冲出房间的，后面跟着一个大个子，我不认识他，不是一条线上的。我进了楼梯间，跑到三楼就知道不好，从二楼到三楼的楼梯上有很多脚步声，我赶紧推开三楼边上那道门，躲进了走廊的厕所里。我想想那地方也躲不了多久，又赶紧出来朝另一个方向跑，没想到大楼背后也有电梯，是送货的。到楼下出了电梯，正好看见常带人来经租处租房的李太太，我就势帮她提着菜篮子一起混进人堆，就跑出来了。"

"回了家，没什么异常情况？"

"我可没敢马上回家，先去了经租处照常上班。其实在经租处我也不敢久坐，拿了单子，说一声出去跑街，就出来了，在马路上逛了一整天。那天真是冷呀，风吹得人牙都疼了。到了晚上，我战战兢兢回到家，在弄堂口站了半天，到半夜才敢进门。那几天，就上班下班，到了第三天，我一个人跑到菜场，没敢进去。卖菜小贩说是那天抓了不少人，都是共产党。"

"你后来有没有找过老方？"

"我找过。按照规定，如果发生重大情况，可以向他发出要求见面的信号。但是他没有回答我，等了一个礼拜都没有回音，我想他可能也被捕了。我不知道可以做什么，也许我应该撤离，但我能够接头请示的上级领导，就是老方和老易，他们俩全都不见了。

"我把家里清理了一遍，防备特务冲进门。有一份前年的苏区报纸，不知什么时候到了我那里，不舍得扔掉。《红色中华》，上面有第三次反'围剿'取得胜利的消息。其他就没什么了。

"前些时候老方让我多准备一点铺保单子，他特别跟我说，让我先不要告诉老易。我想那可能是另一条线上的工作，组织上可能需要临时租一批房子。如果是短时间租用，就可以使用这种假单子。

"我常常经手这些单子，有些店铺的主人不太在意，你说丢失了，他可以再盖一次印。有些人做这种生意，租一个铺面，挂个经租处的牌子，专门给人作保。我自己上班的经租处也可以担保，盖印要找经理，不过总有机会多盖几份空白单子。

"老方一说我就办了,可是这些单子放在家里,就会惹麻烦。万一被特务搜到,我就说不清楚了,也许会给组织造成损失。想了又想,我就把这些单子都烧掉了。我在这里上班,如果没什么事情,马上再找几份也不难。说实话,烧掉挺可惜的,这种单子都可以卖钱。一份殷实店铺的铺保文书,可以卖十几块洋钿了。"

"老方让你不要跟人说,你跟我第一次见面就都说了。"陈千里把桌角上的火柴盒推给卫达夫,让他点上那支在手里夹了好久的香烟,"你后来真没告诉过老易?"

"老易说你是上级派来的,你是老易的上级,对我就是上级的上级,我告诉你肯定没有问题了。不过,当然不能说给老易听,规矩我懂的,你不要看我话多,我嘴紧着呢。"

"这几天你有没有见过老易?"

"今天见过。老易刚通知我明天晚上到一个诊所开会。从会场逃出来的,被捕释放的,都要去。老易说,现在看来,大家是要在一起开个会,我们要自己把自己组织起来,不然队伍要乱了。"

"怎么回事?"

"老易说有些同志正在互相怀疑。他骂了一句,说闹得太不像话了,他没仔细说,我也不好打听,他是上级。"

陈千里想了想:"你给我找一个房子吧,房子要大,进出要隐蔽,最好在租界和华界交界的地方。"

"倒是有一个,房东是个宁波人,娶了新太太去广东那边做生意,估计是不回来了。就算回来了他们也肯定不愿意回那里住。我原来打算将来有机会自己顶下来的,所以一直没有带人去看过。"

"找时间去看看。"陈千里忽然笑了起来,"这个你可不要告诉老易,虽说是他让我找你租房子的。"

远方来信

　　大年三十，上午。陈千里从澄衷中学边上拐入薛家浜路。小商贩沿墙摆了一路地摊，陈千里像个无事闲人，不时停下来望望看看。下海庙大门对面，茂海路口电线杆下一阵锣响，有人牵出一只猴子，在地上翻滚跳圈，不一会儿就围起了一堆人。他混入人群左突右挤，很快从人群另一边转了出来，把身后的尾巴甩脱了。

　　他进了一家估衣铺，出来时换了一顶灰呢礼帽。早上他特意戴了醒目的棕红色帽子和围巾。"先给他们一个显著的特征，注意力就会集中在它上面。"受训时，教官这样说过。他在提篮桥监狱大门一侧穿过马路，走入一条用碎花岗石铺成的小马路。

　　马路北侧一排红砖楼房，屋顶上朝阳开着老虎窗，街边浓烟滚滚,裹着头巾的外国老妇拿着一把蒲扇,蹲在煤球炉旁。一个老头推门出来,手里抓着用旧报纸包着的酒瓶,橙色小圆帽上有一大块可疑的污渍。他鬼头鬼脑地出门,很可能是想趁机逃出去,却被老妇一眼看见,顿时叫嚷起来。

陈千里看了看门牌号,正要上台阶,老妇忽然停止咒骂,警惕地看着他。

"我找陈千元。"陈千里告诉她。

"亭子间。"老妇突然冒出一句上海话。

陈千元没想到敲门进来的是自己的哥哥,更没想到哥哥就是老易口中那位上级派来接头的同志。这个他曾经朝夕相处的兄长,瘦削的身形变得健硕,眼角隐隐有了皱纹,一眼看去,仿佛换了一个人。

陈千里望着弟弟问道:"爸爸妈妈都好吗?"

陈千元眼眶湿润:"他们都还好。你离开以后,组织上把他们转移到老家乡下去了。"

"这附近住了不少侨民?"

"这些年,不少外国人来上海以后,聚居在这一带。"

"嗯,这多少是个掩护。"

"不过现在的上海也没有绝对安全的地方了。"

陈千里沉默良久,才长长地舒了口气:"涅克拉索夫,这些年你还读吗?"

陈千元愣了一下,直起身,背诵了一句:"他们说暴风雨即将来临，我不禁露出微笑。"

　　这是他们俩自己的接头暗号，有一阵他们喜欢用这句诗来证实青春和热情。每次陈千里从俄文补习班回家，深夜敲门，两个人隔着门就对这句暗号。千元住进澄衷中学宿舍后，每个周末回家，他们也都要对一次。每个人说半句，无论谁先说。不，陈千里在心里对自己说，不是两个人的暗号，是三个人的，还有叶桃。

　　他们说暴风雨即将来临，我不禁露出微笑。他当然记得这首诗，他曾用毛笔工工整整把它写在朵云轩的信笺上，送给叶桃。信笺上印着一枝桃花。

　　"你去哪儿了？"是千元在说话。

　　训练学校原是一处旧日贵族的庄园，站在庄园边缘的铁丝网向外眺望，就是一望无际的西伯利亚森林。陈千里在那里住了三年。

　　一到冬天，每天的训练科目完成后，他就靠涅克拉索夫的诗歌度过漫漫长夜。坐在火炉旁，朗读、背诵，或者默想，直到头脑中充满声音，直到叶桃和弟弟的身影从记忆中浮现。

　　陈千里有点恍惚，心中柔软，这种感觉很久没有出现过了。他克制着，慢慢地考虑着别的事情。他望向四周，房间收拾得很干净，不像他记忆中的千元——他记得千元的房间总是乱糟糟的，可现在衣服在衣架上挂得整整齐齐，还有一条红色围巾，是他的吗？

　　"那天你从南京回来，告诉我叶桃姐牺牲了。你说你是回来看看我,跟我说几句话,马上就要离开,他们会来抓你。"

因为陈千里知道他们会说是他杀了叶桃,会让巡捕房来抓他,他们知道他和弟弟在上海住在哪里。叶桃在她生命的最后一刻,让他立即去找到党组织,是党组织让他回到上海找一个人,并带一句话给他。那个人对陈千里说,组织上决定,你立刻动身去苏联。后来他知道那个人是谁了,那是少山同志。

他把能找到的所有钱都交给了弟弟,说他要离开一段时间,出远门,有人会来抓他,弟弟最好把家也搬了,到别处租一个房间。

"我去了苏联。"他说。

"你走后的第二天,巡捕房就来人了。他们说你在南京杀了人,是共党要犯,把你的东西全抄走了。我想把那本诗集要回来,你记得吗?那里面夹着叶桃姐的画像。用铅笔画的速写,画的时候我们三个都在。那个画画的人说他只用一根线就可以把人画出来,还能画得很像,果然很像。画被他们拿走了。跟她有关的东西全都消失了,就好像从来就没有存在过那样一个人。"

"当然存在过。"陈千里微笑着说。

"可我直到现在也不明白那是怎么回事,她为什么会死?那时你告诉我说,是因为她父亲。你说你总有一天会找他算账。"

可这会儿陈千里并不想说这件事,他不想回忆,也许还没有到可以回忆的时候。

"老方呢？你见到老方了吗？是他让你来找我的？"

"老方牺牲了。"陈千里平静地说，"他儿子也被特务抓去了。"

陈千元正想把桌上的书放回书架。书失手掉了下来，打翻了茶杯，陈千里伸手接住书，把它放回到书架上。

"接头时老易把这个消息告诉了我。他通过内线了解到这个情况。"陈千里也没有告诉弟弟，他当时就在现场。

"党组织内部一定有敌人的奸细。"陈千元说出了自己的推断。

"秘密召集的临时行动小组，通常人员比较复杂。"陈千里望着弟弟。

"那这个人就在我们中间？"

陈千里刚想说话——

有人用钥匙打开了房门，是董慧文。她没见过这位客人，客人也从未见过她。但是她认出了他是谁，他是千元的哥哥。她能记住见过的面孔，她在照片上无数次见过他。

"这是慧文。"

陈千里朝她微笑。陈千元告诉她，哥哥就是上级派来与易君年接头的同志。他们握了手。她的脸要比叶桃更圆一些，个子也没有那么高。她在一所小学里教书，陈千里想起老方介绍过的情况。

董慧文把绣花布袋放到桌上，从里面拿出纱布、药棉和药膏，给陈千元重新清洗伤口，敷药，然后用纱布包扎，静静地听他们俩说话。

"他们想知道谁和谁认识，那个游天啸，好像知道这些同志都是临时召集起来的。后来他们问我，老易是不是上级派来传达任务的人。我想，坏了，内部肯定出了问题。好在会议还没开始特务就进来了。幸亏有人跳楼报信。你知不知道那位牺牲的同志是谁？"

陈千里摇了摇头。有情报说，那天坠楼的人是个租界华捕。根据各种消息，老方判断那是自己人。被敌人追捕前，老方曾向上级报告过这个情况，询问这个人是谁，是哪个系统的同志，但他并没有得到上级的回音。也许他接受命令长期潜伏，了解他的人极少。也许他在长期潜伏中与上级失去了联系，小组的同志牺牲了，工作线路断了。这样的情况常常会发生。

问题出在内部，陈千元又一次重复，像是自言自语，似乎仍处于这个判断带给他的震撼之中。陈千里望着弟弟，老方把参加会议的人员名单告诉他时，他就有点意外。他对弟弟的记忆中断在那个夏天，还未曾想到他也会长大，更不会想到千元像他一样，不得不在残酷斗争的高压下迅速成熟。直到这会儿两个人面对面，他才意识到自己离开上海那年，差不多就是千元此刻的年龄。千元就像那时候的他一样，看到了危险，面对着危险，却无法真正理解危险。那时他的想法是多么简单。

"——我们向组织上传递过消息，在看守所。"是董慧文在说话，弟弟的女朋友。千元真是跟他一模一样，同样的年龄、同样年龄的女朋友、同样在严寒中变得越发热忱。他静静地听着,忽然觉得有点不对劲。

"——凌大姐说,必须向上级汇报。"

"浩瀚?"

"对呀,那个姓游的突然发脾气,问我知不知道浩瀚在哪里。我当然清楚浩瀚是谁。敌人在追捕浩瀚同志,这个消息必须报告给组织。"

"你是说,你们写给老方的密信中也提到了浩瀚?"

"信是凌大姐写的。时间特别紧,陶小姐马上就要被释放,狱卒就在门外,让她赶紧整理东西,她的东西可真不少。

"凌大姐决定马上着手写信。我们商量好了,一定要抓住这个机会把消息传递出去。凌大姐懂这些事,我们早就准备好了可以用来密写的米浆水。狱卒在门外催,我就假装帮着陶小姐整理衣物,尽量拖延时间。

"我没机会看信,不过凌大姐说,骰子和人名,她都写在信中。"

信被敌人换掉了。陈千里立刻明白了。

"那是什么时候的事?"

"提审后的第二天。我被提审前,陶小姐就被狱卒叫出去了,审讯过程中听到窗外有女人的笑声,我觉得那是陶小姐的声音。她坐上了汽车,出去了。那天晚上,她一进牢房就告诉我们她很快就能出去了。

"我觉得凌大姐从这时就开始动脑筋了,她非常果断。

从这以后,她就一直跟陶小姐说话,我看她在设法跟陶小姐拉近关系,就帮着她一起。陶小姐虽然不像个正经人,倒是很讲义气,她答应出去之后帮我们递信。只要寄到一个信箱里就好,凌大姐对她说。那样就更容易了,陶小姐是这样说的。"

"军法处为什么要抓她?"

"好像是得罪了什么人。她说是个开银行的,别看只是个银行老板,背后撑腰的吓死人。她一开始不肯说下去,凌大姐就激她,最后她说那个银行老板的哥哥,是南京的一个大官,连财政部都是他们家开的。她说,那个银行老板看上了她,她跟他好了,但是她后来想嫁给他,她只是想做小呀,她说,可他坚决不肯。

"她后来就要挟对方,说她怀孕了,说她要到报纸上揭露这个事情,所以人家就把她抓进了看守所。他们只是想让我清醒清醒,她就是这样说的。很快她就被放出去了。"

董慧文看了看桌边墙上贴的年历:"我想起她当时开心地说,星期六放她出去,肯定是算好的,因为那个银行老板通常都是星期天到她那里。所以——就是腊月十九那天。"

腊月十八那天傍晚,上级派人假扮成访客,在青岛船上找到他,让他转道上海接受新任务,来客告诉他,有消息说被捕的同志即将释放。

那封信被敌人换掉了,陈千里想,他们很可能在邮局自取信箱周围布置了人手,想抓捕来取信的同志,却没能得手。他们把密信内容改了,说明他们不想让老方知道信上提到了浩瀚。

老方会跟其他同志说骰子的事情,是因为那是接头暗号,只要会议开始,所有参加会议的人都会认识"老开"。但特务为什么会向这些同志追问有关浩瀚同志的消息呢?去四马路菜场与到普恩济世路抓捕浩瀚的是不是同一批特务?他们认出了在普恩济世路开枪向浩瀚示警的人是老方?有关浩瀚同志的情况十分重要,他必须尽快见到"老开"。

那家剃头铺的地址到底有多少人知道?崔文泰知道吗?他是交通员,老方很信任他,他们常常见面,秘密会在不经意间透露。可如果他出了问题,老方也许早就被捕了。

"你们是哪天从看守所出来的?"

"上星期三。"陈千元回答道。

"不对,释放的那天是礼拜二,腊月二十二。"董慧文认真地回忆道,"我和凌大姐早上就出来了,你是下午,后来崔文泰还开车给你送来了伤药,梁士超告诉他,你受了刑,伤很重。"

老方牺牲后,敌人释放了他们。陈千里头脑中有一条时间线,他想着发生的事情,在所有表面现象之下,隐含着敌人的想法。他把这些情况放进那条时间线中,揣摩着对手的意图。

"这几天你们经常联系?"

"我们决定成立临时党支部,没有找到上级前,我们自己先组织起来。"陈千元告诉哥哥。

"这是谁的建议?"

"田非说他早就和崔文泰商量好了,"陈千元说,"释放那天他们一说,我们都很赞成。"

"临时党支部里都有谁?"

"我、慧文、凌汶凌大姐、老易、田非,"陈千元数着手指头,"崔文泰、秦医生,还有林石和梁士超。"

"还有两个呢?"

"谁?"

"那天去菜场的还有两个人,他们没有参加临时党支部?"

"一位同志联系不上,另一位同志,老易说他有些动摇,抽空要找他聊聊。"陈千元想起来,"昨天晚上凌大姐通知我们,今天要开临时党支部会议。现在上级把你派来了,你要不要去一次,跟大家说说下一步应该做什么?"

"什么时候?"

"晚上,七点钟。"

陈千里想起卫达夫说的情况:"听说同志们有些着急,诊所出了点事情?"

"他们把林石控制起来了。"陈千元转头对董慧文说,"你来说,凌大姐通知慧文开会,顺便把诊所发生的事都告诉了她。老易说,这会是一定要开了。"

"在哪里开会?"

"就在诊所，那里很安全。"董慧文说，"凌大姐说，过街楼上面是门诊间，一整排窗户，视野特别好，马路上有什么动静都能看见。前楼后楼很隐蔽，都有后门，房顶上有天台，撤退线路多。"

"你们去过吗？"

"我陪千元去过，秦医生给他看了伤，开了药方。"

陈千里追问道："凌大姐有没有说，把林石抓起来审问的都有谁？"

"凌大姐说图书馆的田非最冲动。凌大姐那天上午正好去诊所——"

"她去诊所干什么？"

"不知道，她没说，可能想看望受伤的同志吧。她看到秦医生愁眉苦脸，她就是这么说的，愁眉苦脸。听说了那个情况，凌大姐就说，让她来。凌大姐就是那样的人，什么事情都是让她来。她过去制止他们，不能那样做，不能随便怀疑一个同志。姓田的——"

"田非。"陈千里提醒她。

"对，田非。凌大姐说他最冲动，坚决不同意把林石放开——"

"放开？"

"他们把林石绑在椅子上。"

焦虑和怀疑是一回事，涉及银行保管箱又是另一回事。陈千里意识到，在头脑中那条时间线上，敌人跑得比他快。他必须在很短的时间内想出办法。他猜想敌人早已监视了诊所，说不定诊所周围埋伏着大量特务。

他隐约感觉到自己身后也有人盯梢。敌人并没有释放这些同志，他们只是从有形的监狱转移到无形的监狱中。这座无形的监狱比龙华看守所更危险，外面的敌人很难看清，内部的敌人更加难以分辨。

董慧文下楼煮汤圆，陈千里拿起桌上的一沓手稿。

"我在练习翻译。"陈千元说。

手稿第一页上用钢笔写着标题：第一封信　第一次革命的第一阶段。

"《远方来信》？"

这是陈千里最早阅读的俄文作品。俄文补习班。一本纸页发黄的油印期刊。他把它带给了他的老师叶启年。

那时候，他每天都要跑到新闸路，叶启年住在那里。一幢弄堂房子，楼下是杂志社，晚上世界语学习小组的活动也在那里。

那时候，叶老师仍是个学者，信奉无政府主义。那时候，他崇拜叶老师，叶老师是明星般的人物，滔滔不绝，激情洋溢。他的家里永远高朋满座，而他，一直很喜欢陈千里。那时候，叶桃偶尔会下楼来，在一旁安静地听着。

他把《远方来信》带到叶老师那里，兴奋地让他看，没想到却成了他和老师分歧的开端。不要看那些俄文书，毫无用处，未来的世界只有一种语言。这样的分歧逐渐变得越来越多。

后来，甚至连他去楼上叶桃的厢房也成了问题。叶老师先是板着面孔，悄悄地对他说，你们俩都不是当年的小孩子了，你不要老往她那儿跑。后来是责怪叶桃，再到后来就向他宣布，永远不许他再进新闸路这幢房子的门。可是没过几天，叶桃就来看他了。

　　他和叶老师渐行渐远。那时候他总是分不清，他总以为叶老师的变化是出于某种偏执的情感，是一个父亲在拒绝他接近自己的女儿。

旋转门

这些年，虽然国民政府颁布了普用新历和废除旧历的办法，禁止旧历年庆祝活动，春节不准放假、不准拜年、不准放烟花爆竹，但民众都不加理会，到了旧历新年，该怎么过年还怎么过年。报纸上把今天叫作废历除夕，除了换个叫法，仍旧刊登各种贺岁广告，酒家年夜饭、百货公司新春大酬宾、跑马总会春节慈善赛马。租界地面上更是爆竹声不断，工部局向来禁止在街上燃放爆竹，巡捕们却照例睁一只眼闭一只眼。

不过仁记路十分安静。傍晚，暮色笼罩着壁立两侧的洋行红砖大楼，一辆别克轿车驶入这条狭窄马路，车门上用油漆喷着"云禄车行"的字样。游天啸让司机把车停在华懋饭店的后门——他把那辆挂着司令部军牌的汽车停在枫林桥，步行出了华界，到云禄车行另外租了一辆。

今天早上，游天啸往南京打了电话，叶启年不在总部。他有紧急情况要向叶主任汇报，只好隔了几个小时再打，又说不在。到了下午，他正打算再打电话时，却接到了叶启年的电话。

叶启年竟然到了外滩，住进了华懋饭店。

进了玻璃转门，步入饭店大厅，脚踩着羊毛地毯，游天啸顿时有些自惭形秽。他穿过一条走廊，巨大的古铜色雕花吊灯高悬头顶，灯光照射着墙柱上金色的花纹，他觉得自己好像进了一个迷宫。走廊通向八角形内庭，拱顶玻璃的色彩变幻不定，游天啸目迷五色，他仰着头，发现向左一步，玻璃成了乳白色，向右一步则变成靛蓝，往前几步，同样一片玻璃却又闪耀着橙色光芒。

他转入另一条走廊，却是通向饭店朝向外滩的大门。不知为何一堆人拥挤在这里，一群记者拿着小本子、照相机和闪光灯围在大门旁，更多的人则站在饭店门外。一阵安静，游天啸不知有什么事件即将发生，他挤进人群，靠在一根廊柱边张望了一眼。

人群中站着一个洋人，不停打着喷嚏。这洋人穿一件古怪的褐色厚毛衣，上面繁星点点，他等了一会儿，见没人前来招呼他，嗤笑了一下，朝身边的外国女人说了几句，转身走了。游天啸听不懂外国话，更不知道这洋人是"在世最伟大剧作家"。他见这些记者蜂拥在此，心里颇有些不以为然。

游天啸跑到前台，问了路，前台又往叶启年的房间打了电话。楼道里传来乐队演奏的声音。这首曲子游天啸很熟悉，"肚皮上有一只蟹"——他偶尔也跳跳茶舞。他当然不知道真正的曲名叫 *I belong to your heart*。

电梯停在了七楼。游天啸进了门，门厅里坐着马秘书，他见过。小厅有个月洞门，通向会客厅。叶启年站在窗前，窗户正对着外滩。

马秘书报告了一声"游队长到了"，说完便退出了房间。

"老师！"游天啸立正。

叶启年仍然看着窗外："外滩还是那样。"

"老师要不要出去走走？"

"是非之地，没什么好多看的。"

游天啸不知其意。

"年三十晚上，上海也这么冷清吗？"

叶启年坐到沙发上，让游天啸也坐下。

"民众响应政府号召，现在热闹的是新历年。"

叶启年笑了起来："你在军法处倒是跟穆川学了不少官腔。怎么样，跟他相处得还不错？"

"穆处长是做官，学生是做事。"游天啸有点悻悻然。

"事要做，官也要做。总部把你们派到各个单位，就是要让你们做官，让你们在各单位各部门都生根发芽。特工总部就像一张大网，你们要把网织得越来越大，越来越密。"

游天啸挺了挺上身："是，老师。"

在长沙发角上，他只坐了半个屁股。叶启年往沙发背上一靠："房间里没有外人，你放松点，也可以抽烟。你怎么过来的?"

"警备司令部的车牌,进入租界要向巡捕房申报。我把车停在枫林桥关卡边上,另外租了车过来。"

"很好。应该租车过来,华懋饭店是一定要坐车来的。"叶启年的语气带着一丝嘲讽,"民国都二十二年了,这里还要他们说了算,所以我这回到上海,一定要住到华懋饭店,住到沙逊的家里,住到帝国主义分子的家里。"

"老师很久没来上海了吧?"

叶启年没说话。

"要不,我给老师订一桌年夜饭?这两年时兴广帮酒楼。"

"不想出门了。来吧,"叶启年挥了挥手,"说说吧,你找我要汇报什么情况?"

"我原本是想去南京面见老师,"游天啸打开公事包,拿出照片,"新来一名共党分子,跟他们接头了。"

照片上的人在电车站牌旁,一只手拿着份折叠着的报纸,另一只手插在大衣口袋里,他的身后,站着巨大的香烟女郎和雪花膏女郎。他是腊月二十一,噢,也就是一月十六日到的上海,坐船。游天啸一边在头脑中整理着概要,一边向叶启年报告。

是他?叶启年心里一惊。他当然认识这个人,就算他刻意使用了一些改变外貌的技巧,叶启年也一下就能认出来。就算他现在不那么年轻了,他也能认出来。就算他能七十二变,叶启年恨恨地想,就算他化成灰,被风吹成烟雾,他也能认出他来。有时午夜醒来,他想起旧事,在某些瞬间发现自己竟然想不起叶桃的样子了，可这个人却总是清晰地出现在他面前。仇恨比什么都长久。陈千里，"西施"在电话里并没有告诉他这个名字。

"坐船来的？从哪里上船？"

"他对旅馆的人说是青岛，做古董生意，背景似乎很神秘。我请巡捕房政治处发电报到香港时，船已离开香港。不过这艘货轮的出发地是海参崴。"

游天啸告诉他，陈千里好像并不知道背后一直有人监视。他们有些人，行动总是鬼头鬼脑，不时看看商店橱窗，在马路上来来回回，或者前门上车后门下车。越是这样，越是容易跟踪。可是这个陈千里，看起来浑然不觉，大大方方。在饭店大厅跟茶房门童问个路，说两句笑话；在马路上到处看看，任何街头闹剧都不肯放过，就像一个闲人，就像一个突然发现自己算错时间，过年时候跑到上海，却发现别人都无心跟他做生意，只能靠闲逛来消磨时间的古董商人。

但他总是突然消失。几个人跟踪半天，牢牢占据着三个要点，一个走在他前头，一个跟在后面，另一个在马路对面。原以为万无一失，可他一下子就不见了。不知道他去了哪里，也不知道他见了谁，直到晚上，他又回到饭店，随意地从前台拿了当日报纸，让茶房给他送热水，就算深夜他也要喝一杯热茶。有一回，侦缉队派去跟踪他的人因为担心又把他跟丢了，心里绷得太紧，自己反而显得鬼鬼祟祟，把街上的巡捕招来了，一顿盘查，等巡捕放了他们，人又不见了。幸亏有"西施"——

游天啸真的点了一支香烟："幸亏我们现在有'西施'。老师让'西施'直接跟我们联络，这样我们就知道他是上级派来的人，已经和那些人见过面了。与那些人接头时，他几乎从不事先约定。他有自说自话闯进别人家里的习惯，或者是工作的地方。"

他一贯如此，叶启年心想，自说自话闯进别人家里，甚至是别人家女儿的闺房里。他再一次仔细看那照片，照片上的人已与当年来他新闻路家中的年轻人相去甚远了。平心而论，他喜欢过那个年轻人。那么聪明，什么都一学就会。待人热情而又透着沉静，让他想起自己年轻时的样子。

"如果一个人在二十岁时不参加革命——"他想起情报科昨天送来的一份演讲提要，忽然意识到刚才他把自己心里想的话说了出来。

"老师在说什么？"

"楼下大厅那些记者，你看到了吗？今天早上，那个外国作家乘坐的邮轮停在吴淞口，他们拿小火轮把他请过来，让他到华懋饭店休息半天，做个演讲。再过一会儿他就要回到邮轮上去了，继续环游世界。

"前两天他在香港的大学里演讲，说的话让那边的英国政治警察很紧张。把话传到了上海，又传到了我这里。他在那里煽动学生闹革命，说什么一个人在二十岁不参加革命，到五十岁就会变成老傻瓜。当然他是篡改了这句名言。"

叶启年不管游天啸是不是能够听懂他说的话，自顾自往下说："我年轻时自然也读了些书，据我所知，那句话是个法官说的,他向别人解释说,年轻时自己要是不革命,那是没良心,可到老了还闹着要革命,那就是个傻瓜了。"

游天啸不懂叶启年为什么要跟他说这些,只好安静地等老师把话说完。他不知道,此刻叶启年的心中百感交集。叶启年觉得眼前照片上这个沉静的人,才是当年那个背叛他的年轻人的真正形象。他完全没有预料到陈千里会变成这样的人。他猜想也许这就是叶桃背弃父亲,站到他那一边的原因。这个逐渐成熟的形象,他当时完全看不到,而叶桃大概一瞬间就发现了。如果叶桃活到今天,很可能与照片上这个人一样,让他隐隐感到不安。

"可是到目前为止,还不清楚他的来意。"游天啸觉得叶老师有点走神,"我们一开始以为他要来重启被迫中断的任务,为了让他更快开始行动,我们让监视小组暂时回家,让他去找人接头见面。但他见了人,什么都没说。没有召集开会,没有布置任务,也不打算撤离这些人。"

叶启年明白,陈千里猜到了自己的计划,也许他们确信内部已被渗透,正在清查内奸,对此他早有准备。

"陈千里去过诊所吗?"

"目前还没有。"

"所以他很清楚,诊所完全被我们控制了。但他知道我们想弄清究竟是什么任务,谁是被派来指挥行动的人,这是他的底牌,在没有弄清楚这些秘密之前,我不会动他们。

"到目前为止,我们仍然保持着先手。他们被关在一个无形的牢房里,我们的人在周围看着他们。只要一声令下,几分钟内就能全部捉拿归案。"

"租界巡捕房也同意配合行动，再也不会发生上次那样的事情。巡捕房急于挽回面子，上一次，通风报信的内奸让他们丢了脸面，所以今天下午在中央捕房，他们的总监答应我，在这个案件中，如果事态紧急，我们可以先行将人犯抓捕归案，不必等候巡捕集结完毕、抵达现场。"游天啸解释道。

尽管早年对陈千里的那一丝欣赏早已荡然无存，叶启年却仍然不无赞许地想，这个学生，想靠着一根危险的钢丝绳带领这些人走出困境，不得不说他确实是胆大妄为。但是他心里到底装着什么样的计划呢？

现在，这根钢丝绳上又有一阵横风吹过，把这些人聚集到诊所中真是神来之笔。游天啸那天在电话里告诉他只有一份诊所铺保单时，叶启年的心里就有了一个模糊的计划，把他们聚集在诊所里，他们自己就会把秘密暴露出来。"西施"只要起到一个杠杆的作用，这里那里撬两下，他们中间就会出现裂缝。

"这个林石很可能就是他们的上级特派员。"游天啸仍然在汇报，尽管大部分内容叶启年早已从"西施"本人那里了解到了。

"不知道保管箱里到底放着什么。我跟穆处长商量，能不能直接找银行方面，让他们打开保管箱。穆处长好像对这家银行的底细十分清楚，说它虽然看起来规模不大，实际上背景通天，淞沪警备司令部的公文，他们根本不会当回事。

银行开在租界，他们完全可以置之不理。穆处长好像不愿意管这个事情。"

"中汇信托，我也管不了，总部也不敢得罪财政部。南京早就有很多人在背后议论我们搞特务政治了。就算闹到委员长那里，打开保管箱却没抓到共党的证据，委员长也保不了我们。"

叶启年没有告诉游天啸，他在总部通过立夫先生打了招呼，一到上海，马上就与银行方面商量，要求协查。银行说他们不能打开客户的保管箱，而且这也需要两把钥匙才能打开，一把在银行手里，另一把客户自己拿着。叶启年有点失望，银行方面却又悄悄对他说，根据他们了解，那个保管箱里放着金条，并没有中共地下组织的什么秘密文件。如果没有证据证明这些金条的所有者是共产党，有危害国民政府的用途，他们不能同意没收这些金条。而且保管箱里有金条这件事，他们也只能是私下说说，绝不会公开承认他们知道客户放在保管箱中的到底是什么。

"老师，要不然把他们全部抓起来吧？抓住了特派员，我就不信他们还能熬过军法处的审讯。"

叶启年盯着他看了半天，摇摇头："你这样不动脑筋，怎么能赢得了人家？"

就算在当年，他也没有完全赢了陈千里。他老是觉得自己当年的钓鱼计划可能早就被陈千里识破了，即便没有叶桃通风报信，陈千里也会逃脱。虽然他不愿意让自己这么想，如果真是这样，他的女儿叶桃，可就死得太不值了，而他埋在心里那么多年的怨恨，也似乎就此完全落空了。

"你回去，让诊所周围的监视小组格外小心，绝不能露出痕迹。"他对着游天啸叮嘱道，"我们耐心等着，他们会动起来的。只要那个林石不离开诊所，其他人进出诊所一律不要跟踪，这两天可以让他们轻松一点。"

从南昌行营传来情报说，军警在查抄共党地下窝点时，发现了一份《红色中华》，那是共党在瑞金印刷出版的机关报，报纸上有一篇文章提到，今后这份报纸要从中共苏区临时政府机关报改为中共中央机关报。

报纸上还有一篇署名博古的文章，作者谈了自己对苏区革命形势的看法，从语气上看，此人已到达瑞金。特工总部没几个人知道，这个博古正是中共临时中央的负责人秦邦宪的化名。这个消息让叶启年意识到，原先一直在上海的中共临时中央，可能正在撤往瑞金。

别人也许会忽略这些情报之间的联系，但叶启年可以说是国民党内最懂中共的人，他是中共情报专家。他立即联想到最近听到的一些说法，特工总部驻各地分站传来的情报里，时不时会有一些片言只语，提到一幅画，也许并不是一幅画，只是用了那个名字。

有人猜想那是中共的一个秘密行动计划。没人知道这究竟是一个什么计划，有一些资金在转移，有几个临时行动小组匆匆忙忙成立，不少已被掌握线索的中共地下组织秘密机关突然之间关门了，人去楼空。叶启年开始怀疑，那份报纸、那些情报系统内的零星消息、菜场楼上的秘密集会，以及陈千里突然来上海,在这些事情背后,可能有一条神秘的线索,会将它们串在一起。

他头脑中的计划渐渐成形,银行保管箱里的金条就是现成的诱饵,他要再次施展钓鱼技巧,这一次他不仅要钓到特派员,钓到他们的秘密计划,还要钓到那条早就该下锅的漏网之鱼。他一定要抓住陈千里,把这笔欠了多年的旧账清算了。

他关照游天啸,行动必须完全保密,调集精干人手,所有参与行动的人员都集中在南市,不准出门,不准回家,不准对外联系打电话。白云观侦缉队要划出一块地方给专案小组,要严密封锁那个地方。如果有人因为疏忽大意,泄露了消息,总部一定按共党同案犯处理,绝不姑息。

"明白!"游天啸站起身,并拢脚跟朝叶启年行礼,然后拿起茶几上的照片。

"放在那儿吧。"叶启年淡淡地说了一句。

这一次,游天啸记住了大厅走廊的方向,他出了门,云禄车行的别克汽车仍在仁记路上等着他,汽车很快消失在夜幕中。

游天啸在仁记路上车时,叶启年也离开了华懋饭店,他已换了一件灰色棉袍,戴了围巾皮帽手笼,从面向外滩的大门出来,向黄浦江边走去。今夜连黄浦江也很安静,岸边的栈桥空空荡荡,平日江中如鲫鱼般的木船拖船全都不见了,江面上突突不歇的轮机声也全都消失,这会儿船上人家大概都准备吃年夜饭了。

岸边停着几排汽车，黑暗中有人从车窗探出身来，叫了他一声："叶主任。"

叶启年并没有停下脚步，继续向江边走去，那人赶紧下车，小跑几步跟了上来，这个人是崔文泰。

叶启年头也不回地说："你来早了。"

马路旁几个水手喝得半醉，一边踉跄，一边嘴里嘟囔着："不早啦不早啦！"

崔文泰吃不准自己该不该再上前一步，他不知道叶启年喜不喜欢有人并肩而行。他一边躲闪行人，一边耳听吩咐，忽左忽右跟在后面。

"你平时开车也这么左右乱窜？"叶启年停下脚步，转身打量了一下崔文泰，又说了一句，"你这一身不冷吗？"

"不冷不冷，车里坐着不冷。"

"把车开过来。"叶启年吩咐道。

上了崔文泰的道奇汽车，叶启年又说："去董家渡。"

崔文泰回身看了看后座的叶启年。

"有个瘸子，在那边开了家汤面摊，很好吃，这么些年不知道在不在了。"

崔文泰边发动引擎边说："瘸子汤面，我知道那个地方。"

除 夕

晚上七点不到,同福里弄口已经被燃放的鞭炮炸得烟雾腾腾。

陈千元和董慧文提着一盒五仁年糕拐进了弄堂。家家户户都在准备年夜饭,诊所里面也放了圆桌。秦传安从马路斜对面的小德兴馆叫了菜,在整桌酒席的菜单上摘掉了几样大菜,但想到同志们刚在看守所吃了苦头,又往回添了油爆虾和糟钵斗。

圆桌放在楼下的客堂间,秦传安把平时进出的前门关上,虚掩着面对弄堂的后门。这会儿,人陆陆续续到齐了。易君年和凌汶坐着黄包车还带来了一坛绍酒。到了七点,外面爆竹声雷鸣一般,弄堂里的人家都开吃了,秦传安看看只剩下崔文泰未到,猜想他多半是正在开车送客脱不开身,不知道什么时候能来,便叫大家上桌。

易君年端着酒杯,有些感慨,压低着声音说:"我们有些人,一个月前还不认识,现在却成了难友,你说得对——是战友。跟组织上失去了联系,又忽然接上了头,这段时间,真可以说是惊心动魄。来吧,同志们,大家干一杯,希望组织上尽快完成内部调查,我们可以早日恢复工作。"

除了身上有枪伤的林石,大家都举起了酒杯。

梁士超依然固执地说:"我现在只想回苏区,回到队伍里打仗去。真刀真枪,爽爽快快。"

田非问易君年:"上级到底跟你怎么说的?"

"耐心等待。"

"有什么好等的,内奸我们早就查到了。"田非瞪着林石。

"大过年的,你少添乱。"易君年也瞪了他一眼。他曾是田非的老上级,后来田非调到另一个系统工作,通常他们就算在路上遇见,也会装作不认识。

凌汶给林石和田非两个人各夹了一块爆鱼,对着田非说:"关于这件事,那天在这儿大家都已经说过了。"

田非看到林石什么话都不说,甚至朝他笑了笑,感觉就像在说你那么幼稚,我不跟你计较,顿时把夹起的爆鱼往碗里一扔:"我看这些人里面,只有林石最像特务。平时也不说话,瞒着同志偷偷打电话,还有什么银行保管箱。革命同志都光明磊落,我看你就不像好人。"

"住嘴!"易君年也有点上火,他把喝干的酒杯往桌上一放,"就凭你们这样疑神疑鬼胡乱猜疑就能查到内奸?我看不出你说的这些情况有什么问题,有人喜欢说话,有人不喜欢。"

"确实。"卫达夫边吃边点头。

"再说,菜场开会的这些人,你全看清楚了?"

"还有一个人,既没有被捕,后来也没有与我们联络。"凌汶插了一句。

"问题也可能出在其他地方,每个人都必须接受组织审查,包括老方——"

"老方失踪那么多天了,"秦传安示意大家安静下来,"他不会出什么事情了吧?"

"老方同志牺牲了。"易君年低声说道。

房间里的空气凝固了。好几个人多年来与老方单线联系,早就习惯了老方给他们带来上级的指示,习惯了他温和坚忍的态度。这些天,虽然他们一直听不到上级的声音,但直到听到老方牺牲的消息,他们似乎才真正从心底产生了一种与组织失去联系的孤独感。

"你从哪里得来的消息?"卫达夫急切地问道。

易君年沉默了一会儿:"组织上有内线。"

"这消息可靠吗?"卫达夫先前刚盛了一碗腌笃鲜,可这会儿他连最喜欢的咸肉也咽不下去了,他不愿意相信老方牺牲的消息,"最近发生的事情真是匪夷所思。还有那位特派员,做事也有点神神秘秘,就像石头里蹦出来一样,突然出现在你面前。"

"这位同志也确实——"易君年想了想,"参加革命以来,从没像最近这样感到形势严峻。秘密会议地点被敌人发现，释放以后不见了老方，接着特派员突然来了，他似乎知道所有的联络方式、接头暗号，一个一个找我们见面，却不说上级有什么指示。我们不能随便怀疑一个同志，但也不能麻痹大意。"

一阵凉风，崔文泰推门进来。他拦住正要起身的秦传安："我把后门关了。吃年夜饭要关着门。"

他似乎没有察觉到气氛沉重，一坐下就看见桌上那盆糟钵斗，伸手端了过来，一边说"我最喜欢吃猪下水了"，一边拿汤勺舀了一大勺到面前的小碗，往嘴里塞了一大口："真饿了，送了个客人到董家渡，等了半天，又冷又饿，吃了一大碗汤面也顶不住。怎么了——"

他见大家不作声，便问。

"老方牺牲了。"田非眼圈红了。

崔文泰的表情有点僵，调羹叮当一声掉进碗里，筷子却还抓在手上。他想在脸上挤出一点悲伤的表情。

"出了什么事？"他的嗓音有点干涩。

没有人回答他。

"出了什么事？"他又问了一次，嗓音变得嘶哑。

田非忍了半天，终于还是掉下了眼泪，哽咽着对崔文泰说："你是他的交通员，你和老方最亲近了。"

"是呀——"崔文泰也想哭两声，但他嘴里咕哝着有点哭不出来。

易君年注视着他："你最近见过老方吗？"

崔文泰没有回答,却转头望着田非:"到底出了什么事?"

田非摇摇头,看着易君年。

很难说崔文泰心中没有一丝悔恨,尤其在他不得不表演一番之后。老方不仅是个上级领导,更如同一个兄长。他没想到老方会被枪杀。他还以为等事情结束后,自己也许可以劝劝他,让他也从"泥坑"里跳出来。那些天他一直在想对老方说什么可以让他回心转意。说说革命已经没有前途?他猜想可能没什么用。老方对他说过,地下工作就像黑暗中的一道光,为了向那道光亮奔过去,他敢往深渊里跳。

"老方的儿子也被抓了,而且受伤很重。"易君年语气沉重。

林石悄悄给自己倒了点酒,一口就喝干了。

易君年也端起了酒杯,说了一句:"为了——老方!"

一桌人都端起酒杯,干了杯中的酒。

"你是从什么时候开始跟着老方的?"田非问崔文泰。

崔文泰吃了一大口放凉的猪下水:"北伐军来的那年吧。我加入了工人纠察队,后来就一直跟着老方干。先是搞工运,接着转入地下,给老方做交通员。"

北伐军逼近上海那年,崔文泰背了一身赌债,这个事情老方并不知道。讨债的从家里追到他上班的公共汽车公司,那时他在那里当司机。正在走投无路时,北伐军几乎算是给了他一条生路。突然之间整个上海都开始骚动不安。

二月,公共汽车工会宣布罢工,他想都没想就加入了工人纠察队。身后站着一两百个纠察队员，那些讨债的也没法靠近。

因为不敢回家，他每天都在停车场值班，有一身天大的赌债，他简直天不怕地不怕，洋人大班、巡捕、帮会大亨，谁来都不行，一辆车都不放出停车场。没过多久纠察队里的人就把他看成领头的，他天天带着几个兄弟进进出出，再也不担心追债的上门了。

到了三月份，又兴起了房客减租运动，他又连忙加入房客联合会，这就解决了他面临的另一个大难题。这几下一来，他品出了革命的滋味，越发积极地投入到北伐军进入上海前夕的大革命高潮中去了。就是那时候，他被老方注意到了。

"我跟着老方没多久，"田非猛喝了几口酒，脸红耳热，对崔文泰说，"你给我们说说老方吧。"

"老方救过我。民国十六年四月，二十六军包围了汽车公司，要工人纠察队交出武器就地解散。先是朝天开了两枪，跟着就是机关枪，墙上全是枪洞，然后就往里冲。我们打了一阵，顶不住，只有几支盒子炮，几十杆老式步枪。后来他们讲好只缴械不抓人，我们就放下了枪。但他们是骗我们的，等我们放下枪，他们就把我们几个纠察队的头头抓了起来，关在门房边的棚子里，说是要就地枪决。老方领着人，趁着那些当兵的冲到里面搜抄，杀进来把我们救了出去。"

崔文泰说着说着掉下了眼泪。在军警按照名单满城搜捕工人纠察队头目时，老方让崔文泰藏在自己家里。"他给我讲了很多资本家和反动军阀压迫人民的道理，他说黑暗的时候，我们更要团结在一起。从那时候起，我真正走上了革命道路。"

是这样吗？崔文泰在心里偷偷问自己。他从来都不是一个会反省审视自己的人，平生头一回，他惊奇地觉得身体里有两个不同的小人，在彼此不停地讽刺挖苦对方。

"——我转入地下给老方做交通员。他对我说将来有机会，可以把我送去学习，可是现在必须自己训练自己，尽快学会做个老练的地下工作者。他和我一起到马路上，指给我看，利用什么地形观察身后有没有特务盯梢，怎么甩掉尾巴，怎么用手边的东西迅速改变自己的样子。他找来一本巡捕房的教材，教我格斗术。

"我们俩开着车到奉贤十五保四团，靠海有一大片芦苇荡，在那儿学打枪。老方打枪准，几十步外树上的一只麻雀，他抬手一枪就掉下来了。

"民国二十年发大水，到处都传霍乱，我老婆和孩子都染上了，没几天就都死了。那段时间，老方甚至不顾地下工作的纪律，让我住到他家，跟他儿子睡一个房间，那时他儿子在一个理发店学手艺。"

崔文泰越说越来劲，似乎借此能掩饰些什么。

实际上，他早就不想干了。二十六军机关枪扫射的时候，他就吓着了。如果没有老方，他不可能撑了这么些年。他上了军警的名单，参加罢工，是工人纠察队的小头头，他不可能找到工作。老方让他转入地下,组织上通过关系,安排他到租车行当司机。这份差,工钱可不少。这么一来,他又没法说不干了。连铺保都是组织上给他安排的,他能说跑就跑吗?可是地下工作越来越危险,他觉得是老方拿情谊拘着他——他想,这么看来,自己其实也算个有情有义的人。

说来说去,都怪小五子,当然,被窝也是他自己钻的。他能怎么办?老婆都死了。这个女人不得了。如果换一个女人,可能他也会想办法离开老方,过一阵悄悄地离开。可这个女人让他彻底昏了头。

那天他给一个地下党组织秘密机关送信,出来以后,发现背后有人盯梢。不知怎么回事,他一下子就决定了。他一直在回忆那一刻,是因为前一天晚上吗?那天晚上他晕晕乎乎,关灯摸黑,掀开被子端详了小五子好久,她躺在那里像一根糯米条头糕。

也许因为他天生就是个喜欢操控方向盘的人,坐在驾驶座上,一车人都由他说了算,他愿意往哪儿开就往哪儿开,他愿意开多快就开多快。他看着街上的广告牌花花绿绿,想到随时可能遭遇危险,半辈子都没真正过上一天好日子,一不做二不休——他突然关闭引擎,打开车门,站到盯梢的小特务面前,对他说:"我有重要情报,我可以向你们投诚,但必须见你们最大的官。"

他被人从一个地方送到另一个地方,最后见到了叶启年。叶启年对他说:"我们打算马上把你送回去,时间很紧,你到我们这里快两天了,再拖下去你就回不去了。今后,你的代号叫'西施'。"

易君年忽然问他:"老方牺牲前,你见过他吗?"

崔文泰愣了半天,说话突然被人打断,有点回不过神,又好像他对老方的回忆正进入某一个情感洋溢的时刻,不理解别人为什么没有被他的话打动。

"只见过一次。我去秘密信箱取了信,交给他。"

"什么信?"田非迫不及待地问道。

董慧文看了一眼凌汶,欲言又止。

"不知道。"崔文泰低着头,"老方只是让我负责传递信件。"

他出卖过一些情报,出卖过一些同志,每次都能拿到一笔钱。这是叶启年事先答应他的。他并不为那些出卖行为不安,反倒是有点志得意满。如今他又自己开车了,不用事事都听别人指挥,哪怕是老方。直到他出卖了老方,没错,他诚实地对自己说。

崔文泰知道老方的儿子在哪里学手艺,只要到那里跟师父打听一下,就能知道徒弟的店铺开在哪里。你早就知道老方躲在哪里,你从信箱拿到信,把信交给他,就知道他接下来会去哪儿。叶主任把你交给了游队长,游队长让你把老方交给他,但那一次你不忍心,把老方放跑了,没有及时通知游队长。你没想到游队长知道你去取信,知道你跟老方见面,他发了火,说你脚踩两条船,两面三刀,如果不在三小时内交出老方,他会马上把你抓到龙华,按照共党分子处理。

马路上灯火通明,弄堂里家家户户也把所有灯都打开。只有同福里弄口过街楼下面,黑洞洞一段。有两个人躲在黑暗中,人家都在亮堂堂的地方,上供祭祖吃年夜饭,他们却缩在暗地里,寒风不停往衣服里钻。这两个人,一个靠在墙角抽烟,一个从口袋里摸出一把瓜子嗑着,嗑了一地瓜子壳,越发觉得饿了。

暗 语

林石躺在床上。刚才在客堂间,他喝了一大口酒,然后对大家说有些不舒服,便回楼上病房休息了。出狱后秦传安替他重新处理了伤口,子弹没有伤及腿骨,休息了一段时间,能够慢慢行走。他并没有完全说谎,虽然腿伤没有旁人以为得那么严重,但这会儿他身上又有点发冷。

他隐约觉得崔文泰有问题,有些直觉很难说清楚。别扭的表情、一两个过分夸张的手势、说话时使用的词句。他有些懊恼,真不应该暴露银行的事情。五根金条。这些经费来之不易,也许是其他战线上的同志用生命换来的。他这样冒失,怎么对得起那些人。万一出了问题,中央交给他的重要任务就难以顺利实施。

最难的并不是在敌人面前咬紧牙关,他早就想好了,他可以为行动计划付出自己的一切。但现在的情况是,他必须对自己的同志和战友也保持沉默,不管他们对自己表现出热情或者怀疑,他都不能将秘密告诉任何人,也不能随便和人商量。

易君年在特务冲进会场时,为了保护他,把骰子放进了自己的口袋,这一切他都看在眼里,却既不能说什么,也不能做什么。他知道易君年同志的用意,但他只能保持沉默,只能暂时让自己的同志顶在前面。

在看守所里,易君年用那样的眼神看着他。他觉得对方几乎要猜到他就是特派员,但他不能有丝毫表露。他哼哼唧唧,装得伤很重,装得意志软弱,装得对眼前的局面毫无思想准备。

他甚至对易君年编造了一些过往经历,先是把自己说成是一个参加过广州起义的老革命(这倒是事实),却又在一些细节上故意说得牛头不对马嘴,让易君年作出错误的判断,认为自己是在说大话。这样一来,易君年就渐渐放松了对他的探察。

有些秘密使命,注定要孤独地完成;而那必要的忠诚,也注定要用怀疑来掩护。

这些天来,他看出易君年和凌汶两位同志关系密切,革命同志常常在工作中产生情谊,这不足为奇。他知道凌汶以为她的丈夫龙冬已经牺牲了。可是据他了解,龙冬很可能还活着。凌汶听说广州起义失败后,国民党军队在广州城内大肆搜捕,只要不是广东口音,当场就有可能被枪杀,他们甚至冲进了苏联领事馆。当时,龙冬正在领事馆内与苏联同志商议撤退工作,被国民党抓去后,与苏联同志一起被杀害了。

但林石知道,至少在广州起义后的一年里,龙冬同志仍在为党工作,在敌人的残酷镇压中,他组建了一个精干的地下工作小组。龙冬才智过人,甚至能从国民党广州市公安局里获得秘密情报。只用了短短几个月时间,他就能说一口流利的广东话,简直就是个天生的地下工作者。而林石自己,终究因为学不会广东话,被调离了广州。

他还不能把这个消息告诉凌汶,他也不能告诉大家他就是"老开"。他坚持着不让自己睡着,之前陈千元悄悄地跟他说,陈千里要来见他。

马路边忽然围了一群人,鞭炮声噼啪响起,间或还有几只高升蹿到半空炸开,震耳欲聋。沿街二楼的人家纷纷打开窗户,点燃竹竿上挂的鞭炮。弄堂里吃完年夜饭的人像得到什么号令一般,大人孩子都开门出来了。

一个人影挤在人群后面,从过街楼下进了弄堂。

陈千里找到诊所后门,轻轻敲了两下。门后,陈千元正等着他。

"我想找一幅宋画。"

"那可不好找。"

"受人之托,找不到也得找。"

"那您说说看是哪一幅？"

"《千里江山图》。"

"你打开窗朝外面看。"

"说的是，这些人就是江山。"

青岛船上的访客告诉陈千里，接头时说出这段暗语，就能取得"老开"的完全信任。这条暗语是少山同志亲自设计的，到目前为止，知道的人不会超过五个。

"你见到少山同志了？"林石兴奋地握着陈千里那有力温暖的双手。

"少山同志在瑞金。他可能不知道你现在的情况。中央交通局的一位同志得知上海行动小组出了问题，赶到青岛，在船上找到我，让我到上海配合你的工作。

"在青岛，那位同志告诉我，上海的情况十分危急，从表现出来的迹象看，地下党组织已被严重渗透。他说，传达任务的会议还没有召开，敌人就提前得到了消息。"

"从租界巡捕房和侦缉队联手抓捕来看，形势确实是非常严峻。"

"但是，'千里江山图计划'早已启动，这是一项无法撤销的任务，上海临时行动小组是计划中关键的一环，所以组织上临时决定，把我调来上海，要求我迅速肃清内奸，保证计划顺利实施。"

"银行保管箱里有五根金条，是组织上交给上海小组的任务经费。现在保管箱暴露了，必须尽快转移。"林石马上提醒道。

"你也要马上转移，"陈千里说，"敌人现在可能知道了你的身份。一旦我们查清内奸，他们可能会抓人。你是这里唯一了解'千里江山图计划'的人，身负重任，必须马上转移。还有一件事我要告诉你，老方同志牺牲了。"

"听说了。"林石想到刚才易君年的话。

"当时老方正在与我接头，在他儿子的剃头铺里。为了掩护我，他拿起特务的手枪冲了出去。他儿子也被捕了。与易君年同志接头时，他对我说是从内线情报那里得知老方牺牲了。"

"你让我先转移，那其他同志呢？"林石点点头，又问陈千里。

"只要你不在敌人手上，其他同志暂时仍然是安全的，特务不会轻易去动他们，他们更想了解我们背后的计划。"

"那也要预先有一个撤退方案，以防敌人想不出别的办法，实施大逮捕。"

陈千里看了林石一眼，他知道，林石觉得自己说得太轻率了。他仔细审视自己的内心，真的太轻率了吗？他有没有忽视了大家的安全？在完成任务和同志们的生命之间，他有没有对前者过于专注，而对后者明显疏忽了？

他知道，此刻的情势，逼着他不得不去走一条钢丝，竭尽他所有的能力，去保持一种危险的平衡。同志们不得不在敌人的注视下完成任务，每个人都要装得像对身后的特务浑然不觉，同时保持高度敏锐，看准时机，在敌人神经松懈的瞬间，迅速采取行动。同时也要时刻警惕敌人狗急跳墙。

他自己是擅长这些事情的，训练时的行动心理测试，他一向成绩优异。可是楼下的同志们，他们未必能像他那样冷静。他是不是因为自己有能力做到，就以为别人也能做到？

"千元是——"

陈千里轻声说："我弟弟。"

林石望着陈千里，有些看不清坐在他床边的究竟是个怎样的人。冷静，条理清晰，甚至连亲弟弟身处险境也不动声色。他不知道上级派来的是怎样的一位战友。处理这样的危局，必须要有大智慧。只是聪明过人的人，会不会容易不自觉地就把别人当成行动步骤中的一环。在这样的时刻，不仅需要头脑，也需要一颗热忱的心。

可现在没有时间再迟疑，他对陈千里说：

"首先，我要把'千里江山图'的整个计划向你说明。中央早在八七会议就确定了土地革命和武装反抗国民党反动派的总方针，而我们这次的任务，简要地说，就是安全地把中央有关领导从上海撤离，转移到瑞金，转移到更广阔的天地里去。

"从去年起，党中央在上海就越来越艰难，我们在发展，敌人也没闲着。国民党专门用来对付我们的党务调查科，之前又进行了扩充。它的头目虽然也只是个简任官，权势却远远超过那些简任厅长、局长。他们内部自称'特工总部'，除了编制内的特务，还向其他机关派出人员，在那些单位内部夺权，令那些机关为特务所用。根据中央所获的情报，特工总部现在很可能已经拥有数量庞大的特务，明目张胆地大搞特务统治。

"他们逐渐形成了一套有效的反共情报网，利用潜伏特务，地下党内部的投机分子、叛徒，不断对党组织进行渗透，使上海党组织遭到严重的破坏。

"这是一次大转移。除了领导人，其他人员、机关、文件、电台、经费，都要做好相应的安排。有些转入地方，坚持地下斗争，有些也要跟随转移。为了顺利实施，地下党组织在各地召集了多个行动小组，我们这个临时小组负责其中的一部分工作。

"原先，随着赣南闽西苏区土地革命形势的发展，中央曾使用极大的人力物力，打通从上海到南方的四条秘密交通线。这些交通线是苏维埃的红色血脉，大量人员物资通过它们进出苏区，所以，一直以来敌人千方百计地加以渗透破坏。老的交通线长期使用，难免暴露。为了保证撤离成功，同时也为了在今后更加艰苦残酷的斗争环境下，让红色血脉保持畅通无阻，中央决定重建绝密交通线。

"我们负责打通从上海到汕头这一段。从上海到瑞金，三千多公里，少山同志说，好呀，那我们就把这次行动称为'千里江山图计划'。他说，这不仅是千里交通线，更是千里江山，我们撤离上海，就是要把革命的火种撒遍全中国。少山同志说，交通线上的一个站点，比得上苏区一个县，一定要把交通线搞好。

"按理说上海小组已经暴露，不适合执行这项任务。在敌人的密切监视下，很难确保新建交通线的安全。只是中央和上海地下党组织目前十分困难，在短时间内很难重新召集精干人员。"

"上级向你布置任务，有没有提到浩瀚同志？"

"浩瀚同志？"林石不解。

陈千里把老方去普恩济世路与浩瀚同志接头的事情告诉了他。

"怪不得老方没来开会。"

陈千元把哥哥送进林石的病房，回到客堂间时，田非正在与卫达夫争论。卫达夫认为，组织上早就说过地下工作要用公开身份作掩护，要求在公开的社会职业上，每一位同志都务必干得十分出色，既能更好地掩护，也能借此发动群众。所以，林石就算刚从看守所出来，就算身负枪伤，他也有理由因为银行业务而打一个电话。田非不想跟卫达夫多讲道理，他只是固执地重复说，他认为林石肯定有问题。

陈千元坐回桌边，告诉大家林石躺下了。秦传安起身往厨房走去："让他休息一会儿，等会儿我过去看看他。"

对面仍然端着酒杯的崔文泰接了一句："现在就去病房，我也过去看看。让他一个人躺着，可不大让人放心。"

易君年正和凌汶悄声说话，转头就拦住他："你这会儿去做什么？让他好好休息。"

崔文泰不知为什么，心里对易君年总有些害怕，尤其当他盯着你看时，眼神一点都看不出深浅。

秦传安到厨房转了一圈，出来时捧着个盘子，盘子上压着个半球形的钢精锅盖。陈千元来了兴致："又是什么好吃的？"

秦传安笑着没说话，把盘子放到桌上，搓搓手，掀开盖子，原来是一客糯米豆沙八宝饭，上面还堆着些枣子蜜饯瓜子仁。董慧文叫了起来："啊呀是八宝饭。"话音未落，卫达夫的筷子早已戳了进去，挖出一大块豆沙。

崔文泰对甜食不感兴趣，他忽然想起一件事："上级的那位特派员，怎么今天也不来？他是不是听说特务知道这个地方，心里有点慌了？"

易君年在边上冷冷地说："怎么突然想起他来了，你是不是有点担心他来呀？"

"我就是心重，什么事情都担心。"崔文泰的笑声有点干，连忙喝了口酒。

梁士超也不喜欢吃甜的，转头对易君年说："你在广东过年，有没有吃过炸粿肉萝卜糕？"

凌汶听到了，对着易君年问道："你在广东待过？我怎么没听你说起。"

易君年笑笑："调离以后，就不该向人说起从前的工作了。"

"那你怎么还跟他们说。"

"那不是在看守所里打发时间嘛！"

"老易在广东工作好多年了，"梁士超告诉凌汶，"省港大罢工时他就在那里。我们在看守所时说起一些牺牲的同志，有好几个当年都是老易的战友。"

凌汶拿筷子挑了一粒葡萄干，放在嘴里嚼了半天，心事重重的样子。

正说话间，楼梯上传来脚步声，林石在陈千里的搀扶下回到客堂间，大家不约而同地站了起来，气氛忽然有点严肃。董慧文上前搀扶林石，田非喝了酒微微有点上脸，他把身后的椅子让了出来，林石拍了拍他的肩膀，微笑着说，不用动。他一边挨着田非坐下，一边对大家说："别都站着，我可得赶紧坐下。"易君年见状也笑着招呼大家都坐下。崔文泰连忙去厨房找了干净的杯子，秦传安将酒杯斟满递给陈千里。

"陈千里同志，你跟大家讲几句吧。"林石望着陈千里。

"来，千元，我们兄弟俩一起给同志们拜个年！"陈千里让弟弟起身站到自己身边。

"我早就猜到了。"卫达夫笑着仰脖喝了一杯。大家端起酒杯，起身互相敬酒拜年。

待大家都放下酒杯，林石介绍道："陈千里同志，上级派他来领导我们这个小组。"

陈千里端详着每一位同志，缓缓说道："上级原先把我调来，是配合老方同志工作，老易得到消息，老方牺牲了。"

他看了看易君年继续说道："林石同志是中央特派员，代号'老开'，他代表中央向我们上海小组传达任务。按计划，他传达任务后要立刻离开上海，可是他受伤了，暂时无法长途跋涉。在能够安全离开之前，他与我们一起工作。明天上午,由林石、凌汶、崔文泰三位同志去银行。"

凌汶和崔文泰有点疑惑地望了一眼易君年,易君年把脸转向林石。

"银行保管箱里有组织上用于这次行动的一笔经费,五根金条。"林石在一旁补充道,"在进一步行动之前,要先把金条取出来。"

"目前最大的问题是,敌人很可能正在监视我们。"陈千里在这里停顿了一下,"我和林石同志判断,敌人把被捕的同志从看守所放出来,并不是因为他们觉得自己抓错了人,就算真的抓错人了,他们也不会那么轻易就释放。我们认为,敌人把大家放出来,是因为他们知道地下党组织即将有重要行动,他们无法通过审讯了解内情,所以假意释放大家,想让我们麻痹大意,在行动中暴露。我和林石同志都怀疑,就在此刻,在这个房子外面,就有特务在盯着。"

秦传安点点头。

"我们最重要、最需要确保安全的,一个是保管箱里的金条,另一个就是林石同志。但我们又必须取出金条,金条也必须由林石同志亲自去取。所以,为了确保万无一失,刚刚我和林石同志商量,想了一个人和金条分开走的计划。明天上午十点三十分,由崔文泰同志开车,把林石和凌汶同志送到银行。银行大门在街角上,他们下车后,"陈千里转向崔文泰,"你把汽车停在街角对面的马路上等着。林石和凌汶同志出来后,把装金条的皮箱放到车上,人不要上车,由崔文泰同志把金条送到老闸桥接头地点,下一程从船上转移。林石和凌汶同志不要马上离开,到银行对面阜成里弄口的那家咖啡馆坐一会儿,五分钟后撤离。"

陈千里转向易君年:"易君年同志,你要在十点半之前到达那家咖啡馆,准备好交通工具,负责接应他们安全撤退。"

易君年点点头:"好!"

"那其他人呢?"梁士超急切地问。

"其他同志回自己的住所待命。"

说完这些,陈千里心里头一次隐隐有些不安,这个决定到底对不对?明天特务们发现林石和保管箱里的金条都消失了,一定会展开疯狂的搜捕。他这样安排到底有几分把握?

银 行

大年初一早上,天津路中汇信托银行开着大门。按照政府推行新历的规定,银行在废历新年第一天照样上班,不过客人就不太可能这时候来了,人们正忙着到处拜年。

上午十点不到,黄包车停在银行门口,陈千里从车上下来。新年第一笔生意,他递给车夫五角小洋,转身从车座上提下一只小皮箱。今天他穿了件灰色暗花缎面皮袍,貂爪仁里子,外面罩一件黑色宁绸马褂,头戴一顶貂皮小帽。

这身行头他是从估衣铺租来的。估衣铺老板不以为怪,近年颇有些人找到他这里,要租一套衣服扮成大富人家。

这位客人要是论气度,不穿这一套也足够。而且他是真识货,这件翻翻那件瞧瞧,都看不上,逼着他拿出两件真正名贵的货色,还挑了两件里面成色比较旧的这一件,这就对了。

貂爪仁可不是普通貂皮，是貂爪上指甲下面那一小截皮子，轻、软、暖，做这一件怕是得赔上几百头貂。不说那些貂，就是把那些小片皮子缝成一件袍子，还看不出针脚痕迹，现在也找不到能揽下这活儿的师傅了。

陈千里站在路边，把皮箱放下，从皮袍里摸出一包香烟。他平时不抽烟，这会儿却抽了两口，然后把半截香烟扔了，转头跨上台阶。

就在陈千里走进银行后不到十分钟，叶启年从华懋饭店出门，他让马秘书先把车开过去，新年第一天，他打算走一走。沿着仁记路往前，十来分钟就可以走到天津路。一路上他都在想着陈千里，不知今天能不能见到他？那是他不共戴天的仇人。他当然不会一枪结果了陈千里，而是要慢慢折磨他，问问他为什么当年要如此背信弃义。他甚至不无嘲讽地想，如果陈千里像崔文泰那样，跑到他面前来一句，我想见你们大老板，难道还真领着他去见立夫先生吗？他希望陈千里继续那样冥顽不灵，好让他有机会痛痛快快地报仇。

太阳很好，有一瞬间他心里忽然生出一点空虚。特工总部、党国、中共秘密计划，这些词语日日夜夜萦绕在他头脑中，但就在片刻之间，它们都失去了意义，连咬牙切齿的仇恨也变得好像十分遥远。如果当年陈千里不是那么一意孤行，被什么《共产主义ABC》、什么《远方来信》弄昏了头，假以时日，说不定他也不会在叶桃的事情上那么不肯让步。如果那样的话，今日大年初一，家人团聚，他们之间也许可以喝上一杯。想到这里他差点掉下眼泪。

天津路是银行街，左近全是银行钱庄，就算是大年初一，汽车黄包车也排满了半条街。马秘书早已把车子停进了阜成里，自己也不在车上。叶启年往前走几步，看见裕记钱庄，便转身进去。特工总部出了裕记一半本金，钱庄老板也是自己人。总部往各行各业都派了人，如今早已形成了一个秘密通信网，党国任何一个角落，发生了任何事情，他们都能先一步知道。

昨天半夜，"西施"打来电话。他一得到情报，就在华懋饭店的床上想好了方案。这会儿裕记就成了临时行动指挥所——阜成里在中汇信托银行斜对面，钱庄后楼的窗口正是最佳观察点。马秘书和游天啸都已经到了。

游天啸这回带来的人都很精干，不到十分钟就完成了行动布置，他对叶启年解释。

"慢一点不要紧，要是从你这儿泄露了消息，我只能把你交给内部调查室执行家法了。"

"绝对不会，老师。"

钱庄里全都是侦缉队的下属，这些人不知道这次行动真正的指挥单位是特工总部。在这种情况下，他要避免称呼叶主任。

"银行里有什么情况？"

"人都散到各个点上了。目前银行没有动静。"

"没有我的命令不许抓人。"

"是，老师。"

叶启年上了二楼，裕记钱庄的老板知道总部叶主任要来现场指挥，早早在二楼摆放了案几茶具。叶启年靠窗坐下，朝中汇信托银行大楼方向望了望。

银行大楼在交叉路口，一共五层。地下还有一层，保管库就在那里，库房四壁用钢板浇铸而成，库门所用的钢板，更是厚达四十厘米。

大楼建造时，特意沿街角设计成斜面，银行大门也朝这个方向开，叶启年心想，当时多半是请教了哪位风水大师。

游天啸上楼告诉叶启年："他们来了。"

"几个人？"

"一辆车，三个人。有林石——就是'老开'，凌汶，还有我们的'西施'也在车上。"

没有等到陈千里，叶启年心中隐隐有些失望。

昨晚除夕夜，崔文泰一夜没睡好，简直像人家守岁一样。陈千里说，第二天参加银行行动的同志，晚上不能回家，都睡在诊所病房里。这么一来，他就没办法面见叶主任了。谁都没有想到这个情况，他没有，游队长没有，叶主任也没有。

诊所外面倒是有两个鬼头鬼脑的家伙，多半是侦缉队的便衣，可是他也不敢随随便便就把重要情报交给他们吧？就算他们确实是游队长的人，游队长没有交代过他们的事情，料想他们也不会轻易相信他崔文泰吧！就算他们相信他是自己人，万一有个闪失，说不定回头喝两口酒，就把事情忘了。

再说，就算他们真办妥了，这功劳又算谁的？他崔文泰做这个事情，还真不是为了党国。退一万步说，就算他不计酬劳，愿意把情报交给他们，眼下也要办得到呀。诊所里那么多人，都在怀疑内部有特务，他半夜跑出去再跑回来，让人看见可就麻烦大了。

他熬到半夜，看看别人都睡熟了，终于下定决心，悄悄跑到门诊室，往华懋饭店打了个电话。

他身上只有一件睡觉穿的单布褂子，司机穿的呢大衣挂在门后的钩子上，他也不敢套上，担心动静太大。可就是这样，他捧着电话，一边发抖，一边直冒冷汗，只一会儿背上就湿了一片。

他没敢等华懋饭店的接线小姐叫醒叶主任，只让她传两句话。第一句，"老开"是林石。第二句，明早十点半去银行开保管箱。

打完电话出来，又把他吓一跳。诊所原是弄堂房子，后楼那几间厢房当作病房，从门诊室到病房有一条短短的楼道，楼道一边是楼梯，另一边就是病房。楼道里没开灯，他正蹑手蹑脚打算溜进房间，一头撞上在楼梯口抽烟的易君年。

易君年什么话都没说，冷冷地看着他，也没让他解释解释为什么半夜不睡觉，跑到外面来了。当然，他可以说他去上了厕所。

到早上他才发现，好几个人都离开了。饭桌上只有林石、凌汶、秦医生和他自己，就连住在诊所的梁士超都不见了人影。

崔文泰回到房间越想越不安，万一叶主任没有收到消息，把林石和金条放跑了，这个责任他可承担不起。他都卖身投靠了，还卖了个半吊子，这笔生意做得就划不来了。叶主任一生气，说不定说他真共党假投诚，倒把他给办了。

他跑到门诊室，对秦传安说，他要给车行打个电话，昨晚他没把车开回车行，早上再不去点卯，车行管事要着急骂人了。

秦传安正忙着开药方。他知道自己很可能马上就会撤离，有很多长期在他这里治疗、开药的病人，他要预先给他们准备药方。其中有几位，他还打算向他们推荐其他诊所的医生。这些病人他都有住址，只要把开好的药方装进信封，万一紧急撤退，他把这沓信往邮筒里一塞就行。他拿着笔朝电话指指，继续低着头写药方。

电话拨通了，崔文泰报了房间号码，抬头看看秦传安，见他正全神贯注于自己的工作。房间铃声响了两下，有人拿起话筒，是叶启年。崔文泰原以为自己可以编几句暗语，把意思告诉叶主任，却没想到临时没词了，举着电话停在嘴边。

崔文泰用眼角扫了一眼秦传安，见他依然俯身在桌前，似乎并没有留意他。

"老板,今天上午客人约了用车,直接去做生意了。做好这一单再回来。"

半晌,对方在电话里说:"知道了。"

崔文泰犹疑不定,拿着电话愣在那边,对方等了一会儿,有点不耐烦:"知道了,你昨晚打过电话。"

对方挂了电话。

放下电话,崔文泰心里并没有踏实,反而越来越乱了。

林石趁崔文泰离开,对凌汶说:"我见过龙冬同志,在广州。"

还有半个小时就要出发,这通常是最心神不定的时刻,尤其是陈千里说,这一次,他们将在敌人的严密监视下完成任务。她正在努力克制,打算起身收拾下碗筷,没想到林石说了这么一句话,她一时没反应过来。

弄堂里传来一阵鞭炮声,上海人家年初一早上打开门,要放一串开门鞭。

"我听老易说,你丈夫,龙冬同志在广州牺牲了,那是什么时候的事?"

"广州起义后,他在苏联领事馆被捕,被敌人杀害了。"

林石点点头:"如果这样,他很可能还活着。"

说出这句话后,林石自己心里倒产生了一种奇怪的感觉。他们俩,一个是龙冬的妻子,一个曾把龙冬视作生死之交,如今却坐在饭桌边,用一种近乎平淡的口吻议论着龙冬的生死。他很可能还活着,好像牺牲或者活着,都是一种可以接受的事实，值得讨论的只是这两种事实，哪一种可能性更大。可是大革命失败后，这种情况实在太常见了。

一旦地下党组织被敌人破坏，单线联络的组织关系就被切断了，一个上线被捕、被杀害，与他联系的下线也就同时消失了，没有任何文件可以证明他们的身份和下落。一个地方组织被破坏，有些同志牺牲，有些同志失踪，剩下的人如果还有机会联系党组织，就调换到另一个地方继续工作，可他们也往往必须改换姓名身份。

在最复杂的情况下，常常会发生牺牲的同志最后被发现还活着，以为活着的同志，实际上早就牺牲了。

经常会有各种各样的传说，有些是出于战友之情，总是觉得牺牲的人还活着，有些则来自敌人的愚蠢和阴谋，他们为了邀功，或者为了设计圈套，就散布一些真假不明的消息。

"广州起义失败后的第二年，差不多是五月份，组织上把我调到广州，让我配合龙冬同志的工作。在广州那一年，龙冬同志和我谈得很多，他给我看过你们俩的照片。你的绒线帽盖住了耳朵，肩上有大围巾，穿百褶裙，手插在裙子口袋里。那时候他还活着，活得好好的——"林石仍然觉得这么平淡地说话，自己听着都有点奇怪。

"在广州要不是他，我可能被敌人抓了十几回了。我真是学不会当地人说话。太危险了，后来也因为这个，上级不得不把我调离了。"

林石记得八月里有一天，龙冬的情绪显得特别低落，他们俩坐在骑楼下喝粥，电闪雷鸣，一会儿就下起了暴雨。龙冬告诉他，来不及通知凌汶，敌人就冲进了秘密机关。

凌汶的反应来得很缓慢，一直到林石说起那照片，她才慢慢激动起来。

林石意识到凌汶情绪的变化，她几乎要掉下眼泪。他原本是想说些与行动无关的话，让凌汶放松一些。

但是，出发的时间到了。凌汶起身问林石："你的伤，走路没问题吧？"

"林石同志，你肯定是个大领导吧？"崔文泰刹车、按喇叭、加油门，挤出了路口扎成堆的黄包车，歪了歪脑袋朝后座说，"五条大黄鱼，乖乖不得了。一定是个大任务。我活了半辈子都没见过那么多钱。"

后座没有人回答他。凌汶低着头想心事，林石掀开窗帘一角，看着车外。

"不过我这辆车，倒是运过金条，虽然我也没看见。"

崔文泰笑了几声："去年春天我到熙华德路接客人上车，宁波人。一个老主人，两个用人。我看看真蹊跷，用人空着手，一块台布打成包袱，主人自己抱在怀里，说是要去巡捕房。

"上了车子我看看不对，随便问一句，果然，说是去报案。我就问，报啥案子？说是用人中午烧饭，发现米缸底下有七根金条。坐在家里，天上有金条掉在米缸里，这不是好事吗？我说，为什么要报案？用人说，少爷失踪好几天了。

噢哟，我想，这下就有意思了。

"你们晓得为啥？那个时候上海到处在传王金枝被杀案。你们听说过没有？太古轮船茶房领班王金枝，在长江轮船上跑了三十年，为人极其讲信用，钱庄银楼就托他带金条，从上海到武汉，几十年从来没失手，再多几根金条交给他都没有问题，武汉肯定收到。但这次出事了，被杀了，死的时候身上只有几角洋钱，金条是一根也没有了。"

"被抢的金条就是米缸里的那些？"林石问。

崔文泰点点头："他们是那么想的，所以要到巡捕房报案。我也是那么想的，肯定就是那一批。我就问，为什么他们会觉得米缸里的金条跟王金枝的案子有关系呢？他们说，因为他们家少爷失踪了。

"原来如此，那我就懂了，那就确实有关系了，这家人家的少爷一定不是好人，外人不晓得，家里人晓得的呀。自己儿子是不是好人，老爷知道的呀。

"米缸里那些金条，肯定跟王金枝的案子有关了。这家老爷胆子是小的，他这样一猜，马上就要到巡捕房去报案。他们这么确定，我想想也很确定，巡捕房呢，也马上就确定了。"

"过了几天，我看看报纸，果然报上登了。你们猜猜什么结果？"崔文泰卖了一下关子，等汽车过了路口，转到天津路，他接着说，"你们猜猜什么结果？报纸上说，巡捕房一拿到金条，马上找钱庄银楼的人过来看，钱庄银楼自己铸的条子，都做了记号，他们一看，正是被偷的那一批。巡捕房马上说，金条数字不够，差一半。既然一半赃物在你家米缸里，那么另一半你也负责交出来。你说你不知情，可能是你儿子，那么你把你儿子交出来，要是你交不出金条也交不出儿子，那就把你先关进巡捕房里。那家老爷叫冤枉呀，本来是想做做好事呀，没想到自己先吃官司了。"

　　汽车停在中汇信托银行门口，进银行大门时，凌汶说："这崔文泰，今天怎么话那么多？"

皮 箱

游天啸进了裕记钱庄,又一次上楼报告:

"银行里面各处都有人盯着了。每个楼层都安排了人手,前后两扇门随时可以下令封锁。从司令部宪兵队借了一辆铁甲车,往马路中间一停就是一座堡垒,他们如果想强行突破,让他们一头撞到墙上。"

"这么兴师动众,没有惊动穆处长吗?"叶启年轻描淡写地说。

"穆处长去南京了,恐怕要过了年才回来。"

"荒唐。政府三令五申,各机关不许互相拜年,不许放假,有些人是通知照转文件照发,封建陋习一样不改。"

"穆处长南京的亲戚朋友多,他在南京可比在这里忙多了。"

"军法处是要害部门,某些人就是占着位子不做事,你可别沾上这些恶习,好好干,等有机会我向上面举荐。"

"谢谢老师。不过现在这样也很好。穆处长大概嫌龙华杀气太重,影响官运,不喜欢军法处的这些公事,这样我倒也好办。"

叶启年面无表情地点点头。

"他们这会儿在里面做什么?"

"我们有五个人在大厅里面。坐在存款部沙发上那两个,背对背坐,正好可以看到整个大厅。进去的那一男一女在大厅那头,吴襄理在接待他们。"

"让你的人不要靠得太近,让他们顺利拿到皮箱。我们人赃俱获。"

"是,老师。"游天啸笑着说,"还有件奇怪的事情。他们居然有人坐在阜成里弄口的咖啡馆,我估计是个接应点。那个人是易君年,不知道他们是什么意思。"

"就在阜成里?"叶启年也笑了起来,"我们把指挥所设在阜成里弄堂里,他们把接应点设在阜成里弄堂口,有意思。你的人在弄堂口进进出出,会被他们看到吗?"

"我跟他们说了,每个人都站到规定位置,不要到处乱跑。"

"陈千里仍然没有出现?"

"我们安排在申新旅社的人说,他从昨天半夜回到房间后,一直都没有出来。要不要让人进去看一看?"

"有人守着就行。先拿到保管箱里的东西,然后逮捕林石，最后一网打尽。"

林石拿出二七九号保管箱的单子，交给吴襄理。

"吴襄理，今天我开一下箱子。另外，把三个月租金交给你。"

"啊呀林先生，给您拜年——"吴襄理神情有些不自然，早上他在家里就接到宋先生的电话，让他今天无论如何都要上班，妥善处理好二七九号保管箱的事情。他不知道这只保管箱为什么会惊动宋先生，不过宋先生只是让他按照正常业务办理，客人怎么说他就怎么做，别的事情自有人会办："我们是银行，既不是警察也不是特务，到我们这儿来的都是客人。我们不能贻人口实，让人家说把东西放到我们这儿不保险。"

有了宋先生这句话，吴襄理心里是有底的。宋先生从来没有亲自给他打过电话，实际上，宋先生就算到银行来，也从来不会注意吴襄理。不过他很清楚——其实这家银行从上到下每个人都清楚，宋先生的哥哥是不得了的大人物。不然，他们这家小小的银行，为什么每年都能做一点财政部公债发行的生意？

吴襄理把单据弄好，就领着林先生和太太上楼。楼梯在银行大厅西面，上了二楼，只见四面围廊俯瞰大厅，凌汶扫视了一圈。

大理石廊柱间放着些沙发，远处沙发上孤零零坐着两个人，穿着的那两件洋装似乎不太合身。

"按照银行的规矩，只有租用保管箱的顾客本人才能进入保管库，林太太只能把先生送到这里了。"

凌汶在保管库门前的沙发坐了下来，笑着对吴襄理说了一句："林先生腿上骨折刚好，行动不方便，我可就把他交给吴襄理了。"

保管库的入口在二楼南侧，库门外围着栅栏，如同一只铁笼子。吴襄理用钥匙打开栅栏门上的钢锁，里面又有一扇锃亮的圆门，是用整块不锈钢焊制的。吴襄理来回转动密码锁，直到听到咔哒一声，再把钢门中央那只轮盘转了几圈，轻轻一拉，库门打开了。

吴襄理扶着林石跨进圆形钢门，门后是个巨大的不锈钢洞穴，四壁、地面、头顶全是钢板，接缝间嵌入灯管，把这个方形洞穴照得明亮如昼。洞穴深处有一间间小室，吴襄理把林石请进其中一间，室内放着桌椅。等林石坐下，吴襄理说："林先生稍候，我下去一趟。"

保管库的入口在二楼，库房却在地下。吴襄理站进仅容两三人站立的电梯，去了库房。

逸园咖啡馆靠窗座位上，易君年要了杯牛奶咖啡，拿出一份报纸放在桌上，转头看着窗外。窗外是个小院子，放着几把遮阳伞，伞下有折叠桌椅，天冷也没有人坐。小院有两扇门，一扇朝着天津路，另一扇朝着阜成里弄堂。

大年初一，咖啡馆里基本没有客人，老板并没有打算这会儿就开门营业，只是周围银行钱庄都不放假，他想着也许会有人来坐坐。对这个意料之外的客人,老板额外奉送了一份布丁。布丁盘子里放着小匙,客人却没有动它。

"进去看了,易君年还在里面。我们的人看见他从江西路穿弄堂过来,他们好像在那里停了一辆车。是南市警察署的车子。"游天啸向叶启年报告。

"谁让你派人盯那么紧?胡闹,要是打草惊蛇——"叶启年并没有真的生气,他喝着钱庄老板准备的好茶,心情颇有些怡然自得。

"南市警察里果然有地下党。"自从上回菜场里冒出个巡捕房地下党,游天啸就开始怀疑在华界警察里也有潜伏的共党分子,"抓住他顺藤摸瓜,肯定能抓出一串。老师的计划真是高明,我们往这里一坐,共党分子一个一个就冒出来了。"

叶启年并没有那么乐观:"共党分子,靠抓是抓不完的。你抓了一个,他们会给你送来一打,你抓了一打,他们就给你送来一卡车。"

游天啸心想老师又要开始长篇大论,他像当年在杭州上训练班时那样,并拢脚跟,等着听老师教诲。

"与共党作斗争,最重要的是思想上的肃清。只要让人不再相信共产主义那一套,相信我们的三民主义,我们就不战而胜,共产党就不战而亡了。你有空也要读点书,中央大学陶教授写的书就很好。你读了书,知道了其中道理,在看守所审讯共党分子时,就可以跟他们讲道理,说服他们向政府投诚。这样一传十,十传百,百传千,思想就像传染病,只要染上了,他们就成了我们的人了。不要老是打人,杀人,打打杀杀能解决一个人,几个人,但解决不了思想对千万人的传染。"

吴襄理乘着电梯回来,把手里提着的一只铁箱放到桌上,插上一把钥匙,转了一圈,对林石说:"林先生,箱子我给你拿来了,你再用你自己那把钥匙开一下就行了。等你处理完毕,就按一下桌上的电铃,我回来给你开门。"

说完,他就离开保管库,关闭圆形钢门,再锁上。

吴襄理离开保管库没多久,保管部小施桌上的灯就亮了。

先前他把纪先生送进了保管库。纪先生绝对是个大贵人,皮袍上的出锋,一看就是千金之裘,绝不是一两头畜生的皮毛。小施在陶小姐家里见过宋先生的皮袍,跟这件差不多,他眼睛毒,值钱的东西,看一眼就记住了。

那一次可把他吓坏了,最后还是陶小姐机灵,谎称他是表弟,这才过了关。而且因祸得福,宋先生索性把他安排进了银行。

小施头脑很清楚,他可不敢跟陶小姐有什么事情,虽然陶小姐总是让他上她家,让他帮她取件衣服、买点吃食。陶小姐穿着家常袄子,齐膝短裤,袜子上露出一段腿。最撩人的是短袄下面飘着的两根粉色绸裤带,一动就晃来晃去。有一次他坐在沙发上，她俯身过来说话，绸带竟然从他手上掠过，他好容易才克制住自己想去拉一拉的心思。

小施把保管库钢门打开，纪先生空着手在门后等他。他打算把纪先生送到银行大门口，因为进保管库前，纪先生塞给他一块大洋。小施从小到大，没收过这么大一笔压岁钱。纪先生却在半路上对小施说，内急，要找个厕所，让小施不要等他，回头他自己出门。

纪先生正是陈千里，他虽然对外形做了一点改变，但仍然担心被散布在大楼内的侦缉队便衣看见。他没有进厕所，而是闪进了清扫杂役们上下的楼梯，一直向上，走到银行大楼的屋顶天台上，躲在水箱旁边，观察大楼周围的情况。他注意到阜成里弄堂里进进出出的人，不像是普通居民。

过了十来分钟，林石按了一下电铃，把吴襄理叫来开门。出了保管库，凌汶接过皮箱，扶着林石跨出库门。他们俩一路穿过围廊，下楼梯，在众目睽睽之下回到银行大厅。

正要出门，银行大厅一阵风似的进来个女人，进门就喊："小施快来。"那边小施看见，急忙奔了过去。凌汶循声望去，竟然是陶小姐。陶小姐也认出了凌汶，见躲避不开，面带羞惭地走了过来："啊呀凌太太！"陶小姐声音夸张，说完却又忽然压低嗓音："你也出来了呀？我就说刚刚一下黄包车，心就怦怦跳，好像要遇到什么好事——"

她一边说着一边举起一只手，压在心口。

"陶小姐,"凌汶说,"谢谢你帮我把信带到了。"

陶小姐想掩饰自己的尴尬:"哪里哪里,就是顺便——"

凌汶灵机一动,索性抓着陶小姐的手臂,把她拉到存款部柜台,从包里掏出小本子,又在银行柜台上拿了笔,让陶小姐给她写下地址,她要好好谢谢陶小姐。陶小姐在看守所就知道凌汶也是一位富商太太,虽然狱卒说她是共产党,但她总有些将信将疑,既然现在出来了,肯定就是没事,所以欣然写了个电话号码。陶小姐越说越亲热,一直把凌汶送到银行外。崔文泰坐在车上正等着他们。

凌汶把手上的皮箱放到汽车后座上,对崔文泰说了一句:"你把皮箱送过去。"转身把车门关上,扶着林石过马路,边走边扭头对陶小姐说:"一会儿你要是有空,也过来吃块蛋糕呀。"

"蛋糕我喜欢的,喜欢的……"陶小姐前言不搭后语,话还没说完,人已经跑回银行里去了。

崔文泰发动汽车,向前开去。他没有按照陈千里设计的路线,从另一条马路撤离。他倒是和叶主任约好了,一拿到皮箱,马上把车开进阜成里,把皮箱交给游队长检查。谁也没料到,他们把接应地点也放在阜成里,凌汶和林石过了马路,也是朝阜成里弄堂口走去。这下崔文泰的心里倒有些说不出的滋味,这一次要在光天化日之下当街投敌叛变了?

他把车往前开了一段,停了片刻,然后掉头,又把车开回天津路。汽车靠近阜成里弄堂时,他忽然大声骂了一句:

"滚你妈的蛋,老子谁都不投,投自己!"

他猛踩油门,汽车呼地冲过阜成里,游天啸站在弄堂里正等着接货,没想到车子一下子冲了过去,把他扔在那儿摸不着头脑。

游天啸急匆匆奔上楼梯,对叶启年说:"崔文泰拿着皮箱跑了。"

叶启年一口茶差点喷出来,想了一会儿,突然骂了一句:"这个混蛋,国共两党都容不下他。"

"老师,那现在抓不抓?"

叶启年想了很久:"让你的人继续监视,先不抓。不过,你去把崔文泰给我抓回来。人,死活不论,皮箱要原封不动。"

茂昌煤号

　　自从法租界公董局在肇嘉浜北岸筑路，南市老城这条水运要道就变得越来越窄。尤其是冬天，堤岸露出一大截，垃圾和淤泥混在一起，河水也不像先前那样干净了。春夏季节水盛时，河上常常挤满了大小木船，不过这会儿倒是没几条，全都停靠在岸边。

　　四点刚过，船头上就冒起了炊烟。船与河岸之间架着长条木板，有几条船上，小孩子穿着过年的新衣服，一会儿奔上船，一会儿又跳上岸，浑然不觉木板下便是河水和淤泥。

　　肇嘉浜上有很多桥，茂昌煤号靠近小木桥。煤号在租界里做生意，自然要开在小河北岸，不过徐家汇路这一片，近来十分兴旺，荒地都被工厂酱园占了，连电影厂都把摄影棚建在附近。茂昌煤号后面原本有一块堆栈，生意越做越大，堆栈渐渐不敷使用，想来想去，就到肇嘉浜南岸的华界买了一大块荒地，充作煤号堆栈。好在一座小木桥，连通了小河两岸。

李汉是茂昌煤号的工人，不过他在煤栈干活，和对面煤号里的工人多少有些不一样。对面是商号，日常打交道的都是买煤的客人。这里能见到的，就全是煤了。因为这个缘故，茂昌的老板招工人，对煤号和煤栈，采取的是两种办法。煤号用工人，都找本地人，见过世面，头脑机灵，跟客人能说得上话；煤栈招工人，就只看有没有一把力气了。这两年长江下游发大水，乡下人听说上海怎么也能吃上一口饭，找条木船摇着橹就来了。煤栈里很多这样的人，他们在上海没有地方住，就占了左近的荒地，搭了窝棚，先是用木板，等挣了工钱再设法弄点煤渣泥砖，努力让它变得更像个房子。几年下来，煤栈里的人都聚居在了一起。

大年夜李汉整整一晚都在煤栈值班，没回他那个窝里。一到过年煤栈就提心吊胆，全城都在放爆竹，点着了煤堆事情可就大了。每到这个时候，账房就会过来找李汉，知道工人当中，很有几个只听他的话。所以昨天晚上李汉找了几个人，买了点酒肉，就在煤栈里过了除夕。

天亮后其他人都回屋睡觉了，李汉还等在煤栈里，他在等待从天津路中汇信托银行撤离的同志。可是过了下午四点，人还没有到，李汉有点担心。

没有按约定时间到达煤栈，是因为发生了很多意外情况。陈千里不得不承认，原定计划存在太多冒险成分。事发突然，实在太仓促了。最大的冒险是，如果他判断失误，敌人发现受骗上当后，立即包围现场实施抓捕，那他岂不就害了林石同志？

虽然他通盘考虑过，认为敌人既然把同志们从看守所放出来，就一定会等待一次"人赃俱获"的机会，而且他事先也释放了很多假信息。

昨天晚上，他在诊所的饭桌上对大家说，银行的任务完成后，每个人仍然回到现在的住所，等待下一步行动。他还告诉崔文泰，拿到皮箱后，他要把汽车开到老闸桥的接头地点，把皮箱交给另一些人。他故意让崔文泰觉得，那些来取金条的人十分重要。

他知道崔文泰就是内奸。

昨天下午，从陈千元那里出来，坐在公共汽车上，他的脑中突然闪过一个动作。那是老方做过的动作。

老方牺牲那天，他拿着手枪冲出剃头铺，朝弄堂口方向开了一枪后，便向弄底跑去，要转进横弄堂时，突然回头又向剃头铺奔过来。陈千里想起了老方的奇怪举动，竭力回忆他当时的表情，老方并没有去看弄堂口的敌人，他的脸对着剃头铺的门，好像在望着门后的他们。

他像是想起了什么事情，一心想要告诉他们，可就在那一瞬间，子弹射中了他。他应该知道自己不可能跑到剃头铺门口了，他也许想过把要说的话喊出来，但他只能躲进横弄堂的房子后面。

陈千里换了一辆有轨电车，直接去了剃头铺的弄堂。他在弄堂里来来回回，好像在寻找一个门牌。他仔细检查老方冲出剃头铺后到过的位置，检查地面和墙角，直到在横弄堂的一个墙角，发现了一个字，写那个字的地方正好被落水管挡住，字不容易被人看见，也不容易被雨水洗掉。

那个字很可能是老方用血写的，他自己的血。那是个未写完整的"山"。他立刻就明白，老方在向他暗示内奸的名字。他不知道老方是根据什么作出了这个判断，他猜测也许是老方忽然想起剃头铺这个秘密接头地点，崔文泰是唯一知道的人。这很有可能，老方把崔文泰视作家人。

直到制定行动计划时，陈千里都还没有确凿的证据可以证明崔文泰就是那个让组织遭到严重破坏的内奸、叛徒。不过除夕夜，崔文泰暴露出更多的可疑之处，到了早上，当老易告诉林石，崔文泰半夜偷偷进了门诊室，其实真相已完全清楚了。只是敌人还不知道他猜到崔文泰是内奸。实际上，他的计划就是要利用这一点。

他把咖啡馆当作接应地点，没有想到敌人也在那条弄堂里。任何行动都要现场勘察，纸上作业靠不住，可他没时间了。实际上他把易君年的位置暴露了，老易几天前刚从看守所释放，这些侦缉队的便衣完全有可能认出他来。他本应该找一个更隐蔽的地方。

谁都没有想到崔文泰会拿着皮箱逃跑，看到那一幕，陈千里忽然觉得有些可笑。他看见崔文泰的汽车驶回天津路，看见两个人从弄堂里奔出来，准备接应，看见汽车突然猛加油门冲过了弄堂,看见那两个人站在路上,半天没有回过神来。崔文泰那一跑,把精心策划的棋局搅成了一场闹剧。

他自己有没有预料到这一出呢?肯定没有,可他确实让林石告诉了所有人,银行里有五根金条。也许是出于某种本能,这有点不符合地下工作的原则,但他隐隐觉得,如果你让某些人知道自己手里拿着许多根金条,做起事情来就会颠三倒四,违反常态。

站在银行楼顶,陈千里一直在担心。他不知道敌人会不会突然疯狂,下令把所有人都抓起来。直到他看见叶启年,才觉得松了一口气。隔了那么远,仍然一眼就能认出这个人,他甚至不用掏出皮袍口袋里的那只小望远镜。叶启年坐在车里,那时崔文泰早就跑了,林石他们几个也撤离了咖啡馆。不知道为什么,陈千里有一种感觉,想站在楼顶再多观察一会儿。

他看到叶启年的汽车慢慢开出弄堂,停在路口,有人上来跟他说话,他摇下车窗,说了几句,然后把车门推开,下了车,站在车旁往马路左右看了看,又盯着银行看了一会儿,慢慢地把头抬起,好像正在一层一层地察看银行大楼。到这个时候,陈千里才确定,敌人大概不会马上包围同志们的住所,实施大逮捕。一看到叶启年,他心里就清楚了,他知道这个特务头子从来都不会发疯,甚至在他失去女儿时。

他们在顾家宅公园附近的一幢房子里等着他,是卫达夫从经租处拿的钥匙。

易君年告诉陈千里:"进了法租界铁门,我们就下车了,换了黄包车到这里。"又问:"你怎么那么久?还在担心你脱不了身。"

"我要去估衣铺把那身行头还了。"陈千里笑呵呵地说。

"崔文泰把金条送到了吗?"易君年又问。

"崔文泰没有出现在约定的接头地点,他带着皮箱跑了。"陈千里把事情经过告诉了他们,神色如常。

"所以——皮箱里没有金条?"易君年恍然大悟。

看来,凌汶没有把皮箱调包的事告诉易君年,陈千里心想,也许还没来得及,也许——凌汶确实是一个严守地下工作纪律的同志。

"我明白了,根本就没有金条,你们设计了一个骗局,让崔文泰自己暴露。"易君年说。

他确实是自己露出了真面目。陈千里告诉他们,据他判断,崔文泰早就背叛了革命。菜场会议,还有老方儿子的剃头铺,应该都是他密报了敌人。"我们一直怀疑有内奸,这个内奸多半就是他。"说完,陈千里想,事实上,老方在牺牲前就已经指证了他。

陈千里经历过严苛的训练,他总是被要求不断去剔除不必要的动作,但老方在那个生死存亡的时刻,却忽然做了一个让人难以理解的多余动作:为什么老方突然扭头往回跑?直到这个问题进入陈千里的头脑中,他才知道自己要去做什么。

"没有提前告诉大家,"陈千里笑着说,"是因为担心你们事先知道,演得就不那么像了。"

在那天参加秘密会议的小组成员当中,只有李汉从未进入敌人的视线。他没有被捕,从菜场离开后,他也没有跟任何人联络。茂昌煤栈在肇嘉浜边上,这条河分隔了租界和华界,两边的治安各由租界巡捕房和国民党公安局管辖。煤栈周围有大片荒地,这里的居民,很多都是逃难来上海的,警察很少注意这个地方。陈千里打算让林石暂时躲在煤栈里。李汉说,没有问题,只要他一句话,煤栈里那些兄弟都会帮忙。

凌汶他们坐了南市警署的汽车,司机是易君年在国民党公安局内部发展的情报人员。虽然易君年告诉大家,此人绝对信得过,但他并不是临时行动小组成员,所以他们选择在顾家宅公园附近下车,等汽车离开后,才由卫达夫把他们带到了这里。

接近四点时,卫达夫到街上叫了两辆黄包车,他们出发了。林石和凌汶各坐一辆黄包车,让车夫把他们拉到肇嘉浜小木桥,其他人则分头前往。陈千里和易君年两个人,一个提着几方酱肉,另一个拎着两瓶酒,像是打算要去给哪家饭桌上加点酒菜。

"我不太明白,"从金神父路转入徐家汇路时,易君年说,"崔文泰拿到皮箱以后,他们为什么不马上抓人?"

"确实不太像侦缉队的一贯做法。他们并不着急抓人抢功。这些敌人看起来很有耐心。"

易君年笑了起来:"你才刚到上海,说得好像你同侦缉队打过多年交道一样。"

陈千里被他说得有些不好意思，也笑了："那照你看，我们这回的对手到底是谁呢？"

"我这两天也找人打听了一下这个游天啸，有人说他其实是特工总部的特务。"

"他们不想简单抓几个共党分子，要放长线钓大鱼。从做法上看，确实更像那个'剿共'急先锋。"易君年若有所思，"听说这个特工总部里，很有几个专门调查地下党的专家，他们花了很大力气研究我们的工作方法，破获了地下党组织，也并不急着杀人。他们会详细了解案件的每一个细节，总结成教材，用它来训练特务。这两年地下党组织在上海越来越困难，听老方说，上海有不少中央领导已撤往苏区。"

到了傍晚，天色转眼阴了下来，空中忽然飘起雪花。他们加快脚步，过了那座桥，眼前便是一大片荒地，河边零星搭建着一些窝棚。煤栈很容易找，煤块堆得像一座座小山，四周用铁丝和木板草草拼凑了一圈栅栏。

沿河荒地间有一条小路，铺着煤渣，小路两侧杂草丛生，冬天这些草全都干枯了，却也能有膝盖那么高。雪下得越来越急，没多久黑色的煤堆上就盖了一层，在暮光中闪闪发亮。见有陌生人来，煤栈的看家狗开始吠叫，只见李汉循着狗声跑了过来，其他同志早就到了。

有几间平房被围在煤堆中间，外面根本看不见。这是煤栈的值班室和工具间。平房连在一起有五六间，平时工人们在这里进进出出，现在他们都回家过年了，无事没有人会跑到这里来。不过他们这几个，衣着气度都不像通常会跑进煤栈堆场里面的人，被人看见容易生疑，李汉格外小心，早早就把那几条狗放出了窝棚。万一有陌生人闯进来，不等他们靠近，狗就会叫起来。

他们坐在最靠里的一间，水壶在火炉上冒着蒸汽，窗户上凝结着雾霜。房间里只亮着一只灯泡，天色越来越暗，四周全是荒地，要是有一间房子开着很亮的灯，站在肇嘉浜对岸都能看见。

桌面原先可能是一块门板，很厚，表面没有刨平，上面坑坑洼洼，桌脚倒是很结实，用铁板铁条焊成的架子，门板就搁在架子上。

桌上有酒，有酱肉，有馒头，还有一大堆李汉拿来的花生。

"现在全国的形势，我们党是在异常困难的情况下坚持革命道路。"林石放了一粒花生到嘴里，慢慢地说，"宁汉、宁粤的反革命政府相继合流后，南京表面上获得了全国统一的假象，蒋介石宣布国民政府进入训政时期，大力发展军警宪特，把主要精力都放在疯狂'剿共'上。我们党针锋相对，早在八七会议时就提出要以枪杆子来对付枪杆子，还要发动中国腹地的广大农民起来反抗，发动土地革命。"

他向大家宣布：秘密行动正式开始，这本应在半个月前就完成的会议，被意外事件推迟了这么久——

"时间实在紧迫，"林石最后说，"而且拖得太久，计划就难以保密。敌人千方百计地刺探破坏地下党组织，像崔文泰这样的情况，最近发生了不少。我和千里同志的共同看法是，敌人可能已经猜到了党中央将会有大动作。这次从看守所把我们这些人放出来，并不是出于敌人的愚蠢，更可能是他们的阴谋。"

"崔文泰，看他那只面孔就不是好人，脑后见腮有反骨。"卫达夫用手指指自己的腮骨，恨恨地说，"他这里都长成方的了，把他这只面孔放到桌边，打翻了碗连汤都流不到地上。老方真不应该这么信任他。"

"我们这个小组，接下来怎么办？"易君年掏出烟盒，点上一支烟。

林石看了看靠窗坐着的梁士超，他不时用手指擦掉玻璃上的雾霜，向外观察。梁士超一想到自己上了崔文泰的当，心里就有些不好受。

林石并没有告诉大家，实际上中央为此重新组建了交通局。除了陈千里，他也没有告诉其他人，"千里江山图计划"真正的目标，是实现中央机关的战略大转移。除了必须要传达的内容，其余都必须保密，这是原则。他自己的代号叫"老开"，在扑克牌里是第十三张牌。

二 月

陈千里到隔壁找了个房间,让同志们一个一个进去,单独布置任务。说实话,对于他现在的做法,林石心里有些不以为然。林石觉得,任务的主旨是最需要保密的,可既然已经向大家传达了,分派任务这些事情,也可以在小组全体会议上提出,大家一起商量。

比如说,究竟派谁去广州,林石就觉得完全可以在会上提出,如果有人自告奋勇,那也很好。人嘛,总是自己最了解自己。他觉得,去广州这样的任务,梁士超一定会主动请战。没错,一个红军指挥员肯定会说那叫请战。林石也认为,梁士超十分合适。第一,他是广东人;第二,作为军人,他擅长行动,遇到危险也比较镇定;第三,如果可能的话,完成这次任务后,组织上直接调他去苏区,那也很不错,他的军事作战经验，苏区很需要。

陈千里却认为梁士超不太合适，他心里已经有了人选，只不过，他说，需要再了解一下。

林石觉得陈千里这个人，有一点照本宣科式的教条，为什么要一个一个叫到小房间里去布置任务呢？他确实很厉害，他的头脑能像抽屉那样分门别类，可以把人和事梳理得清清楚楚。如果陈千里在银行行动中不是表现得如此机智果断，林石可能不会同意他这么做。小组是一个集体，完成任务很重要，团结和信任也很重要。

不过，让他试试看吧。面对如此危局，组织上把陈千里派来，肯定经过仔细斟酌。他的才干林石见识过了。只用了半个小时，他就想出从银行保管箱移出金条的办法。虽然有些细节存在纰漏，不过在那样的紧急时刻，能想出一个有效的行动方案就已经相当不容易了。

在其他同志进去前，林石和陈千里先在小屋里单独商量了一会儿。当陈千里跟他说"我还不能把所有设想都告诉你，有些还模模糊糊没有成形"，他考虑了一下，还是同意了。建立一段交通线，有很多琐碎的工作，尤其是在交通线的两端，安全问题总是出在向外接头联络的过程中。就像水管如果出问题，大多发生在两根管子的弯头接口上。要把这个过程掩护好，需要做大量的工作。林石做过很长时间的机要交通员，后来又负责交通线的建立和维护，在这件事情上，他绝对是一个专家。

陈千里找大家单独谈话时，起初林石也在一边旁听，有些时候他知道陈千里的意图，另一些时候就不明白他的想法了。但他渐渐看出，陈千里是把大家分成了两组，有些可以无视特务的监视，假如真的发现有便衣跟在身后，他们也可以假装浑然不觉。而另一些人，则一举一动都要十分谨慎。

就在谈话的片刻工夫，陈千里也向大家传授了一些发现、摆脱监视的方法，在这些事情上，陈千里也是个专家。他提醒每一个人，每次出门办事，都要养成习惯，重复做好几次甩掉尾巴的动作。秦传安在谈话时说，他前些天一直感觉，这些特务虽然看上去盯得很紧，实际却看得很松，每次上街甩掉尾巴也很容易。陈千里却对他说，如果敌人明明在监视你，却看得很松，随随便便就让你走出他们的视线，那么，在一个你没注意的地方，一定是出了什么问题。说得也对，秦传安想到了崔文泰。

林石认为陈千里准备了两套方案，一条是明线，一条是暗线。他听了一会儿，推门出来进了外屋。

与陈千里谈过话的人，趁着夜色，在风雪中离开了煤栈。他们中有些人，在未来十几天里将要独自战斗，在敌人的注视下与他们周旋，这不仅是和敌人斗智斗勇，更是心理上的较量。虽然陈千里对他们讲了敌人下一步行动的几种可能性，也设计了对策，但这样的预想，往往会碰到很多意外。

陈千元也从里屋出来了，林石不知道两兄弟在里屋说了什么，只是看到陈千元似乎有些激动。屋外，董慧文正等着他，两个人一起离开了煤栈。

卫达夫进去了。现在这里只剩下凌汶和易君年。白天的行动让林石对凌汶有了新的认识。这位女同志一直很冷静，而且遇事十分灵活。如果他能出远门，让她和自己一起去一趟广州，也许是最好的办法。为什么自己偏偏伤到了腿。他想了想，觉得在陈千里找凌汶前，应该再跟他商议一下。

里屋很小，也有一只炉子，火烧得很旺，煤栈里从来不缺煤。两个凳子放在火炉旁，水壶热汽腾腾，炉膛的圈盖上还烤着两只馒头。

谈话接近尾声，话题离开了任务。卫达夫有些不服气："什么叫软弱动摇？这话是谁说的？平时喜欢发点牢骚，这我不能说没有。但说我动摇，哪一回党组织交给我的任务，我不是完成得十足十，从来都没有打过折扣。你不要看我平时像只煨灶猫，关键时候伸头一刀缩头一刀，我也会做大丈夫。"

"说得也没错，"陈千里笑着说，"一个人的天性是这样，但真到了关键时刻，也要看心里坚定不坚定。心里想得明白，想得坚定，平时马马虎虎，到关键时刻，煨灶猫变成一只老虎，倒也有出人意料的奇效。"

"你等着，会有让你看见的一天。"

卫达夫抓起烤得焦黄的馒头，咬了一大口："冷馒头，烤焦了才好吃。"扔下这句话，他就出去了。

陈千里跟在卫达夫后面出来，正要跟凌汶说话，林石先说了一句："我先跟你商量几句。"

见他们俩进了里屋，卫达夫向易君年打个招呼，推开门,冒着越来越大的风雪扬长而去。

"我觉得陈千里没有说实话。"易君年见房间里没有人,把椅子朝凌汶挪了挪,"上午银行这一出,不可能仅仅是为了引诱崔文泰自己暴露。"

他又点上一支烟,继续说道:"林石同志给银行打电话时,可不像是在演戏。所以银行保管箱里面,应该是有什么重要的东西。难道他根本没有取出来,东西仍在保管箱里?"

"保管箱退租了,离开银行前,林石同志结清了租金。"

"那就是东西确实被崔文泰拿跑了,陈千里那么说,只是为了让大家安心。银行里没有发生什么事情吗?"

"没有——"凌汶忽然想起来,"对了,在银行遇见了陶小姐。就是龙华看守所里的那个女人,我跟你说起过的。"

"她怎么会出现在那里,奇怪。"

凌汶没有告诉易君年,其实她并没有进入保管库。陈千里昨晚对她说过,从现在开始,就算是小组成员之间也不能横向透露任务内容和行动细节:"一艘船航行在大海上,总是有可能会遇到风浪、触礁,所以船舱之间要相互隔离,这样即便一个地方漏了,也不会沉船。"

"早上坐在咖啡馆,隔着窗见你下车进银行,这些天你真是有点憔悴,瘦了——"易君年伸手去碰凌汶的脸颊,凌汶把他的手推开了。

凌汶意识到自己这一推,多半会让老易心里有些难过。要是一两个月前,她可能就不这么做了,哪怕心里会觉得不舒服。在某些时刻,她偶尔甚至会被老易对她说的话、为她做的事情感动。对于她，易君年不仅仅是上级，也不仅仅是一位斗争经验丰富的战友。在她最迷惘、最困难的时候，易君年来到了她的面前。

大革命失败后，她和龙冬所在的地下工作系统遭受重创。龙冬在危急情况下紧急撤离，她自己则被敌人抓去了，关了几个月，才由济难会律师把她保了出来。可是她回到家只看到龙冬离开前写给她的一封信。

家里被敌人搜查过，所有写过字的纸都被拿去了，但信放在花盆的夹层里，花盆在外面的窗台上。这说明龙冬回来过，他当然会回来。

龙冬在信中说，一定会回来找她。可是组织系统被敌人破坏，再也没有龙冬的消息，她孤零零等了近三年。等到第二年的时候，有人告诉她，龙冬在广州起义后牺牲了。起初是不信，后来她渐渐相信了。那段时间，她想尽一切办法寻找党组织，她去左翼书店听讲座，去俄语补习班，可是党早就转入了地下，从那些公开活动中不可能找到组织。

在她快要绝望时，易君年出现在她面前。

初次见到易君年是在一家书店里，他并没有告诉她实情。当时她刚拿起春潮书局新出版的小说，她知道这部小说，几天前，她在杂志上看到了鲁迅先生对它的介绍。《二月》，她记得这个书名，书里有一位寡妇，丈夫在战斗中牺牲了，寡妇带着两个孩子。书不太厚，只要八角小洋。

她把书拿近，仔细看封面，木刻图案简简单单，但她没看懂画的是什么。有人在边上说:"你没看出来吗?那是一条河,河面上漂浮着树叶、雨水和许多人的面孔。"

就这样,她认识了易君年。他坚持要请她到隔壁喝咖啡,不知为什么她答应了。后来她才了解,老易特别擅长说服别人。他送她回家,一路上从小说谈到木刻,从青年的彷徨谈到阶级的对立,就是没有告诉她,他是组织上派来联络她的人。她后来认为,他是在考察她。革命是大浪淘沙,大革命失败后,确实有很多人动摇、沉沦。

几个月后,她才发现,自己又重新找到了组织,是老易把她带回了家。

她知道易君年对她的关切超出了同志间的友谊。有些时候,这些关切会打动她,如果它们不是特别明确。可一旦老易说出某些话,做出某些动作,把他的想法清清楚楚地摆在自己面前,她就隐隐觉得有些别扭,总觉得好像有什么地方不对劲。

果然,林石带来了龙冬还活着的消息。

就像先前听说龙冬牺牲的消息,新消息在她这里引起的反应同样是迟缓的。先是不信,后来才慢慢相信了。可一旦相信以后,她似乎就变了一个人,想法完全不同了。比如刚刚易君年说,从咖啡馆透过窗户看见她下车进银行,要放在以前,她的内心可能会稍微柔软一下,现在她却会想:你怎么可能看到呢?下车以后我可是背朝着咖啡馆,根本没有回头,直接进了银行,而且我身后还有一辆车呢。林石带来的消息,似乎让她的头脑变得更加冷静清醒了。

陈千里打开里屋的门,见外面只有易君年和凌汶,问:"李汉呢?"

"说是去煤堆巡查一圈。他说平时煤栈夜里不见人影,今天这些人进进出出,他不放心,要去看看。"

陈千里点点头,让易君年和凌汶一起进里屋。

"现在的情况是,林石同志没法去香港和广州。"陈千里开门见山,"上海到瑞金的交通线,这一段由我们负责。在上海接应、送上船,船上三天,然后到香港、广州,负责与当地交通站联络,确保接头安全。"

"这个任务交给我吧。"凌汶立刻说。

陈千里看了看易君年:"林石同志原本打算让梁士超代他跑一趟。他是广东人,地方熟悉,也能说广东话。"

"我可以和梁士超同志一起去,两个人可以互相掩护。"

易君年坐在边上,一直都没有说话。直到这时候他才打定主意:"让我和凌汶一起去吧。我们彼此熟悉,比梁士超同志更适合。我也在广州工作过几年,会说广东话。"

雪停了,肇嘉浜对岸爆竹声渐渐响起,先是零星的声响,随后鞭炮声连成一片,有人开始点燃花炮,九龙弹、流星炮,在河面上空如花绽放,租界巡捕房严禁燃放这些花炮,可现在是过年,谁理他们呢?几个人站到门外,仰头看着对岸的天空。

兴昌药号

广州城东，大沙头车站前一条马路又短又宽，几乎可以算是个广场，却塞满了大大小小各种汽车，剩下那点空隙也被黄包车统统填上。

凌汶和易君年刚一出站，就被车夫围上了。两个人从香港过来，扮成药材商人和太太。广州是省城，在火车站做生意的黄包车夫都会说几句官话，争着问两位客人要去哪儿，易君年却用一口地道的广东话回答。

太平南路西濠口，我们要去南华楼。在香港用电报预订旅馆时，易君年告诉凌汶，南华楼新亚旅社，他在那里第一次真正学习了革命的道理。省港大罢工开始后，中共在南华楼四层开办了劳动学院，邓中夏同志在那里讲过课，他还在那里见到过少山同志。

他们是从香港过来的药材商人,并没有大小箱笼带了一大堆,但易君年仍然要了两辆黄包车。陈济棠治粤,风气一时守旧,男女同车容易引起注意。两辆黄包车一前一后上了东铁桥,只见东濠涌岸边艇船上堆满木柴,岸上的柴堆也是一眼望不到头。又回到广州了,他想。

过了铁桥便是长堤,沿珠江戏院酒家林立,易君年叫车夫放慢脚步,两车并驱,好让他给凌汶指点此地风光。乍回广州,他似乎有些兴奋。

"跟上海一样,这里先施公司的天台上也有游乐场。"他正说得兴起,忽然沉默下来。凌汶心想,也许他是想起了什么往昔的情景。

黄包车不紧不慢,沿着珠江一路行去,不到一个小时,就到了南华楼。又过了一阵,两人从旅馆的骑楼下出来,转进西堤,穿过一道牌楼,往前走了一段,易君年左手遥指珠江边上,对凌汶说:"那是沙面,广州的帝国主义领事馆都在那里。民国十四年大罢工,他们把机关枪架在对面扫射,死了多少人,看看现在的广州,好像都忘记了那一幕。"

一路上易君年说个不停,像是换了个人,凌汶却没怎么说话,一副心事重重的样子。这些年,她尽量不让自己想起龙冬,她甚至不记得龙冬牺牲的消息是如何传到她这里的,是谁、又是什么时候告诉了她,她又何以轻易相信了这个消息。也许是因为这些年有太多同志牺牲了,也许是因为她从心底里相信,如果龙冬活着,他一定会想办法告诉她。她向广州来的同志打听过,别人都沉痛地告诉她,广州起义失败后,那里的地下党组织几乎被完全破坏,无数同志被杀害。

林石告诉她龙冬还活着,她意识到自己并没有马上就相信这个消息,但她的希望还是一点点萌生了。可到了广州,她反而又有点怀疑。

他们没有顺着太平路一直走,而是转进浆栏街前面的一条窄巷,挤进仍然沉浸在过年闲适气氛的人群里。西关这一片,街巷里鳞次栉比全是店铺。虽然是冬日,又接近中午,青石板路面上仍然有些潮湿。

他们俩边走边看,似乎对什么都感兴趣。今天是正月初八,人们都聚在茶楼酒肆中。广州不像上海,有名的饭馆偏要开在窄巷里,楼上劝酒划拳、跑堂吆喝,加上厨房里勺镬碰撞,真是人声鼎沸,间或又夹杂些丝竹管弦,怪不得老易要说广州城似乎忘记了当年残酷的大屠杀。

有人挑着巨大的竹篓从巷口进来,竹篓里装着活鸡活鹅,等他转身进了酒家,易君年和凌汶才过去,一出十七甫巷子,便是浆栏街。

在香港的交通站,有人告诉他们,十七甫巷子再往前,到了杨巷,会看到一幢楼房,白圆房顶,那就是添男茶楼。茶楼旁有一条西荣巷,兴昌药号就在西荣巷里面。

浆栏街上全是药铺,西土药材样样都有,各家铺子都专门做几种,遇到客商要货,自家没有,尽可以到别家调货,互通有无,利润均沾。也是因为方便,地下党组织才在这里开设了一家药号,一方面作为交通站,人员物资由此转往下一个交通站,一站站连到苏区;另一方面,也是可以由此采买,向苏区输送急需的药物。

外面正街上的大药商,店铺开间宽阔,门外多有骑楼。兴昌号开在深巷,店铺房子是广州人所谓的竹筒屋,上下两层,店面宽不足丈半,深却有三进。站在店铺门口便闻到药草气味,进了店堂,两边各有一排架子,上面用竹匾盛着些砂仁半夏五味子,有几十种药材,供客人看货。地上也放着大箩筐,箩筐里是广州人喜欢买来煲汤的五指毛桃、玉竹、淮山之类。年里药号不做生意,这些却常有左近的居民来买。

店铺没人,里屋却听见洗牌声,不一会儿伙计出来迎客,易君年从怀里掏出一封信,递给他,又说昨日给店里来过电报。伙计拿着信朝里屋喊老细。

药号老板出来了。一面接过信来看,一面叫伙计帮他摸一圈,口中又跟客人道声恭喜发财。香港交通站的人告诉易君年,老板姓莫:"莫少球同志是一个老练的地下工作者,在广州有很好的社会关系。"

莫老板已经知道来人身份,嘴上却说电报是收到了,没想到易老板年里就赶过来。

易君年说:"倒也不是那么着急,正好过年,就想陪着太太顺便到广州玩玩。"

"啊呀,早知道易太太要到广州过年,我应该请两位早几天过来。浆栏街上行花街,看看年宵花市,那叫一个热闹。"

"行花街,不是说在双门底吗?"凌汶说,"双门花市走幢幢,满插箩筐大树秾。我还挺想看看岭南的吊钟花。"

凌汶向来喜欢莳花弄草,记得不少花花草草的诗句。

莫老板说:"这几年,浆栏街上也有花市了。"

几个人进了里屋,靠窗一桌人在打麻将,莫老板解释道:"都是隔壁店铺的邻居,易老板有兴趣也一起玩玩?"

易君年笑着摇头,三个人又往里进,门后有楼梯,上了二楼。广州天气不冷,两扇满洲窗半开着,玻璃五色,阳光透过蚀刻的花纹照在窗下的花案上。莫老板指着一排花盆说:"这就是吊钟花。"也有大枝桃花,有水仙。

伙计上楼送水泡茶,几个人落座。莫少球依旧挂着生意场见顾客的笑容,嘴上却变了样:"老易同志,凌汶同志,一路上顺利吗?"

香港的交通站预先通知了药号,莫少球早已作了准备。他让易君年和凌汶稍坐片刻,说马上会有人来见他们。

"以前来过广州吗?"莫少球问他们。

"在广州工作了好多年,广州起义后才撤离。"易君年回答道,"凌汶同志没有来过广州,不过她的丈夫龙冬同志倒是在广州工作,后来牺牲了。"

凌汶看了他一眼,老易总是喜欢到处跟人说龙冬牺牲的事情,她能猜到他的心思,却有些不太喜欢。她觉得老易在其他同志面前表现出来的那种对她的亲近,超过了实际上的亲近程度。而且,老易在提到龙冬时(虽然他明明从未见过龙冬),总是说龙冬如何干练、如何英勇,把听来的事情演绎成革命传奇,实际上凌汶知道,她身边那些龙冬的痕迹,照片、旧衣物、她偶尔说出的片言只语，都会让老易觉得有些不舒服。在这件事情上，易君年的态度似乎不那么真实。

况且，林石告诉她，龙冬并没有牺牲。

"龙冬？我知道他，他没有牺牲。"莫太太说。他们打完这一圈散了，莫太太上楼，正好听到他们说的话。

莫老板和莫太太，党组织委派他们俩负责这个交通站，这对夫妻在这里干了好多年。她这么一说，几个人全都把目光转向她。

"我不应该对你们说这个，我早就调离了那条工作线，按说，我不应该向别人说起那些事情。"她坐到莫老板身旁，对凌汶说，"不过你是他老婆，我觉得可以告诉你。革命也要讲亲情，是不是？"她又转头问莫老板。

"你个八婆。"莫少球笑着骂她。

"龙冬同志我知道。起义后，党组织在广州很难生存了，那是——民国十七年，组织上要我做交通，因为我是妇女嘛，人又比较八婆，走在街上，敌人不容易怀疑。

"整整一年，街上太危险了，随时都有便衣拦住你，有时候就穿着纱布衫，顶着铜盆帽，摇摇晃晃走到你面前，上来就要搜身。如若你说话的口音不是广州人，说不定就抓你走。

"我做了几个月交通，后来就调过来做交通站，和你做了两公婆。记得那天他们要我把信送到高第街，天一亮就要送到。夜里一直下雨，天快亮时雨停了，雾蒙蒙，石板路一脚滑、一脚水，鞋子裤子全湿了。

"整条街没有一个人,只看见粪车过去,车轮嘎吱嘎吱,摇着铃铛喊人倒马桶,叮当叮当,铃铛声在旁边的巷子里响不停。我就快到地方了,联络点在平民宫旁边的巷子里。平民宫你知不知?陈济棠抓了大烟船,收来罚金造了平民宫,说是要收容无家可归的穷人,到处都是穷苦人,哪里收容得尽?军阀,就是摆摆样子。

"只要进了巷子,再走几步就到那个地方了。在高第街往巷子转的街角上,有人躲在骑楼下面,突然闪了出来,拦住我说:'你不要进去。'为什么不让我进去?我又不认识这个人。

"我就抬头看着他,这个男人又高又大,生得好靓,穿着一件雨衣,兜帽翻起来遮住了脸,天光很暗,又有雾气,但是他的眼睛好亮。我倒有点不好意思。他突然说:'里面有警察,是便衣。'他看我装作不懂他的话,又加了一句:'那个联络站被敌人发现了,有埋伏,我怕有同志进去被抓,在这里等。'他就这样救了我。我回来向领导汇报,领导是欧阳书记,欧阳民。他想了想说,那一定是龙冬同志。

"龙冬,我记住了这个名字。欧阳书记还说,他和我们不是一个工作系统,他的工作比我们更重要,更秘密,所以警告我不要把这个事情向别人说。欧阳书记那天很高兴,因为他叫我送的密信太重要了,要是落到敌人手中,后果很严重。

"实在太感谢龙冬同志了,他说,龙冬同志真是党组织不可多得的人才,广州军阀政府任何秘密他都能知道,他的情报网已经深入到敌人内部。我觉得他说得太多了，不应该把这些话对我说。不知道为什么，我暗暗为龙冬同志担心，如果他的秘密工作在地下党内部有那么多人知道，那离被敌人知道也就不远了。

"又过了一年，我看到《广州民国日报》上说，国民党破获了共党情报网，当场枪杀了潜伏在公安局的同志卢忠德，把那个地下党小组的人全抓了，还抓到了特委书记欧阳民。唯一逃出去的只有龙冬同志，敌人可能找不到照片，还画了像登在报纸上，说是如果有人看到他，报告当地警察，可以领二百大洋。后来就再也没有消息了。"

"卢忠德，这个名字我记得，省港大罢工时有人说起过。好像是个海员。后来参加了工人纠察队，不知道是不是他。"易君年忽然想起，插进来说了一句。

"那很有可能。"莫少球说，"大罢工后，党组织找了一些革命意志坚定、机智干练的工人，让大家转入地下，还特地选了身强力壮的同志打进敌人的卫戍司令部和公安局。我也去考了公安局，仆街的公安局长朱晖日让人排着队挑，我长得像根甘蔗，瘦蜢蜢，被赶出来了。"

"什么时候的报纸？"凌汶问，"你说《广州民国日报》上登过，那是什么时候的报纸？"

"我记不清了，民国十八年，我记得是端午节前后。"

"这天的报纸还能找到吗？"凌汶接着问道。

"浆栏街转个弯就是光复路，西关报馆街，那里说不定有人知道。"莫太太说。

几个人正说着，伙计在下面叫"老细，有客"。

来人从瑞金、长汀、永定、大埔一路过来，走了十来天。他对莫少球说："在青溪听说上海有人过来了，就怕没赶上。"

他是苏区来的信使，有重要口信，必须当面向林石传达，没想到林石并没有按照原定计划出现在广州。信使愣住了，上级给他的指示十分明确，只有见到林石，他才能说出口信的内容。

这是未曾预料到的情况，林石自己也不可能事先知道广州有重要口信等着他，必须由自己来听取。

对于信使，这是一种考验。他可以停止传达，原路回去复命。这是最为稳妥的处置，安全第一。可因为是口信，他知道内容，明白关系重大，如果不能及时传达到上海，可能造成无法估量的损失。

他不是普通信使，他是中央交通局高级别的机要交通员，像林石一样，交给他们的任务往往极其重要，却又极易出现意外情况，需要他们凭借经验和忠诚作出决定。

按照机要交通的一般做法，他甚至不用去见易君年和凌汶，但他决定见一见他们。

"你们准备什么时候离开广州？"他问他们。

"订了来回程船票，明晚七点上船，半夜十二点开船。"易君年并不知道来人是谁，莫老板把他领上楼，只说是苏区来的老肖。

广州交通站的情形，林石向易君年介绍过。莫老板和莫太太，他们不是假夫妻，伙计也是党内同志，常驻交通站的就是他们这三个人，负责人是莫少球。平时药号里也有一些普通的伙计，生意忙时莫老板还会多找几个工人。这些人应该也都老实本分，但和地下党组织有关的秘密事务还是要避开他们。林石并没有告诉易君年会有"苏区来的老肖"。这个老肖可能很熟悉林石，他说："他怎么搞的，自己不来跑一趟。"他们在同一个系统工作吗？易君年想。他告诉老肖："林石同志受伤了，组织上决定让我们两个人代替他执行这次任务。"

"伤在哪里？"老肖显得特别关切。

"腿上，"易君年往自己小腿上比画了一下，"子弹贯穿了，伤不算很重，只是走远路比较困难。地下党组织有自己的医生，伤口恢复得不错。"

"你们那里发生了什么？"

原来消息并没有传到瑞金，易君年想，地下党组织遭受破坏的程度确实很严重。中央和地方的指挥系统有些撤离了，有些仍在原地坚持。林石的上级部门看来在瑞金，那么陈千里是由哪个单位派往上海的呢？

在地下党组织工作多年，易君年第一次有机会在更大范围内理解组织间的指挥和联络。他知道很多小组仅靠上下级个人单线联系，传达信息十分困难，指挥也不通畅。在这样的条件下坚持斗争，很多时候组织的向心力只能依靠每个人的忠诚和意志。

"特务冲击了秘密会议，没有暴露身份，组织上营救出狱了。"易君年告诉老肖。

"这个情况我们这边不知道。"

"我们真的应该尽快建立电台。"易君年说。

老肖朝易君年看了一眼。无线电台两年前就有了，十分秘密。先是因为电台功率小，收发不是很稳定，所以从上海联络南方苏区，都由香港秘密电台中转。后来，香港电台被英国警察破坏了。

下一年，红军在反"围剿"战场上缴获了大功率电台，从此上海到瑞金的无线电联络就接通了。但距离遥远，收发仍然不稳定，上海地下党的无线电小组又屡遭特务和巡捕房侦查，好几次差点暴露。

"豪密"虽然设计高超，底子仍是在明码基础上增减，使用太频繁，尤其是在敌人可能了解的事情上使用，容易被找到规律。而且，老肖心里很清楚，他要向林石传达的口信，只能由最可靠的交通员面对面传达，无线电不够保密，可能也不够快。即使向上海无线电小组发报，但地下党各组织没有横向联系，需要层层向上传递，然后再由上级从另一条单线向下传达，通过好几级才会转到临时行动小组手中。那样一来，显然也不够安全。

情况紧急，可他只是信使，不能擅自决定。他想过让老莫找上级请示，设法让他到香港用地下党组织的秘密电台向瑞金发报请示。可这中间无法确定的因素实在太多了。老莫的上级是不是答应联络电台？中间会有多少组织环节？他擅自决定去香港有没有问题？发报机呼叫能不能迅速连上瑞金？瑞金电台收报后是不是马上就能把译电交给正确的人，然后送到真正了解情况的领导手中？

事实上他只有三种选择：什么都不做，回瑞金重新请示；把口信传达给这两位同志中的一位，让他或者她回上海转告林石；他自己跑一趟上海。回瑞金，时间肯定来不及了；去上海，他不知道能不能马上订到船票。这两位同志，他对哪一个都不够了解。但他必须做一个选择。

"你们两个人一起来广州，由谁负责？"老肖问。

"我。"凌汶回答道。每个人都很惊讶，因为看起来，易君年更像二人小组的负责人。说实话，出发前陈千里这么安排，凌汶自己也觉得很奇怪。谁都知道易君年原本就是她所在的地下小组的领导。但陈千里就是这样说的，谁也不知道他为什么作这样的决定：两个人的行动一切听从凌汶安排，易君年的主要任务是保卫和掩护。陈千里同志真是个出人意料的人，无论如何，执行这样的任务，凌汶并没有多少经验。

"那好，你跟我到后面说几句话。"老肖对凌汶说。

竹筒楼像竹筒，门脸窄，里面却很深，像一根竹子，有很多竹节，一节就是一间屋子，头房、二厅、三厅、尾房，尾房后面还有厨房，一节连着一节。二层楼上面的瓦房顶，也是一重接着一重，但第三重和第四重瓦顶却没有连在一起，山墙之间挡着两段木板，只有从二楼屋里才看得清楚，那是一截露台。凌汶和老肖就站在这里说话。

"你知道'千里江山图计划'的最高负责人是谁吗？"

"林石同志没有说起过。"

"是少山同志。我这次来广州,是受少山同志的直接委派,让我找到林石,向他口头传达一项秘密指令。"

"可是林石同志并没有来广州——"

"交给我的任务是当面向林石说出口信内容,在任何情况下不能向第三者泄露。"

可你为什么要对我说呢?凌汶心里想,但她没说话。

"也许应该回瑞金请示。"老肖有一种举棋不定的感觉,这个经验丰富的老交通员,多年来处理过无数难题,没有一次像现在这样犹豫,"可是时间来不及了。易君年同志说得对,我们真的应该在无线电台上花大力气。"

但他很快就摆脱了这些情绪,对凌汶说:"明天十二点前,你到这里来一下,我把最后的决定告诉你。如果能买到船票,我和你们一起回上海。如果安排行程不顺利,就只能靠你把这条口信安全地带给林石。这是一条绝对不能向任何人透露的绝密口信,如果不得不由你来完成,你必须亲口告诉林石。"

凌汶有些茫然,她并不认识这位同志,他突然出现在她面前,交给她一件绝密任务。

"凌汶同志,这件事情如果不得不交由你来完成,你必须用生命去保护这个秘密消息,誓死完成这个任务。"

他看到凌汶的神情,又加了一句。

趟栊门

兴昌药号只是个秘密交通站，本不宜久驻。几个人在楼上悄声说话，看起来像在喝茶闲聊，所谈的事情却极其要紧。如何传递信息、如何接头、如何租艇登船接应来人，以及如何安置秘密住所，把这些事情商量妥帖，约了第二天上午来听老肖的消息，凌汶和易君年便准备离开。

"你说报馆街能找到旧报纸？"莫少球夫妇把两个人送到门外，凌汶终于忍不住又问了莫太太一句。

"往前就是光复路，"莫少球向浆栏街东头指了指，"有十几家报馆，你只能到那打听一下。"

"那些报纸捕风捉影，不会有什么线索。寻找龙冬同志，最好是通过组织。"他们俩转到光复路上时，易君年小声说。

"报纸上也许有那个联络点的地址。"她知道易君年说得有道理，可是她不知道为什么，就是感觉自己应该找到那个地方，去看一看。因为这些年来，那是她唯一真正能确定龙冬出现过的地方。

凌汶知道易君年心里在闹什么别扭。从上船一路到香港，易君年话里话外，一直都在提醒她，任务重要，大敌当前，不能节外生枝。

那天晚上在茂昌煤栈，陈千里也对她说过，龙冬同志一直没有消息，很可能他身处危地，必须严格保密。如果是那样，她跑到广州就不能到处打听，否则可能带来无法预计的风险。所以他们心里都清楚，她到了广州一定会设法打听龙冬的下落。那为什么你们不拦着我？她简直有些生气。

"我知道你在想什么，你这个人就是私心太重。"她说。

"隔了那么多年的旧报纸，你能找到什么？"易君年看起来也有些激动。

出发前，林石建议他们去广州时，假扮成一对夫妇。像普通殷实商人那样，他们从旅行社预订了怡和轮船公司富生号船票，二等大菜间，两个人住进一间船舱。他们多次假扮成夫妇执行任务，但像这样航行海上朝夕相处，却是头一遭。

但这并没有让易君年处于一种更有利的位置，凌汶发现与老易越是靠得近，越是觉得这个人身上有这样那样的问题。甚至他似乎并不像她一直以为的那样沉稳老练。从前龙冬就算在危急时刻，也是该吃就吃该睡就睡。可船上三天，易君年从来就没踏实地睡过一觉。

有一次她半夜醒来,看见舷窗的月光下,他靠在床头,不知道在想什么事情,眼里闪着寒光,把她吓了一跳。就算睡着了他也常常磨牙,有一两次甚至在梦中惊叫。幸亏二等舱里是两张床。她想,一个久经考验的地下工作者,不应该连觉都睡不好。

街边正是《国华报》报馆,门前挤着一堆报贩,正等着新报纸出街。那是《国华报》的生意经,一日报纸分两次出,第一次出报是前一天下午,到晚上当日新闻消息出齐,半夜再悄悄抽去先发版面,换成当日新闻。等于一份日报又兼了晚报。

"这里就是报馆,你能看到什么?"

易君年只想拦着她,在广州街头到处乱找,这既没有用处,也很危险。可凌汶好像着了魔,完全不在乎他在说什么。而且不累也不渴,在光复路上一家家打听。易君年头一回见识到女作家的执拗劲儿,他怀疑自己从前是不是有点看错她了,这时候的凌汶,显得虎虎有生气,额头上有汗,眼睛很亮。

他站在马路边上抽烟,凌汶又进了一家报馆。等烟抽完,她出来了。

她对易君年说,打听到了,十八甫街广州报界公会,旁边有个剪报社,会分门别类存放剪报,供记者们查询旧事。像《广州民国日报》那样的大报,每一份旧报、每一个版面,那里都保存着。

他没料到凌汶也能办成这样的事情，他觉得自己可能低估了她。他原先以为她只是个耽于写作的新女性，凭着一腔热情跟随龙冬干革命。龙冬失踪以后，她就失去了方向。现在看来，只要她愿意，立刻就能表现出干练的一面。

"你还挺能干。"他感叹一句，"只要涉及感情，女人就很能干。"

凌汶没有理他。她知道他心里在想什么。虽然她并不能确定易君年现在这样的态度，究竟有几分真实、几分是佯装不高兴。他对她有意思，这一直是很明确的，她的邻居、认识他们俩的同志，甚至家附近店铺里的伙计，他从不在别人面前掩饰对她的向往。可易君年好像从来都不是一个善于表达感情的人，情况往往是，他越是想表达，就越是让人觉得不真实。

当然，老易毕竟经验丰富，碰到疑难总能想出办法，她自己却容易着急，比如在船上，她总觉得有人形迹可疑，不时出现在周围，神情不怀好意。老易呢，不慌不忙，悄悄调查了一番，回来告诉她，没有什么问题。其中一位很可能正在逃债，另一位是个高度近视，刚上船就敲碎了眼镜片。

她听了老易的话，在小纸条上画了一副镜片打碎的眼镜，老易见到，拿去撕了。

十八甫街上果然有个报界公会，骑楼旁边开一扇门，里面就是剪报社。查阅剪报要登记身份，还要花几角小洋。目录分类很仔细，《广州民国日报》、本埠消息、民国十八年。剪报集放在架子上，一大本，放到窗边桌上，扬起一阵灰。

这条消息的刊登日期，标注在剪贴簿左边，民国十八年六月十三日：

> 本报讯，广州地处要冲，共党活动频繁。卫戍司令部与市公安局连日严加搜查，共党机关迭被军警破获。本月九日晚，卫戍司令部事前据密报，侦悉豪贤路天官里后街二十三号系共党分子秘密活动据点，派员包围该处，当场发现三名共党分子。其拒不投降，负隅顽抗，与在场军警互相射击数分钟后，一名当场击毙，一名被捕，另有一名逃逸。
>
> 本报获悉，被捕分子为共党特委书记欧阳民，被击毙者为公安局特别侦缉科科员卢忠德，此人既系共党，却长期潜伏在机要部门，危害民国殊巨，此次伏诛，实为人心大快之事。
>
> 另有消息称，逃逸者为共党情报网头目龙冬，此人于民国十六年广州暴动后潜入地下，其爪牙深入广州政府、军警各机关，上述卢忠德即为其秘密组员。据悉卫戍司令部已命人画像，分发各处严加通缉，定将该名共党逮捕法办。

住在豪贤路这一带的人仍然把它叫成濠弦街，因为它沿着护城濠，看起来就像是弓弦。豪贤路靠近小北门，易君年与凌汶在东濠岸边下了黄包车，从豪贤路东头开始，一路往里找。

街巷交错，里坊间并没有指示路牌。除了本地居民，外人确实很少会跑到这里来。

巷口出来一个年轻人，穿得干干净净，斜挎一只布包，布包里四四方方，像是装着书，看样子是个学生，凌汶上前几步，问他天官里。果然他能听懂外省人说话，指着刚刚出来的巷子，说往里，走到底。

巷子又窄又深，两边是人家的后墙，门都紧闭着。两个人走到巷子尽头，面前一大片空地，中间一棵大叶榕，新芽初冒，地下已有几片黄叶。

凌汶见右面一户人家房门角上挂着块木牌，遥遥望去正是天官里，便要过去，却见易君年继续朝前走。

凌汶叫住他："在这里。"

易君年站住脚，向右面看了看说："那是天官里，你要找的地方是后街。"

"后街不该在里坊后面吗？"

"你就从来搞不清方向，从豪贤路进来，后街不就是再往北吗？"

过了榕树再往北，有几亩菜地，地里种着些芥菜，路边放着一口大缸，风吹过飘出一股难闻的气味。菜地北面有一条渠，渠上横着一块石板作桥，过了桥是一条横街，凌汶看了看街边人家的门牌，果然天官里后街就是这里。

到了这时候，凌汶却又有点茫然，她究竟想到这里来看什么呢？

横街紧靠着河渠，渠底是黄色的沙子，沙床上面游着些极小的红鱼。她想，龙冬也许喝过这渠里的水。那天晚上在这后街上究竟发生了什么呢？军警包围了房子，他是怎么脱身的？他撤离之后又去了哪里？

"你们到后面说了什么？"她抬起头，意识到易君年在对她说话。

"莫老板的客人对你说了什么？"

"你是说从瑞金来的老肖？"凌汶这会儿似乎有点神思恍惚。

"对呀，怎么神神秘秘的。"易君年一面辨认着街边的门牌号，一面说，"他来找林石是传达新任务？"

凌汶点点头，她望着后街上的房子，这些房子都有奇怪的门，她在哪儿见过这些门？她怎么觉得自己在什么地方看到过这种样子的房门。

"新任务是交给我们？"易君年有点兴奋，他在船上对凌汶说过，建立交通线这样的任务，为什么把他调来？他其实更擅长做情报工作，买买船票租个房子，这样的事情让你们女同志来就可以了，顶多让梁士超随行保护。凌汶当时心想，他还计较着陈千里没让他做二人小组负责人的事情呢。

"他没有说任务内容。那是一条绝密口信，要亲口传达给林石本人。"

"那他为什么跟你说呢？看上去这个老肖也不像个新手。"

"他是中央机要交通员，口信内容十分紧急，必须面对面传达。他是打算自己去一趟上海，跟我们一起上船。"见易君年不断追问，凌汶耐着性子解释道。

"这有点不合规矩。彼此都在执行秘密任务，一起同行是大忌。"

"我们可以装作不认识。"凌汶走了几步，查看着周围的街巷，忽然有点不耐烦，"再说，哪有那么多规矩。要讲规矩，你平时就不该跟我说那些话。"

凌汶指的什么，易君年心里清楚，她这么一说，他下面的话倒被她拦住了。

临近黄昏，夕阳照在石板路上，后街这一段却热闹起来，因为有条直巷北通外面的大马路。两三家小店铺，墙上写着些酱油、木柴和火水，还有一家小店专门卖香烟米酒。凌汶想不出火水到底是什么，直到看见有人在店铺里面点了一盏煤油灯。

两三个小孩在渠沿跑，手里抓着线头，线的另一头飘着个小纸鹞，小纸鹞飞不高，在渠岸边的微风中飘荡。直巷口一只小桌，桌上放着签筒、笔墨和砚台，桌子围着一圈看不清颜色的绸布，绸布上写着"直言无讳"，周围画着些爻象卦符。桌后凳子上坐个老头，戴着副铜框水晶墨镜。

老头忽然大声说话："听口音两位不是本地人？"

"他能听见我们说话？"凌汶有些惊讶，望着易君年。

"你们远远说了一路。"老头向前推了推签筒，"两位还没成婚吧？倒不如求一根黄大仙灵签，看一看姻缘运数。"

"他听不见。"易君年说。

凌汶转身要离开,易君年却拿起签筒,晃了几下,又把签筒伸到凌汶面前说:"入乡随俗。"

凌汶拿了一根,递给易君年,是第七十三签。

"三春桃李本无言,苦被残阳鸟雀喧。"老头拿起笔,边说边把签诗写在纸上,写完递给易君年。

"桃李无言,残阳苦被,鸟雀喧扰。不知这根签上,两位求问何事?"

"这是下签了吧?"易君年笑着说。

"那也要看所问何事,问者何人。如果问姻缘——从签上看,还须另待时日。"

"我要问一个人。"凌汶忽然说。

"是哪一位?"

"我想问他去了哪里。"

"他是你什么人?你有多久没见他了?他是从哪里走失的?"老头一连问了三个问题。

"是一个亲人,三年前他不见了。"

"在哪里不见的?"老头见凌汶不肯说,便又道,"从签上看,你要找他倒是打扰了他。也许过一段时候,他自己就出来了。"

"他就是在这里不见的。"凌汶把心一横,对算命老头说,"三年前,天官里后街出过一件命案,有人被警察用枪打死了。老先生你知不知道这件事?"

老头抬头望着凌汶,夕阳照在墨绿色的眼镜片上,反射出的光芒闪烁不定。他慢悠悠地说道:"两位是读书人吧?

这条濠弦街上,来来往往的人一直都不少。濠弦街,不就是豪贤街嘛。自古英雄无善终,一将功成万骨枯。当年轰动一时的大罢工,二十五万人里,濠弦街参加的人也不在少数。你看街上这些人,说不定谁家就有人那时跟着教导团攻打过——"

"看来老先生是个见过世面的人。"易君年截断了他的话。

"我一个算命的老头,半个瞎子,能见过多少世面,风过耳罢了。"

不知谁家的妇女在天黑前赶工,织布机声音急促执拗,木辊吱嘎转动,撑子咔咔撞击。凌汶转身要走,半天没说话的算命老头忽然叫住她:"那房子在前面,都说是凶宅,没人愿意住也没人愿意买,主人家也不要,锁了门,叫住在隔壁的七姑看房子。"

"哪里可以找到七姑?"

"七姑是自梳女,从顺德到广州当妈姐。夜夜挑灯独对,春来春去倍添愁——"他说着说着又唱了一句,余韵未歇又接着说,"七姑年纪大了没儿没女,主人家见她可怜,让她看房子。你到了那里自然就能看见,她每天开着门,坐在堂屋里织布。"

他们找到了天官里后街二十三号,房门紧闭,砖墙上满是青苔。凌汶回头看易君年,见他脸色铁青,有些奇怪,问道:"你怎么了?"

易君年克制着自己的情绪:"就为看看这房子,你连安全都不顾了。"

七姑在隔壁,果然开着门,借着天光,坐在屋里织花布。

这里地势低,门前垫了两层石板,杂草覆盖着台阶,门洞的墙角下有一条蜈蚣,慢慢爬进草丛。七姑站在台阶上开门,易君年在她背后用上海话提醒凌汶,他们俩是来广州做生意,要租房子。

凌汶却只顾看着那扇奇怪的门。其实门有三道,第一道屏风门只有半截,高有五尺多,人站门前正好能挡住视线;中间那道是栅栏门,圆木栏杆却横着,上面趴着只野猫,倒像个梯子,底下有滑轮,滑道一半伸进墙后,七姑向右推了一下,门没动,凌汶上前,伸手帮她推。

第三道才是真正的房门,进门是堂屋。七姑会说官话,二十多岁出来做妈姐,跟主人家去过很多地方。她还打算领着他们看前后房间,易君年掏出一块大洋,把她打发了,让七姑回家煮水,回头他们过去喝茶。

七姑一走,易君年就对凌汶说:"进了这条街,你什么都不顾了。你怎么可以到处打听?"

凌汶倒是愈发恍惚起来,这房子总好像有些地方让她觉得不大对劲。

"我觉得这房子有些蹊跷。"她说。最让易君年害怕的就是她那些毫无由来的直觉,多年来他一直也没有战胜过它们。她好像总能提前知道他要做什么,他刚想对她说一句什么,还没等他说出来,她就开始打岔。她的那些直觉——你也不能说她不对。

那天她去秦传安的诊所,一回来就对他说,林石没有问题,那三个人逼着他交代,倒是有些奇怪。他问她:三个人当中谁闹得最厉害?她却回答说,如果在这三个人当中挑一个,她倒觉得崔文泰最可疑。易君年想,这可能也就是陈千里让凌汶负责广州之行的原因,陈千里这个人,不简单。

堂屋房梁上挂着一排草席,上面全是蛀洞和蜘蛛网。易君年拉了一下绳子,整排草席前后摆动起来,落下许多灰尘。房子几乎全空了,只剩下一些残破的桌椅。

"你不觉得这个老肖,来得有些奇怪?"易君年仰头看着草席,在炎热的夏天,它们可以吹动屋内闷热潮湿的空气。

"你为什么对他那么感兴趣,一路上你提到他好几回了。"凌汶有些不耐烦。

"凌汶同志,"易君年换了一种口气,"我必须提醒你,你好像忘记了我们来广州有重要的任务。你的心思完全都在别的事情上。我觉得陈千里让你负责这一次的任务,有些处置不当。"

"我觉得你心里有鬼。"不知道为什么,进了这房子,凌汶心里隐隐有些不安。

易君年脸色一变,忽然叹了一口气:"你就那么难以忘记他吗?"

凌汶愣了一下,站在昏暗的堂屋里,忽然说:"我觉得时间停在了那一天——"

她没有向易君年解释究竟是哪一天,是她被捕释放、回到家里发现龙冬失踪的那一天?或是再往前,她和龙冬最后见面的那一天?她下意识地哼起了那首意第绪语民歌,咚巴啦咚巴啦啦——

七姑煮开了水,请他们过去喝茶。刚坐下凌汶就问七姑:"那房子从前出过事?"

"珠江上造大铁桥那一年,听说是那房子里出了共产党。"

"你见过那些共产党吗?"

七姑的脑子一时清楚,一时糊涂。清楚时言简意赅,看得出从前在主人家是个能干的妈姐,可糊涂时你就不知道她在说什么了。没见过,她那时并不住在这里,她还没老得不能干活。凌汶总算听懂了一句。

"这条街上,有谁是那时候就住在这儿,后来也一直没有搬走的?"

易君年用一种奇怪的眼神看着她,好像觉得她疯了。

"你们为什么要问我这些?你们是共产党吗?"真不知道七姑这会儿脑子是清楚还是糊涂。她说起那些搬走的人家,一家家数着说。后街上的人家有些自己买地起屋,有些赁了地造房子住,很多人家住了几年就搬走了。七姑的话越说越多,凌汶却越来越听不懂她在说什么。

外面天色已暗，七姑快要睡着了。两个人悄悄退了出来，拿了一盏煤油灯再去隔壁，走到门口时，野猫从堂屋蹿了出去。

"这叫趟栊门。"易君年拉上那道像梯子一样的栅栏门，插上锁舌。

他告诉凌汶："大门外面多了两层，这是脚门，这是趟。广州潮湿，住在这里通风比什么都要紧。"

风从趟栊门吹进来，煤油灯忽明忽暗。

"你这样到处打听，会闯祸。我真不晓得你是个这么容易闯祸的女人，连七姑都猜到你是共产党。"易君年边说边往里走。

"那个被捕的欧阳书记不知道后来怎样了，他可能知道龙冬去了哪里。"凌汶心不在焉地说。

"你怎么不问问那个老肖，他会不会知道龙冬的下落。"易君年索性岔开话题。

这句话提醒了凌汶，他们还有任务。先前她心里太乱，乍一跑到这个地方，她突然有些激动，就好像时隔多年，她第一次又和龙冬靠得那么近，几乎感觉一伸手就可以摸到他，但并不是这样。

广州很危险，外省人在这里特别引人注目。这是易君年在说话。你今天在豪贤街上这么一走，很多人都看到我们了，也许明天一早就有人会报告侦缉队，甚至今晚。你忘记香港的事情了吗？多危险！只要有一点让人怀疑的地方，就有可能被敌人发现。

在香港的码头上,他们被英国警察带进一间屋子。她不知道他们俩有什么地方做得不对,每个细节他们都考虑过了,进港前一天夜里,他们还练习了一遍,所有的说辞都反复对了几次,包括如果敌人发现了他们身份有问题,第二道防线的说法,还有第三道防线。

英国警察把他们拉进不同的两个房间,等华人警察来了,他们就开始审问。过了半小时,英国人才把他们放了。

释放前,他们被锁在同一个房间里,她问易君年,到底发生了什么。他回答说,可能铺保有些问题。从香港码头上岸,需要提交铺保,哪怕只上岸几小时,巡捕房也要验明身份。易君年告诉她,他们这次带来的文件,担保栏填写的那家店铺,以前用过几次,他们看见过:"我估计上一次有人拿着它来香港时,他们就怀疑了。"她问他,那么后来到底是怎么解决的?他说他请他们往上海发了一封电报,电报的收件人是他的运用人员,在公共租界的巡捕房做翻译。

他们拿着煤油灯,穿过堂屋进了二厅,从南墙角落的一道楼梯上了二楼。

"一幢空房能找到什么呢,你等了他五年,还打算等多久?"易君年小声说。

"只要他活着,总有见面的一天。"二楼这一间三面都有窗户,白天一定很明亮,凌汶站在窗前向外望着,忽然又加了一句,"革命也总会有胜利的一天。"

"也许会等来牺牲的那一天。有些事情,现在比将来更重要。"

"我没有现在,只有过去和将来。"凌汶回答得很快,但她仔细想想,这话也说得不对。她怎么能没有现在,他们现在身负最重要的任务,他们这个小组,还有她和易君年,坐了那么远的船来到广州。

林石说,从上海到瑞金的交通线,最要紧也最危险的一段,组织上交给我们了。以后的路程都是荒山野岭,只要提防散兵游勇,但上海到广州,一路上都是军警特务。

"我陪你来这里,就是让你知道过去是什么。"易君年在孤零零立在窗下的花架上摸了一把,"过去只剩下尘土,吹一口气就全都散了。我们见过多少人在短短几年里就变成了过去,变成了尘土。"

她从来没有见过易君年这样,话说得有些消沉,可神情却有些亢奋,像一个疲惫至极的人喝了很多酒。他怎么了,她心里一动。

"你怎么了?"

易君年突然伸手想碰她,凌汶用手挡住了他,又后退半步。她以为易君年还会再来一次,却见他慢慢放松下来,从口袋里摸出香烟,点上:"这又潮又暗的屋子让人都有点不正常。"

他想了想,又说:"从组织关系上讲,这位瑞金来的老肖,不应该与我们同行。我们只接受林石同志的单线领导,我们也不能向其他人暴露林石同志的行踪。"

"他就是来与林石同志接头的。他必须用最快的速度传达这条消息。原则是可以有例外的，你从前不是一直都这么说？"

她不想在这个问题上反复说服易君年，她告诉他，老肖的任务直接来自少山同志。来人通过了身份识别暗号，这个暗号没有任何人知道，林石在他们出发前悄悄告诉了她。

现在，易君年只剩下一件事情可以做了，但他有些犹豫。他想给自己再多找几个理由。在这点上，他也许真的不如龙冬。

他总是无法摆脱那种奇怪的感觉，就好像不知从哪里，龙冬一直注视着他。进了这幢房子，那种感觉愈发强烈。

像楼下一样，楼上的房间也前后相连。第二个房间很小，没有窗户，像个黑洞洞的巢穴。

再往后走凌汶却看见了夜空中的星星，那是一个露台，两侧砌着半人高的砖墙，夜里也不冷，空气甚至有些暖意，远处有狗叫声。她望着砖墙外面，周围的房子高低错落。有一幢四层楼房，在夜晚的雾气中显得如此单薄，几乎摇摇欲坠。这些房子山墙连着山墙，瓦顶连着瓦顶，野猫在屋脊上一闪而过。

凌汶心想，那天晚上龙冬是不是就像这只猫一样，往屋脊下一翻，从此不见踪影。国民党特务们找不到他，连她也找不到他。

她遐想了一会儿，回转身，却看见易君年倚靠在西侧砖墙上，注视着她。

她有些震惊，又有些恍惚。眼前这幅画面为什么如此诡异？为什么她有似曾相识的感觉？从拼花砖墙的空隙里依稀可以看见对面人家的房门，原来也有人家朝着巷子开门。那叫趟什么门？

老榕树枝叶茂密，广州的榕树到春天才会落叶，她记得易君年先前说的话。那两道奇怪的山墙，顶上凸起一截，像伸出的舌头，又像一对锅耳。她在哪里见到过这一幕场景？

易君年站在那里，盯着她看，嘴角那一抹微笑显得很勉强。他没抽烟，也许幸亏他没抽烟，才会摆出那个斜靠在砖墙上的姿势。

那是一张照片，她已经记不太清是什么时候见到的了。那时候她刚刚认识他。没错，他们在书店里认识以后，还没等她看完那本小说，那本《二月》，他就来找她了。楼下的邻居把他领上楼，敲敲门。她打开门看见他侧身站在那里，像一个找错房门的客人，正打算离开。

一进门他就告诉她，他代表党组织来找她，他知道她是秘密党员，他知道龙冬是她的爱人。光凭这一句话她就相信他了，因为她以为那时已经没有人知道这件事了：龙冬是她的爱人。

他叫易君年，他领导着一个地下党小组，这个小组主要从事情报工作。她又找到自家人了，一时间她觉得无比温暖，连着一个多月她都感到身上有一种久违的暖意。

可能就是那时她看到那照片的？那段时间易君年一直与她谈话，她以为组织上是用这种方式来考察她。但易君年很少问她什么事情,就好像她的事情他全都了解。他说了很多他自己的事情,还拿出了一张照片。

这张照片她应该记得更清楚一些,她竟然到现在才想起来。易君年把它拿给她看时,心情很激动,他说那时的他已经入党了,照片里的地方是一个秘密联络点,他是在那里宣誓的。他用拍情报的照相机拍了这张照片。虽然照片上天色昏暗,但她仍然能认出这个地方。

"你见过龙冬?"她其实不应该用问他的口吻。她又想起,龙冬牺牲的消息是在易君年出现三个月后被再次证实。

有一天,家里来了一个客人。他有易君年规定的接头暗号,来找他传递情报,但是易君年却没有按时到达。凌汶陪着客人坐在客厅里闲聊,客人看到龙冬的照片,突然告诉她,这位同志牺牲了。

那天易君年一直都没有出现,过了好些日子他才重新来到她家。她当时根本没想过问他去了哪里。做地下工作,突发情况实在太多了,而且她一直沉浸在悲伤中。

"对。"易君年望着凌汶背后,好像那里有什么人在看着他们,"你看过那照片。"

她在等他解释,但他领着她下楼。她每下一阶楼梯,就感觉自己又朝黑暗的水底沉下一截。

"这地方太黑了,什么都看不见。"凌汶说。

易君年明白凌汶的弦外之音:"我做过许多事,每做完一件事情,我就把它锁进一个没有窗户的房间,就像这间。你以为龙冬不是吗?我和他做的事情没什么两样,他顶多比我多了一样共产主义。你能看清他吗？你能找到他吗？我领你去看。"

凌汶在黑暗中停下脚步，震惊地望着对面这个人形，本能地往后退了一步，易君年一把拽住她，把她拉进了底楼后面的尾房。那间没有窗户的巢穴背后是厨房，灶台一角裂开了，铁锅里有几片枯叶，两块碎砖。厨房后墙上有一扇门，易君年打开门，外面也是一片黑暗。

易君年转过身来，面对着凌汶："龙冬能跑到哪里去呢？他面前只有这一条路，对你我来说也一样，到处都是黑暗。"

易君年在七姑门前站立片刻。七姑睡醒了，在房间里来来回回不知道在找什么。他想了一会儿，撕下一片门联，擦了擦手上的血。

天官里后街上没有光，也没有人。易君年刚转进朝北的直巷，突然听见身后有人说话。

他转身，墙角有半截人影。易君年没有说话。

声音又起，是那个算命的老头。

"你在跟我说话？"他问老头。

"你怎么一个人出来了？那位太太呢？"

他没有回答，望着那截影子。过了一会儿，易君年又问："你想说什么？"

"我一直在等你，刚刚你们急着过去，话还没说完。那首签诗，后面还有两句没写。"

"你说。"易君年朝他走近了一步。

"借问东邻效西子,何如郭素拟——"

老头拉长着声音吟诵,还没等他念完,易君年闪身靠近,伸出双手掐住了他的喉咙。

易君年叠齐那双了无生气的手臂,又把算命人的头颅端端正正放在手臂当中。

添男茶楼

　　添男茶楼进来一个客人。知道他名字的人不多,只有少数人知道他姓肖。他和林石一样,都在中央交通局工作,那是一个极机密的单位,即使在中共内部,也很少有人知道存在着这么一个机构。有时候不得不出现在党内文件中时,它会用农村工委那类名称来掩护。作为老资格的机要交通,他们现在都是交通局派往各地的巡视员。老肖为人机敏,反应极快,还有一手好枪法。他驻守瑞金,随时接受临时委派的任务。

　　他完成过许多难以完成的任务,这次又碰上了难题。林石没有按事先约定出现在广州。要他传达的绝密口信,事关一位中央领导同志的安危。浩瀚同志最后一次用电台与瑞金联系,到现在已有十一天。中央正在有计划地撤离上海,但浩瀚同志碰到的情况却是一个意外。有人叛变了，秘密机关被敌人破获，有数名内外交通人员被捕。

在紧急转移前，浩瀚同志向瑞金发电，告知了情况。刚刚转移到瑞金的临时中央决定，要求浩瀚同志立即转入地下，切断一切工作联系，等待接头信号。信号将刊登在正月十四那天的《申报》上，是一条收购古旧字画的广告，如果出现意外情况，当天下午出报的中文《大美晚报》上也会刊登相同的广告，那是唯一的备用联络方案。

这样的密信，即使在电台能正常使用的情况下，也不够安全。电台会被监听，密码会被破解，译电通过层层交通传递也很容易泄露。何况就在前不久，设在九龙的一个南方局秘密电台就遭到了破坏。英国警察十分狡猾，企图用那架电台继续与上海地下党组织通电联络，幸亏及时发现。所以少山同志找到他，让他当面将口信传达给林石。

他考虑再三，放弃了使用电台请示瑞金的想法。就算通过莫少球请示广州地下党组织，由他们向南方局秘密电台请求发报也需要等很长时间。而且同样也很不安全。他作出决定，既然林石没有来，他就自己去一趟上海。他找到了一艘今晚出港的小货轮，轮船可以捎带零散乘客，还剩几个舱位。

中午十二点时他到过兴昌药号，莫少球说上海那两位同志没有到。过了约定时间，他们也没有出现。他不能一直在交通站等着，便交代莫少球，等他们到了，让他们到添男茶楼碰头。

二楼阳台朝南，面对着浆栏街。坐在这个位置，街上动静尽收眼底。右面隔着杨巷是十八甫街，虽然连着浆栏街，但十八甫朝南略偏了些，三街相交，汇成一块不大不小的空地，等于周围街坊的小广场，捏糖人的、卖榄人的、租小人书的、卖艺的、测字看相的，什么人都有，黄包车在人缝里穿梭往来。

茶楼里挂着红灯笼，栏杆和柱子上包着黄铜，地上是花瓷砖。茶桌镂花漆面，桌上放着一盅两件，有人还跑到隔壁买来双英酒家的双英鸡。叹茶的客人侧着椅子，全都朝着戏台方向。

二楼北面设个小戏台，女小生正唱到小生系缪姓乃是莲仙字。老肖特地坐在二楼，人多，环境杂乱，三楼和四楼这个时间客人寥寥。

为什么他们没有来？他心里有些不安，注视着浆栏街，台上已唱到好似避秦男女入桃源……

他发现对面骑楼下有些不正常，两三个闲人站在那里说话，其中有一个不时抬头望向茶楼。他们的肩膀奇怪地歪着，好像右肩害了风湿。他知道，那是因为衣服里面，右侧胁下挂着手枪。

老肖不动声色站了起来，略微弯着腰，好像准备往茶壶里加水。他用脚跟轻轻踢开椅子，迅速地离开桌子，向楼梯走去。他没有下楼。

他准备上三楼。进茶楼前他就注意到，三楼西面的窗户平时都开着，窗下是隔壁的房顶，那是广安大药房。顺着药房瓦顶跑到北头，山墙上有一排窗，窗后是库房，想来很少有人会跑到那里面。他可以从挑檐和窗台往下爬，没有人会发现。

楼梯是木制的，楼梯井又窄又深，楼下传来粗暴的脚步声。站在围栏边能看见楼梯井里的动静，三楼有人正伸头向下看，跟街上那些闲人是一伙的，他一眼就能认出来。没法上三楼了，现在他只能闯出去。

楼梯井围栏旁放着两个大花缸，盆里栽着小桃树，枝叶繁茂，桃花盛开。站在楼梯上，伸手就可以把一个小布包塞进花缸的缝隙间，只要你上楼时稍微往右靠一点点，没人会发现你这个动作。他上楼时就这样做了，布包里有一支手枪，勃朗宁，枪管左侧上刻着手枪图案。他很喜欢这支枪，人家都叫它枪牌手枪，他却常说，其实应该叫作手枪牌手枪。

他夹着布包下楼，稍稍靠近楼梯左侧，脚步不能匆忙，脸上带着点得意，好像刚刚跟堂倌讲了个笑话。他把目光落在栏杆间冒出来的一枝桃花上，像个心不在焉的客人。

底下楼梯口站着两个人，仰着头从楼梯井朝三楼做手势，看样子他们并不着急，大概打算从底楼一层层搜查，这两个人只是为了控制住楼梯，其中一个正往上走，与老肖擦肩而过时，他小声嘟哝了一句："楼上满座了，人逼人。"

他到楼下了，再走几步就能到门口，但他仍然没有加快脚步。女堂倌提着点心食盒走近，添男茶楼是正经喝茶的地方，女堂倌就是堂倌，不像广州有些茶馆里的那种女招待。

她过去了，茶楼门口来了三五客人，他觉得现在可以快一点离开，就在这时——

楼梯上那个人突然高喊："就是他。"

老肖跑了起来。一边跑，一边用左手把布包按在衣襟上，右手从里面摸出手枪，塞进衣襟，顺手把那块布朝后扔去。

茶楼里的那些人都追了出来，有人朝天开了一枪。听到枪声，街上的人都四散奔逃，手艺人、小贩都扔下摊子往骑楼下躲。那些穿着便衣的人，佩带手枪，多半是侦缉队的特务。广州的公安局特别侦缉队，是陈济棠专门用来抓捕中共地下组织的单位。他怎么被敌人发现的呢？难道兴昌药号暴露了？

老肖奔到街口，拐进杨巷向北奔跑，北面全是西关的小街巷，四通八达。他钻进两辆黄包车夹缝中，朝天开了两枪。这下街上更乱了，人群朝各个方向逃散。他混进人群，转入一条小巷，直奔到小巷东头，向右转几步，又见一条往东面去的直巷。原来这条巷子很长，一路向东，中间要右折好几次。

在一个折巷里，他被特务拦住了。两名特务一前一后躲在两个门洞里，等他过了第一个门洞才现身，这样他就被前后拦住了，老肖侧身站着，看看前面，又看看后面。两支枪对着他。巷子很窄，他没有腾挪的余地。

老肖攥着手枪，枪在右边衣襟下，可他一枪只能打倒一个。他侧过身望着身前身后两个特务，估算着射击角度，还有朝左开枪后再调转枪口向右射击所需要的时间，觉得不可能同时击倒这两名特务。

站在东首的特务看出了他身上的异样："把手拿出来。动作慢一点。"

他们把枪口对准老肖，盯着他的右手，只要他稍有异动他们就会开枪。

这时，从小巷西头传来一阵自行车铃声。铃声很急，车却骑得很慢，过了好久才从折巷转出来。老肖看着自行车上的人，两名特务也不由自主地转眼望过去。

老肖认出了骑车的人。自行车渐渐靠近他们，车上的人没有朝老肖看，却微笑着对一名特务说："抓到了吗？"

话音未落，枪声已响。骑车的人正是易君年。他开枪射杀了一名特务，回头看时，老肖和另一名特务也都中枪倒地。两个人几乎同时开枪对射，同时中弹摔倒，都受到重创，却都还活着，在地上挣扎着举枪。

易君年骑到特务跟前，又补射了一枪，然后望着对方，直到这名特务吐出最后一口气，眼神里那些愤怒和不解渐渐消散。

子弹打在老肖的腹部，易君年背着他走出直巷，又往北，在十八甫和下九甫交汇街口拦住一辆黄包车，让车夫把他们拉到西濠涌一处水脚，下车后把老肖背上了一条小船。老肖先前支撑着引路，到了船上，两个人躲进篷下，他松了一口气，终于昏迷过去。

这是一条疍家小艇。船娘摇橹，小艇穿行濠涌，不知过了多久，停靠在水边一排棚屋旁。棚屋里出来一个人，见老肖未醒，看了看伤势，知道这会儿无法搬动，告诉易君年，他先去找大夫，然后马上离开了。

易君年明知这是广州地下党一个秘密联络点，却并不特别在意。他只关心这位老肖记在脑子里那几句话，一下午他都缩在船棚里，看着昏迷的老肖。

昨晚他临时起意，在天官里后街那房子里杀了凌汶。如果单单只是凌汶对他的过去有所发现，他未必会马上就那么做。

在这之前，他甚至想过，假以时日，凌汶也许会渐渐淡忘了龙冬，到那时，他甚至很有可能说服她。实在不行，就送到南京反省院关上一阵。特工总部让一些中共叛徒在那里做训育员，给其他还不愿意转向的人上课、讨论、开辩论会，有一些人在那里慢慢改变了想法，他希望凌汶早晚也会。

可他不得不那样做。不然，他就没有机会让老肖把秘密告诉他。他凭直觉就能猜到那下面有金矿，挖出那条矿脉，有可能对中共地下组织造成毁灭性打击。千载难逢的好机会，这会是他自当年挖出龙冬情报网后又一次巨大的成功。那一次的成功让他成了特工总部的王牌，从此他就有了个"西施"的代号。

他确实没料到凌汶会想起那照片。给凌汶看那照片的时候，他也不会预料到她将来有机会真的跑到那房子里去。他现在也已想不起来当初为什么要把照片拿给她看，还告诉她那是他秘密入党的地方。

照片是他宣誓以后拍的。他倒真是在那里宣誓加入了共产党，龙冬是介绍人。但拍照片时，龙冬被他杀了，照片就是在杀他以后拍的。他立了大功，并没有想到几天以后叶启年就让他用易君年的身份潜入上海地下党组织。

他从不怀疑叶老师的计划。他是叶老师真正的亲炙弟子，游天啸那种训练班出来的人，一口一个老师，不免让他觉得可笑。要知道，早在民国十三年，国共两党年初刚刚开始合作，北伐宣言发表才过了几天，冯玉祥那时候还没囚禁曹锟，孙中山连想都没想过北上，叶老师就对他说，国共之间必有一战。

当时的叶老师，只是个小有名气的大学教授，都以为他相信无政府主义，是个世界语学者。谁也没猜到叶老师心里装着历史。

叶老师告诉他，有一种职业，可以始终踩在历史制高点上。叶老师喜欢为他的学生安排前程。他说，将来的两党斗争，将会异常残酷，到那时，国民党就需要一个特殊的秘密组织，掌握一支秘密的力量。

国民党？他头一次意识到叶老师的无政府主义立场正在悄悄转变，叶老师桌上开始出现戴季陶的书。不知道用了什么方法，他很快就结识了那位作者，参加了戴季陶在国民党内部组织的秘密聚会，聚会中人一致认为对共产党，必须斩尽杀绝，绝不能养痈贻患。但叶老师对空谈理论没多大兴趣，也不认为光靠写几篇文章做做宣传就能扭转局面，他认为国民党必须创办一个特务组织。

从前，作为一个无政府主义者，叶老师也是个行动派。他游历各国，专门研究无政府主义者的暗杀活动，还有各国政府和殖民地的秘密警察组织。他得出结论：未来的世界属于特务。

于是，叶老师让他去广州，他是广东人。到了广州，他先是考进轮船公司，然后又参加了中共举办的职工运动讲习班。因为表现积极，他被拉进了工人纠察队。大罢工之后，在叶老师的安排下，他顺利考入公安局，先在荷溪分局做了几个月，随后迅速调入特别侦缉队，民国十四年夏天，有人在广州街上暗杀了廖仲恺，这件事情他一直怀疑可能跟叶老师有点关系。

与此同时，他仍然穿着短打布褂，坐到工会讲习班后排角落，等着被人发现。一切都在叶老师预料之中，如同照着棋谱下棋。来找他的人并不通过从前他在工人纠察队中的同伴，却在维新北路上一家炒粉铺找到他，他们交了朋友，常常约了饮茶。按照叶老师的办法，他只是在闲聊中偶尔提及一些情报，把特别侦缉队日常报告、警员同乐会听来的小道消息以及市井谣言混到一起，添油加醋说给人家听。中共地下组织对他的考察相当漫长，他等了两年，终于等到了龙冬。

摇橹搅动河水，水波翻涌中慢慢过去一条比较大的木船，上面捆扎着满船木柴。易君年望着木柴，大致猜出了所在位置。但是他对地下党这类零碎联络点不感兴趣，他只对面前昏迷着的这个人头脑中的秘密有兴趣。

昨晚他离开濠弦街，马上去见了特工总部广州站的站长。在他到达之前，叶启年就电令本站负责人配合他行动。他一到那里就让人给叶主任发电报，征得同意后，他让广州站长从公安局侦缉队调集人手。站长在侦缉队只是个队副，队长是陈济棠的人，那位"南天王"十分警惕南京方面的势力向广州渗透，所以站长有难处。抓共产党没有任何问题，假装抓共产党就没那么容易安排。

"你要找几个亲信，让他们混在行动人员当中，引导大家配合演一出戏。"

易君年知道，在总部下属各地区分站负责人这一级，虽然无权了解"西施"，他们却都有所耳闻：叶主任的宝贝，总部最大的功臣。为了这点小事，他不想反复发电报请示叶老师。他小声告诉站长，他是"西施"（这事绝不能泄露出去），如果按他的要求办，出了问题他负责，如果不按他的要求办，出了什么问题就是站长你负责。站长勉强同意了。

事到临头站长又不愿意了。因为易君年说自己可能要杀掉一两个侦缉队员，以便取得对方的信任。

站长想了半天才说："万一消息传出去，特工总部滥杀自己人这个罪名，就连叶主任也担待不起呀！"

这是在威胁他，他没说话，望着对方。

"我原打算瞒着我们队长派人，如果不但没抓到共党，还折损了两个自己人，这个责任就难扛了。广州的情形跟别处不同，公安局里从局长往下，都是陈济棠的人。局里一直有人私下议论，说我跟特工总部有瓜葛。要是再出了这么一件事情，他们心狠手辣，我可猜不出南天王会怎么处置。"

"那就让你自己的亲信做冤死鬼。"

站长想了半天，好像实在狠不下这个心。易君年却不以为然，这么做他自己也很冒险，万一一枪打不死，被他们回射两枪，他从广州得来的这个"西施"，就又交待在广州了。

大夫来了，是西医。地下党确实厉害，在哪儿都有全套人马，易君年心里想。清理了伤口，取出了子弹，又给老肖输液。大夫说伤很重，他无法保证病人能醒过来，一切都要看他自己了。换句话说，听天由命。到了这时候，易君年真心希望他能醒过来。

茄力克

正月初十，立春。

中央公园在市政府南面，元明二代都是地方大员衙署，清初三藩之乱，这里是平南王府。平乱以后，它就成了广东巡抚署。中山先生倡议把它改作公园，公园不卖门票，市民均可随意进出。

陈千里从北门进园，沿着公园中轴线一路朝南走，他一身短褂，看起来跟附近各家政府机关里的杂役没什么两样。他好像纯粹要在这里消磨时间，对任何上面有字的牌子都满怀兴趣，在康有为赠送的意大利雕像前站立片刻，又盯着平南王府的石狮子看了半天。

其实他忧心忡忡，脑子里一刻不停，怀疑自己做错了什么。也许他不该让凌汶和易君年来广东，太相信直觉了，欠考虑。之前，他带着梁士超悄悄去了汕头，事情办得很顺利。随后他们转道香港，准备坐船回上海，却听说广州交通站出事了，涉及其中的还有上海地下党来人。

凌晨，他们坐小火轮抵达广州。一大早，陈千里便让接应他的广东地下党同志通知莫少球，接头以后，莫少球立刻将他带去见老肖。在路上，莫少球告诉陈千里："那天上午老肖来交通站，约了凌汶第二天碰头。但凌汶没来，等了半小时，他只能先离开，交通站里不能等太久，这个有规定。老肖去了添男茶楼，说好如果凌汶来了，就让她去那里找他。刚过中午，侦缉队便衣就来了。交通站附近我们设有几个暗桩，白天晚上，有可疑的人到浆栏街周围活动，站里很快就能得到消息。我们的人马上回来报信，可还没等报信的进药号，街上就响起了枪声。"

"茶楼先抓人？他们没有两处同时动手？"陈千里有些疑惑。

"我们也觉得奇怪。枪声一响站里就听到了。等报信的人进来一说，我立刻让我太太先离开药号。交通站平时就作好准备，随时可以应付这样的突发情况。站里没有什么需要清理的东西。露台上，屋檐落水槽后面有个油纸包，里面是一支手枪，我太太把枪拿给我，自己从后门撤离了。我从店门出去，跑到浆栏街上，站在过街楼下面，想看看究竟发生了什么。但是他们一直都没来药号，直到傍晚。晚上五六点钟，便衣撞开店门进了交通站。"

巷子里迎面来了两个女学生，等她们走过去后，莫少球又接着往下说：

"易君年说他和凌汶一起来交通站。他们俩刚从十七甫转出来，茶楼外面就乱起来了。他们看见特务在追赶老肖，决定分头行动。易君年自己跟了上去，让凌汶赶紧到药号来，如果交通站没事，她就进来报信。如果交通站也出事了，她就先回去，到新亚旅社等他。易君年对凌汶说，他们有重要任务，千万不要冒险。他找了一辆自行车，在杨巷追上老肖。老肖被两个特务一前一后拦住了，拿枪对着他。易君年骑车冲过去，两枪打死了特务，但老肖也中枪了。易君年把老肖送到安全的地方，就回去找凌汶。

"但凌汶却不见了。他回到新亚旅社，一直等到傍晚，他们俩是当天夜里的船票，还有几个小时就要上船。易君年赶过来告诉我们这个消息。"

莫少球引着陈千里来到柴栏附近，在水边的棚屋里，他们见到了老肖。棚屋架在岸边，地上铺着旧船板，老肖躺在板上，昏迷不醒。

"他昏一阵醒一阵，大夫说他还没有脱离危险。"

棚屋用旧木船改造而成，本身也像个船舱，房门朝着东濠涌，河面上疍家小艇多得数不清，房门内外都是船板，房门上只挂着一片布帘，梁士超蹲在帘子外面抽烟，陈千里和莫少球在门帘里面，坐在地板上。

"凌汶同志一点消息也没有，失踪了。我太太一听说就哭了。她太喜欢这位女同志了，一见面就喜欢。要不是干革命工作讲纪律，说可以拉着她晚上睡一个床，说到天亮。我太太一点也不相信她牺牲了,还去公安局打听,我们在公安局有内线,不能算同志,但打听一些事情没有问题。可是公安局没有任何消息,特别侦缉科没有抓过女共党。杀人案?也没有。他们说,过年了,谁会杀人呢?广州军警很少在这时候办案抓人,所以前天下午他们突然冲进茶楼要抓老肖,这事情确实很奇怪。"

"他们俩到了广州,做过些什么?"陈千里一边想一边问。

"两个人来了交通站。我们早就收到上级通知,上海地下党有人要来。他们来是为了把交通线安排好,我们知道中央有大动作。凌汶说了接头暗号,两个人里她是领导。我们商量了各种细节,重新定了接头暗号、电话、电报挂号、怎么接应下船、住在哪里。说完了,凌汶就打听她丈夫。我不熟悉龙冬这个名字,我自己是交通站建立后才到了广州,但我太太知道——"

老肖突然说胡话,嘴里嘟嘟哝哝,莫少球起身过去,拿下他额头上的毛巾,在水盆里浸湿,绞干后又折叠起来放了回去。

"我太太见过龙冬,还看过报纸上有关那件事情的新闻。她说事情发生在一幢房子里——"

"莫太太说的那幢房子在哪里?"陈千里脱口而出。

"濠弦街,现在叫豪贤路,但广州人喜欢叫它原来的名字濠弦街。"

莫少球解释了那两个听起来一样,字却不一样的路名。

"不过他们没有去那里。易君年说,他们原打算第二天跟老肖见面以后,再到濠弦街看看。"

老肖为什么要约凌汶第二天到交通站见面?陈千里暗自思忖。

过了音乐亭就是公园正门。出门穿过公园路,有一条小巷子,出了巷子,对面就是公安局。

公安局在维新北路上,马路东侧对着公安局大门有一排小店。午后时分,食肆都关了火,只有一家炒粉铺门前最热闹。门口搭着棚架,放着几只方桌条凳,桌上摆着绿釉粗瓷鹌鹑壶,客人们都在喝茶。茶资只需五分钱,茶叶是从大茶楼收来重新炒过的茶渣,点心也只有芋头糕。喝茶的客人个个揎起袖子正在吹水,谈的是新圳刚开一家大饭店,背后大老板是陈济棠的哥哥陈维周。

"——大赌场,那里番摊,押中一门能赢几千大洋。摊官扒竹一动,桌上人的眼都不敢眨一下,针落到地上都能听见。"

"细佬你真能吹,进门先买三千筹码,你倒进去过?"

梁士超也要了一壶茶,一碟芽菜粉,两块芋头糕,坐到空桌上。旁边桌上见有生人,声音顿时小了,有人朝他看了一眼。梁士超从裋子口袋里摸出一包烟,到邻桌发了一圈。

众人力邀,盛情难却,梁士超搬到邻桌。喝茶的客人都是左近苦力工人,谁也不能在这里坐一下午,只在干活间歇,抽空过来坐一坐,喝口茶。人来人往,等梁士超喝掉半壶茶，桌上人已换了一拨。

他打听到了一些情况，等陈千里来时，他们换了张空桌说话。

"这家炒粉铺开得晚，警察值夜班常来。三年前查出个警察是共产党，这事好几个人都记得。他们说，打死的共党警察，隔壁香烟铺的黎叔肯定认识，那人常到他铺子里买烟。"

两人离开炒粉铺，到附近转了一圈，又回到这里，悄悄进了那间香烟铺。一个老头坐在铺子里，梁士超进门就喊他："黎叔。"老头点点头。

柜台里五颜六色，梁士超看了半天，挑了两包"三炮台"，一包塞进口袋，另一包递给陈千里。柜台上放着纸包，后面的架子上是罐装烟。陈千里忽然看见高处的角落里，孤零零放着两只绿罐头，心里一动。

他对黎叔说："你这里倒有'茄力克'。"

梁士超正想用本地话翻译一遍，不料黎叔却听懂了。

"没人买，你想要，半价卖给你。"

"好。"陈千里摸出一块银元递给老头。

罐头上面全是灰，陈千里在柜台上找了块抹布，慢慢擦。

"没人买，放在这里三年多了。"

"没人买为什么要进货？"

"那时候有人买。买它的人死了。"

擦掉灰尘，罐头上露出狮身人面像。这是高级香烟，用大轮船从英国运过来的,一罐就要一块大洋。在这么一间小铺子里,光顾的客人就算花得起这个钱,也未必舍得花。

"我知道他是谁,"他对黎叔说,"他是个警察,也是个共党。"

黎叔狐疑地看了看他,想到两罐香烟放了三年,总算卖了出去,心情又觉得十分轻快,问陈千里:"你认识他?你也是共产党?"

陈千里哈哈大笑:"我,《民国日报》记者。你这香烟从哪里进货?"

"卢警官,官不大,抽烟却只认它。这么些年,到我店里来买茄力克的,只有他一个。他让我找这个烟,全广州只有沙面洋行有货。我每个月进几罐,全卖给他了。"

"这两罐为什么没来拿?"

"他端午节下午来买,店里没存货。我让他第二天来拿。第二天,人没来。过了两天,报纸上说他死了。"

"端午节?黎叔你记错了吧?"

"怎么会记错?就是端午,他来的时候,我正给店铺门上贴午时符。我女儿前一天晚上提着粽子猪肉回娘家,家里大人领着小孩子跑到珠江边,洗洗龙舟水。家里忙,跑不开,只能第二天上午去进货。卢警官从对面过来,春风满面,身旁还挽着小凤凰。他说好第二天来拿。"

民国十八年,端午节是六月十一日,《广州民国日报》十三号发消息,说九号晚上,潜伏在公安局内的共党分子卢忠德被枪杀。可到了十一号端午节,这个黎叔却看见卢忠德活生生站在他面前，从公安局出来，好像遇见了什么好事。

如果公布被打死的人没死，那就一定有另外一个人死了，却没有公布。这个人，陈千里猜测很可能就是龙冬，据说他从军警抓捕现场逃脱，此后再也没有出现。虽然在这一点上，他可能永远也无法获得确切的证据。除非叶桃再生，从叶启年最秘密的保险柜里拿到有关这个阴谋的记录。

从另一面看，如果敌人声称卢忠德是共产党，并且击毙了他，后来有人却看到卢忠德还活着，照常出现在他平时出没的地方，那敌人为什么要说谎，这就耐人寻味了。

老方牺牲前曾告诉陈千里，民国十八年七月，组织上为加强上海地下党的情报工作，把易君年从广州调到上海。恰好是在广州的卢忠德宣布死亡后的一个月内。易君年是秘密工作使用的化名，他在广州并不使用这个名字，在龙华看守所里，他曾对关在一起的同志们这样说过。

把易君年调到上海前，上级把联络方式、暗号和这个化名交给他，让他到上海与地下党负责人老方接头。至于在广州时他使用什么名字，他没有跟任何人说起，当然他不能说，事关工作纪律。泄露从前的名字，可能会危及那些仍在原系统工作的同志。

不过他喜欢抽烟，只抽一种牌子，茄力克。广州也有一个人喜欢抽这种香烟。陈千里想，一个人出于某种目的，可以把自己变成另外一个人。有些人像变色龙，随时可以变换身份、立场、外形、语调，甚至个性。他可以在不同角色间来回变换，就像穿上或者脱下一件衣服。即便如此，他们却往往保持着一两种根深蒂固的习惯,也许出于狂妄自大,或者——-也许在内心深处,一个人总想抓住一点什么东西,证明自己是自己。

当然,他不能仅凭直觉就作出判断,也不能单靠一罐香烟。如果他有易君年的照片就好了,那样他就可以让黎叔辨认一下,这个人是不是当年那位卢警官。

陈千里打开绿罐头,拍拍罐底,抽出香烟递给黎叔和梁士超,自己也点上一支。

"卢警官身边站着小凤凰?"

"群芳艳班里的包头,女花旦。这女人,妖媚啊——"黎叔把那支茄力克放进柜台后的一只木匣里,"我早说过卢警官遇见她,就是花旦见小生——夫呀。"

梁士超告诉陈千里,戏台上广府白话,夫、苦同音。黎叔点点头继续说:"之后他果然难逃一死,那时候两个人卿卿我我,岂知后来的结果。"

"那么这个小凤凰,现在还在唱戏?"

"在乐华。正印花旦,台柱。"

后 台

乐华不远,维新路朝南到西湖路,向东一转,再走到下一个街口,就看见骑楼下面戏院的大招牌。当晚戏单上果然有小凤凰,是《十美绕宣王》之"背解红罗"一本,小凤凰演的正是苏金定。

等到天黑,陈千里和梁士超买了票子,提前进了戏院。还没到开戏时间,中间的桌位都空着,两侧坐席倒来了不少人。他们早就换了衣装,这时一个长袍马褂,一个浅色洋装,一副洋行买办形貌。两人并不立即入座,从廊柱后面走到台下,陈千里示意梁士超在外面等着,自己推开角门走了进去。

后台门前坐着杂役,正要问,陈千里摸出一块银元塞进对方手里,直截了当说一句:"去看看小凤凰。"

戏院后台常有豪客进来，指明想见某位某位，戏院中人不以为异。那人收了银钱，不曾想戏未开演，已收了红包，心里十分欢喜，告诉陈千里："小凤凰在楼上。"

上楼梯就有一股脂粉味。群芳艳是女班，后台莺莺燕燕。上面一条楼道，两个人并肩嫌挤，两侧房门半掩，里面传出喊喊喳喳说话的声音。陈千里站在楼道中间，轻松地大声说："我找小凤凰。"

"谁找我？"

一扇房门从里面打开，勒眉贴片，只上了片子石，未戴凤饰，身上已穿了金红广绣戏服。烟铺黎叔说她鬼火咁靓，这会儿却看不出来。

陈千里走了过去，笑着说："我。"

进了门，他又说："鄙姓陈。"

小凤凰疑惑地看着他，进后台的客人，一定常常来戏院，她在戏台上早就看熟了。来人身材高大，目睛闪闪，浑不似平日所见那些膏粱纨绔，心中不由一顿。

"还没看戏，陈生就想来看人了。"她也笑着回了一句。

陈千里拿出银烟盒，弹开盒盖，自己拿了一支，又将烟盒递到小凤凰面前。小凤凰伸手拿烟，忽然发现香烟是茄力克，愣了一下。

"我替一个朋友来看看你。"

小凤凰警惕地看了他一眼。客人并没有跟她调笑，像通常那些花钱买通杂役闯进后台的人那样。那些人一般都在戏演完了才进来。少数人也会在幕间、趁台上没她戏份时进来探望她，表示只有她的戏才有兴趣看。

开演前就进来，这些年只有一个人会这么做。

因为这个时候那些达官贵人还在酒席上，或者刚刚离开，他们总是在戏演了好久以后才姗姗来迟，大喇喇坐进戏院中间的桌位，送茶递毛巾，好一阵热闹。

"我的朋友，他叫卢忠德，是公安局警官。"

"他死了。"她转身望着化妆镜中的自己，回答得很快。

"他当然没有死。而且我知道，你也知道他还活着。"陈千里也接得很快，句子像绕口令，但他说话的口气很温和。

"你见过他？"她狐疑地问。

"我刚从上海坐船来。"

这下她来了兴趣。不过仍旧没说话，防备着来人。

"他现在姓易。"陈千里冒险试了一下。虽然上了妆，眉梢眼角也吊高了，但仍然能看见小凤凰眼神闪烁了一下。果然她知道那个人现在姓易。

"你是谁？你和他是什么关系？"小凤凰幽幽地问道。

"我和他是同事，在南京。你听说过叶老师吗？"陈千里跟随自己的直觉，试探道。

她放松了一些。也许他们威胁过她，也许——他们甚至想过要杀掉她，也许他们最终放她一条生路。后面那种情况，她自己听说了吗？

"现在他出了点问题，说有些情况可以来广州问你。"陈千里开始故弄玄虚，也许太玄虚了，他发现小凤凰又开始沉默不语。

有人推开门,是先前坐在后台入口处的那个杂役,一手提着大花篮,另一只手上银光闪烁,是一块盾牌,跟梳妆台上那面镜子差不多大。这两年北平上海捧戏子送银盾的花样也传到了广州。纯银打造的盾牌,大小就要看手面了。这块银盾可不小。

"伍大少送的花篮和银盾。"

"放到戏台上去。"小凤凰没什么兴趣,杂役出门后,她转向陈千里,"两个月不见影子,这时候又来送什么篮子牌子。"

"小凤凰红遍广府,外埠来的人,到了此地亦会有所耳闻。"

"陈生讲笑。"她像在台上念白,片刻停顿,神情转似黯然,"今时不同往日,看戏不如看电影。台下一声叫好,戏台也要晃两下,而今那般光景早就烟消云散。外人看着热闹,我们冷暖自知。台口金牌银盾、繁花似锦,都系过眼云烟。好似他那一走,事事都露了败相。"

陈千里印证了自己的直觉,他大胆猜测了一下:"答应你半年就可以回来找你,却一直没有出现。"他小声说了半句话,没头没尾。

他推测叶启年起初并没有一个长期潜伏计划,他只是在广州得手了一次,还想到上海再来一次。派遣特务冒名顶替潜入上海地下党组织,设法再多破获一两个共党机关,多抓一些共党分子。可能是到了后来,叶启年才慢慢意识到,在广州,地下党原计划派往上海的人很可能无人知晓。组织系统被破坏，这些任务原本就是单线联络，有些人牺牲，有些人叛变，再也没有了解情况的当事人。

调派计划在广州地下党组织被破坏前就布置了，上海的地下党组织并没有意识到派来的人被悄悄调包，换了一个人，他们也无法甄别，可能永远也无法甄别。于是，这名特务的潜伏时间延长了，他原以为只要再坚持几个月，就可以脱下面具。他很可能对面前这个女人许诺，半年以后他就可以回来，他们俩从此就可以过上好日子。

陈千里猜对了。

"他开始说三个月，"小凤凰脱口而出，"离开前又说最多半年。现在过了整整三年。他到底在上海做什么？不能写信，不能发电报，不能告诉别人他还活着。但是只要三个月，最多半年。"

"你知道他是什么人？"

"我不知道，我从来就不知道他在做什么。他后来说，最早在先施的天台游乐场就迷上了我，后来散班组班，我转到乐华，他追过来听戏，天天坐在角落里。在乐华，我才慢慢注意到他。通常穿着便衣，偶尔也会穿警服。我喜欢他穿制服，很神气。不像别人，他看戏就拿那双眼睛盯着我，看得人心里发颤。"

走廊里阵阵错杂的脚步声，外面传来宣王醉酒时的唱段：

> 这昭阳，貌似粉莲出水，艳赛月里仙娘，可惜她不晓

风情,似块木头一样,若论风骚娇滴……

小凤凰好像忽然开了闸,心里憋了多年的话终于可以一吐为快。原先她以为只要等他几个月,虽然有些勉强,她终究还是答应了他。可他从此消失了,好像把她忘记了。忘了也好,她以为自己也可以忘了,但是她却忘不了,就像她在戏里扮演的一些女人,越是见不到的人,越是忘不了。

"过了几个月他突然来后台。我一直都在想,他什么时候才会进来呢?但就算来了他也不说话,就坐在你这个椅子上,不像你,他把椅子拉得更近一些,靠梳妆台近一些——"

陈千里挪了挪椅子。

"对,差不多就是那里,他不说话,只会抽烟,抽你这种香烟。他在公安局做事,离这里不远,所以每天都能来。下午来,先到后台看我,接着去听戏,听完戏又来。他这个人心思多,从来不跟你说。我一直都不明白他到底在做什么,明明在公安局做事,下了班,一个人悄悄跑去听共产党演讲,参加什么讲习班。"

小凤凰看了看陈千里,他垂着眼睛,安安静静地听着,像个懂戏的听众,在听一段低徊婉转的唱段。她想着也许将来会有什么人把她的身世拿到戏台上唱一唱吧?

"但是他到底站在哪一边,我也分不清。有天晚上我看到桌上有一封写到一半的信,信里说要代表工农群众枪毙收信的人,因为他无耻专断,倒行逆施。信封上写着黄埔军校。过了几天,我半夜里从戏院回家,看见他在后屋铺了一地,连根带泥把花拔出来,把炸弹埋到花盆底下。"

小凤凰见这位陈生听得入神,回身对着镜子整了整额头上的贴片:"我吓得要命,他笑着对我说,不会炸,吓唬吓唬他。我问他吓唬谁,他不告诉我。我问他是不是共产党,是不是共产党要暗杀谁,他说你放心,我绝对不会是个共产党。我只是假装共产党去吓唬一个人,让他变得仇恨共产党。过了一两个月,有一天忽然谣传说什么中山舰要叛变,要开到珠江上朝广州开炮。他回来特别开心,那天晚上对我特别好。"

小凤凰停了片刻,垂头望着手里刚点燃的香烟,因为上了妆,脸上看不出表情。

"一直到报纸上登出来,说他是共产党,说他被枪毙了。我也还弄不清他究竟是不是共产党。在那之前,整整一个星期他都很紧张,好像在做一件什么事情,担心出什么纰漏。那个时候我们住在一起两年多了。

"之前,那个叶老师从南京来找他。他坐飞机来。大沙头机场。那段时间叶老师每次来广州找他,都是坐飞机,来去匆匆。他是大人物,我可没见过几个整天坐飞机的人。

"叶老师回去以后,他坐在床上抽烟,对我说,这下终于可以水落石出了。那天晚上下大雨,我也不用去戏院。晚上冲了凉,他开了一瓶洋人的酒。他说忙完了,事情都了结了,就等立功领奖了。"

陈千里没说话,也没做任何动作。群芳艳班的正印花旦,全广州无人不知、无人不晓的名伶小凤凰,此刻面带一丝微笑,她入戏了,她想起那些希望和快乐,虽然它们早已烟消云散。

"可就在那个时候,有个姓龙的打来电话,我知道那个人,偶尔会打电话来找他,如果他不在,就会说让他去老地方。后来报纸上一登,才知道他是共产党,他们说的老地方,大概就是濠弦街。他在电话里对那个姓龙的说,找了他两天了,有要紧事情告诉他。他说,你看到字条了?我想他多半是在什么地方给姓龙的放了字条,说要找他——"

陈千里心想,她确实生来该吃唱戏这碗饭,每一个细节她都不会忘记。

"一开始他不想在电话里说,可到最后他还是说了。他告诉那个姓龙的,有个叫欧阳什么的人有危险,公安局要抓他,要找人去通知他,但他自己不能去,因为那个欧阳并不认识他。姓龙的可能在电话里想了一会儿,他们俩停了一阵,谁都没说话。然后那个姓龙的又开始说话了,大概他决定自己去,他们俩就在电话里面争了起来。他对姓龙的说,既然你已经离开,这件事情你就不要去了。但是最后他拗不过对方,同意让姓龙的去那个老地方。

"但他放下电话对我说,他也去。我倒有些不愿意,不是说好了让姓龙的去吗?他说他不放心。那天晚上他很晚才回家,我都睡着了。他头发湿漉漉地钻进被子,脸色苍白,说是差点被人打死。一整夜,翻来覆去。"

小凤凰忽然停了下来,她避开来人的目光,半是自言自语地说道:"我为什么要跟你说这些?"

陈千里明白了,当时龙冬确实已经准备撤离,但卢忠德用欧阳民作诱饵,把他骗去了濠弦街。陈千里抬头看了看小凤凰,她一点也不在乎伍大少,她心里惦记着卢警官。他不仅很神气,还答应她顶多半年就会回来,以后再也不分开。她只是完全不懂他为什么过了三年仍然没回来。

这时,有人轻叩房门,班主推门走了进来,朝小凤凰和陈千里分别拱了拱手,赔着笑脸:"老倌何时开台?几位长官已经落座。"

"等着!"小凤凰厉声道。大戏名角从不按时上台,班主早就习惯了,挠挠头,退了出去。

小凤凰平复下情绪,望着陈千里。

"第二天早上他好多了。喝了粥,说他立了大功,好日子来了。他开心了两天,每天都给我买这个买那个。他一直都很有钱,比别的警官都有钱。端午节那天他送了一副翡翠头面,说戏台上红红绿绿才好看。但是端午节过后他就说他要走,离开广州一段时间。不能写信,也不会给我发电报。临走那天,我看到了报纸上的消息,吓了一跳,连忙回家来找他。他又改口说,最多半年,不会再多了。报纸上的消息是假的,如果大家都信了那消息,他就安全了。

"晚上我给他收拾箱子,看到了旅行社舱单,上面写的名字不是他,姓易。我又问他,他就吓唬我说,绝不能告诉别人他还活着。现在他死了,他要死半年,半年以后他就又能活过来,回到广州,我们就再也不分开了。但是在那之前,我不能跟任何人说我的事情,不然不仅他有危险,我自己也有危险。他吓唬我说,有人因为我知道他还活着,就打算杀了我,是他把他们拦住了。

"每年五月散班,端午节后派了定银,我手里有点钱,怕他出门不够花,全给了他。"小凤凰定下神来,似乎说完了想说的话。

卢忠德一走,她必是惶惶不可终日了好长一段时间,等发现并没有人来把她怎么样,才慢慢放下心来,觉得自己应该不会有危险了,安全了。然后,又开始念起卢忠德的好处……

陈千里起身告辞,刚迈出门,小凤凰在身后忽然说:"陈生,如果你见到他,替我带句话。"

陈千里点点头。

"胭脂用尽。"小凤凰关上了门。

陈千里和梁士超没有坐到桌位上,但也没有急匆匆离开戏院。他们站在后排左侧一根柱子后面,朝戏台上看了一会儿。

戏台上的君王放肆地盯视着苏金定,她背过身,含羞解开蛮王进贡的红罗袱,满朝文武都解不开的难题,她给解了。

角 里

青浦县多年来都想修一条直通上海市区的公路,几年前终于开始动工,但直到现在也只铺成了土路,造了几座木桥。崔文泰不知道为什么要把车开到这地方,他走投无路了。

年初一上午在银行门口,凌汶刚把皮箱放进轿车后座,他就觉得一阵头脑发热。有那么一瞬间,他好像闻到了金条的气味。他说不清那到底是什么气味,只觉得心怦怦跳,太阳穴好像要炸开,周围马路上那些人和车都变成了漂浮的影子,回想起来就像是在做梦。可是自己做的一连串动作他倒记得清清楚楚,踩离合器、推动变速杆、松开离合器、松开刹车、踩油门、转动方向盘,问题是做那些动作完全没有通过他自己的脑子,就连后来猛踩油门、把车从侦缉队特务面前一下冲过去的动作,也好像完全不是他自己做的。

他一路咒骂那些过马路的行人、黄包车、对面开来的车、在他前面的车,连站在路边的人他也不放过。他倒是记得去加油,但巧不巧,他刚加完油,就看见自家车行的老板从马路对面奔过来。他想起车子从昨天开出来以后,就一直没回车行,连电话也忘了打一个,心里一惊,这才发现自己稀里糊涂把车子开到锦记车行附近的加油站了。他连忙上车,油门一加就跑,全不顾车子后面、站在马路中间叉开双臂又叫又跳脚的秃顶胖子。

他在路上开了半天,脑子才慢慢清醒了一点。他心里有数,这一把他赌大了。他崔文泰何德何能,竟敢同时开罪国共两党。他想唯一能救自己的就是后座上皮箱里的那五根大金条了。到这个时候,他又不敢停下车,去打开皮箱看看。倒也不是担心路上遭人抢,那种心情有点类似于近乡情怯,因为他做梦都想要挣一笔大钱,而皮箱里那几根金条,就是他这辈子见到过的最大的一笔钱了。他虽然不敢立刻打开皮箱看金条,却停车在报童手里买了一份报纸,查到当日标金的报价,心里不禁大喜。

他想趁着天黑去找小五子,有了这笔钱,他心里就有底了。叶启年真要对他穷追不放,他就离开上海。他开车是一把好手,到哪儿都能找到饭碗,这倒真应当感谢老方。有时候想起老方,他心里也不是一点愧疚都没有,但他真没想要害他送命,他只是告诉人家,老方很可能去了剃头铺。那天,他把老方送到北四川路,看着他下车后钻进了弄堂,立刻猜到了他打算去哪里。他没想要害他送命，最后这个结果不全是他造成的，虽然想起这些心里总是有点不舒服。

但他现在有了五根金条，可以兑换几千大洋，说不定自己也可以做老板，在什么地方开一家车行，他可以去新开的"满洲国"，到了那里，叶启年总归鞭长莫及了吧？

他没敢进小五子家的弄堂。车子在马路对面停下，他望了几分钟，最后决定离开。他看到两个人，天这么冷，他们站在弄堂口做什么？他们知道小五子吗？知道她家在哪儿吗？这些事情他都没法确定。可这会儿他要是进了她家的门，小五子那几个姐姐会给他什么脸色看，对这一点他倒十分确定。他想了想，开车走了。

但他没地方去。他一路向西开到苏州河边，穿过一大片农田，天上开始落雪，车子在田间小路上颠簸了很久，又转上了白利南路。他不能回头，也不能停下来。他猜想到这个时候，上海每个警察署都拿到了他的照片，他不仅是个共党要犯，还会被当成金条抢劫犯通缉。中共地下组织不仅不会庇护他，他们也要找到他这个出卖了同志的叛徒。

除了车灯照亮的一小段前路，四周一片漆黑。崔文泰穿过华伦路，路已快到尽头，往前全是荒田野地。他只得转入罗别根路，沿着小河向南行驶，上了虹桥路。前面隐约有一些亮光，等他把车开到那里才知道是机场，灯光下雪花飞舞，几个军警站在岗亭外面，惊异地盯着这辆车看。他心慌意乱，猛转方向盘，车子转上了机场大门左侧一条土路，他不管三七二十一，猛踩油门，车轮在土坑和石头间蹦跳，一头扎进黑夜里。

土路似乎漫无尽头,路上有很多板桥。天快亮时他才发现,那是一条正在建造的公路,刚刚铺完泥土路基。

他不知道那是珠沪县道,也不知道自己把车开进了淀山湖区。他从来没有来过这个地方。凌晨时他开车路过一个村庄,路边石碑上刻写着"崧泽"两个字,这个地名他同样不了解。但是车子越来越难开了,有很多小河汊,还有大片荒滩,长满干枯的芦苇。再往前路就断了,他不得不停下车,在驾驶座上坐了一会儿,又摸出香烟抽了几口,然后到后座上打开皮箱,往里一看,感觉自己眼前一黑……

几个小时后他才回过神,又发动汽车,把车慢慢开进芦苇深处,在湖边停了下来。幸亏天气寒冷,虽然刚下过雪,但滩泥冻得结结实实,车轮没有陷进沼泽里。他步行走出荒滩,四面全无人烟。

崔文泰六神无主,在淀山湖区晃了十来天。先是在朱家角镇上找了个小客栈,住了两天就开始心慌。这里靠近青浦县城,说不定马上就会有通缉告示贴到街上。于是他坐小船去了湖西,跑到一个名叫"商榻"的小镇上。从前行商于苏州松江两府,都走水路,两天行程,晚上便在这里歇脚。商榻的意思就是商贩下榻的地方。镇上有不少客栈,每天只要花二角洋钱,晚上还能吃一碗稻草扎肉,喝两口绍兴老酒。这里四面环湖,让崔文泰觉得十分安全。但他住了不到一个星期,发现自己没钱了。那天晚上,他把剩下的那点钱换成扎肉和酒,醉倒在客栈的八仙桌上。

天亮后他就坐船离开商榻。他决定悄悄回上海。他还有一辆汽车，道奇。他可以把车卖了。这件事情他早就动过脑筋。刚进锦记车行当司机，他就四处打听，想知道有没有可能偷偷卖掉汽车，赚上一大笔钱。这样一辆旧车，值两三千大洋。就算拆了卖零件发动机，他也能拿到千儿八百。有了这笔钱，他一样可以跑到一个天高皇帝远的地方，过上好日子。

他打算在小五子家门外找个地方等她，让她给自己找个地方躲几天。这样他就能从容地卖掉汽车，然后远走高飞。如果她愿意，她可以跟自己一起走，如果她不愿意，那也行，他可以安顿好了再回来找她，或者另找一个女人。他的人生起起落落，见过偌大世面，他相信有朝一日，自己肯定能再一次咸鱼翻身。今天是正月十二，他要记住这一天，这是他崔文泰重整旗鼓的第一天。

午后，他下了渡船。没到正月十五，小镇上的人仍在过年，街上没几个人，只少数几家商铺开着门。他没打算在镇上耽搁，直奔湖边那片芦苇荡。他找到了汽车，把一桶备用的汽油灌进油箱，暗暗表扬自己有先见之明，那日加油时就多买了两桶放在车上。有了这点油，他估计不仅能把车开回上海，还能把车开到买家手上。

他不敢在芦苇荡里掉头，拉了倒车挡，慢慢把车退出湖滩，开上了土路。阳光照在芦苇丛上，渐渐化冻的泥土表面露出许多孔洞，远处湖面上方有鸟群盘旋，崔文泰觉得心情很好。这几天他看了报纸，知道这条正在修筑的公路叫作珠沪县道，一头是青浦县城，另一头是虹桥路飞机场。这一回，他决定好好看看飞机，现在他坐在汽车里，惶惶如丧家之犬，可是说不定哪一天，他崔文泰也能坐上飞机，从天上往下看看这个世界。

但他没时间再做梦了，土路前方出现两辆黑色汽车，他一眼就认出是淞沪警备司令部的车子。他连忙倒车，拼命向芦苇荡中退去。但背后是淀山湖，他退无可退。

游天啸一脚高一脚低，原打算跟这"西施"说几句笑话，可走到他面前时，心里已有些生气。

他冷笑道："你可真能逃，跑到角里来了。这么冷的天，你来摸鱼捉虾？"

角里是朱家角本地人的说法，游天啸无论说什么，都喜欢让自己显得很内行。

崔文泰被人拖下车，按在芦苇荡的泥地里，喘了好一会儿才稍稍镇定，带着哭腔说："哪有什么鱼虾？躲在这里十来天都没看见一粒虾米。每天都吓得睡不着觉，就怕被共产党抓去枪毙。看到游队长才松了一口气。游队长，地下党要抓我，我还可以为你们效劳。"

"现在可不单单是共产党要抓你，兄弟国民党，也是奉命要来抓你。国共两党都要抓你，你这一把玩得可真不小。也难怪，谁让你是特工总部赫赫有名的'西施'。"

游天啸这一次带来的人，全是自己的亲信，都知道游队长不仅是警备司令部的侦缉队长，也是南京特工总部驻上海的站长。

听到游天啸提起"西施",崔文泰又有些定心:"游队长,请你带着我去见叶主任,我有话跟他说。"

有人从崔文泰那辆车的后座上取下皮箱,放到泥地上。

"皮箱里只有旧报纸和几块秤砣。"崔文泰连忙解释。

那天他在后座上打开皮箱,只见里面塞满旧报纸,裹着几块铁秤砣,秤砣上沾着煤灰,多半是从煤栈磅秤上顺手拿来的。他没敢扔掉皮箱,可能觉得自己早晚会被人抓住,他没有拿到金条,如果再把皮箱扔掉,这件事情就更说不清了。

他猜想自己是被骗了,上了陈千里的当。他在车上想,很可能陈千里就是想让他用皮箱引开特务们,他简直太奸猾了,竟然欺骗自己的同志。有那么一个片刻,他甚至异想天开,认为如果他把特务引开,那仍旧算是立了功,陈千里未必发现他们被他出卖了,他还可以回去找他们。可是后来连他自己也觉得,这是把别人想成跟自己一样的傻瓜了。

皮箱里果然只有报纸和秤砣。旧报纸卷成纸团,把皮箱塞了个满满当当。

"你把金条放哪儿了?"游天啸厉声说。

"游队长,皮箱里没有金条。我一动都没敢动。"

"你把皮箱从天津路拉到这儿,还敢说一动都不敢动?"游天啸心里其实没怎么生气。叶启年并不在乎金条,他自己也不在乎。他们是真心要抓共产党,好好一个局让这家伙给搅了。还号称什么"西施",特工总部最宝贵的潜伏特务。他心里早就对这个家伙怀有嫉恨,叶老师最喜欢的"西施",

总部布置的一切工作都围着他转，这些天来上海站都为他一个人服务了。

很好，叶老师说了，悄悄把他处理掉。他明白叶老师的心情，最钟爱的下属变成了这种宝货，卷了几根金条就逃了，说出去有多丢脸。总部有一些人一直对叶老师心怀不满。把这家伙杀掉，游天啸觉得自己至少能得到双重快感，也许还不止。

"游队长，让我见一见叶主任，我有话对他说。"崔文泰有点心慌，朝着游天啸叫喊。

叶启年并不想听他说话，游天啸倒有个问题想问他："跟我说实话吧，那天你拉着几只秤砣跑什么？你为什么突然想起来逃跑？"

"我要早知道是秤砣——那天我真的是鬼迷心窍，他们把皮箱放到车上，我好像突然闻到了金条的气味。"

他说了实话，游天啸却笑了起来。他一字一顿地说：

"金条的气味，就是一个人沉到淀山湖底会闻到的气味。"

崔文泰吓得腿都软了，他跪在地上，朝游天啸伸出手，声嘶力竭地喊道："我有话要对叶主任说。"

游天啸笑着说："叶主任不想听你说话，我倒是可以听你说三句话，你说吧，三句话。"

崔文泰愣了一下，连忙接着说："金条多半还在银行……"

游天啸挥了挥手，侦缉队两名壮汉上前，用绳子把崔文泰五花大绑起来，然后想把他塞进汽车后座沉湖。

游天啸制止了手下："用汽车给他陪葬便宜他了。侦缉队充公了。"

远处镇上传来一阵鞭炮声,夹杂着崔文泰不断的喊叫:

"游队长,你说要听我说三句话……游队长,你不能不讲信用……"

当天晚上八点左右,游天啸回到市区。他直接去了北站附近的正元旅社,在那里见到了叶启年。这里表面上是一家旅社,实际是特工总部花钱营造的产业,特工总部下属上海站机关就在旅社顶层,楼下客房招待的客人也多是总部来沪人员。如若有散客不知底细的上柜台要求入住,多半会被告知客满,少数形迹可疑者,甚至会被拉到后面详查身份。

叶启年并不十分关心崔文泰的下场。听游天啸说到秤砣,叶启年倒说了一句:"这个陈千里,把煤栈里的秤砣拿了,让人家怎么做生意?"

"老师,我一直在想,这金条会不会还在银行?"

"我让人到银行查了。年初一上午,就在你带着人到天津路的前一刻钟,有人假扮富商进入银行,新开了一只保管箱。这个人进入保管库存放物品,时间长达一个小时。也就是说,那个林石进去时,保管库里有两个人。陈千里使用了调包计,崔文泰那么一闹,我们的注意力被搅乱了,没有想到东西可能还在银行。

"当天下午,那个人第二次来到银行,声称上午只存放了一部分,要求再为他开一次保管库。虽然那只保管箱仍在租用,我想东西已经被他拿走了。这个人,你猜猜看是不是陈千里？当然，肯定就是他。我估计崔文泰那一出，完全是出乎意料，陈千里没那么大本事，可以说服崔文泰帮他搅局。要不是崔文泰来那么一出，那天他把皮箱送来一看，我就能猜到有人在保管库调包。陈千里想出了一个糟糕的主意，却碰上了一点好运气。不过下一回，他就未必能再这么走运了。"

"不过现在没有了'西施'……"

"这不是你要关心的事情。"叶启年说道，"陈千里明天坐贵生轮回到上海，中午十二点左右船会靠上公和祥码头。地下党方面，会有易君年去接应他。你带着人过去，躲在车里不要暴露，在码头公司房顶上面我另外安排了枪手。他如果不开枪，你不要做任何动作，他如果开枪，你们马上出去，放走易君年，不管是死是活，把陈千里带到我这里。"

"那个易君年，不用一起抓回来吗？"

叶启年想了一会儿："让他再多活几天。"

贵生轮

贵生轮是怡和公司的新船,去年刚从英国格拉斯哥造船厂下水。这艘船航速每小时可达十六海里,从广州到上海只要六十个小时,两天半。这条航线上它跑得最快。今天是正月十三,轮船已在大海上航行了五十多个小时。

那天中午,老肖醒来的第一句话就是:今天是正月初几?

是正月初十。他松了一口气,以为自己昏睡了很久。

"凌汶同志到底怎么了?"

他还不十分清醒,眼神有些迷茫,喘息中似乎尽力想要想起点什么。

"她失踪了,"陈千里轻声说,"就在那天。你让她第二天到交通站，是有什么话要对她说？"

老肖又闭上了眼睛，嘴角痛苦地扭曲着，过了一会儿，他长长地嘘了一口气："林石没来，她也没来。这事情太重要了，就算牺牲了，也要在牺牲前办好。"

陈千里知道，他们没有太多时间，他必须迅速了解全部情况。他朝莫少球使了个眼神，莫少球站起身，掀开门帘走了出去。

棚屋里，陈千里小声地说出了一段暗语，他先前与林石接头时使用过，那是少山同志亲自设计的暗语。

如他所料，老肖知道这段暗语。在他说完最后那一句的瞬间，老肖眼神一亮，困难地转过头，深深地看了他一眼。

老肖说自己受少山同志委托，要向林石当面传达一条口信，口信内容包含一则广告，广告必须刊登在正月十四那一天的报纸上。除了日报，若有意外，当天下午的晚报上也要刊登一次。他一字不差地把广告词背了两遍，告诉陈千里，广告实际上是接头信号，对方是浩瀚同志。广告后面要附上一个电话号码，浩瀚同志看到广告后，就会拨打那个电话，接电话的人要把接头地点和时间通知浩瀚，接头以后立即掩护他撤离上海。

目前，浩瀚同志已迅速转入地下，切断一切工作关系。在最后一次与瑞金通电后，他就转移隐蔽，任何人都无法再次与他联络，只等报纸上出现事先约定的接头信号。

但是，老肖到广州后面临的一系列变故，使他最终把这个任务委托给了易君年。

事实上，正是在那一刻，陈千里意识到易君年可能有问题。在他头脑中的某个角落，存放着一件往事，一个他愿意用自己所有的一切去解开的谜，一个问题的答案。为了弄清这个答案，叶桃付出了生命。

老肖竭尽全力保持清醒，这段话说得断断续续，说几句，停下来喘几口气，又重新开始，在一些关键细节上，他生怕自己晕头说错，反复说了好几遍。陈千里则十分安静，从头到尾没有发出一点声音，既没有催促，也没有提问。他知道以老肖目前的情形，要把这些话讲完，一定使用了巨大的意志力。

后来陈千里与梁士超去了濠弦街，在维新北路打听到一些情况，又去了乐华戏院。从戏院出来他们回到交通站，莫少球整个下午都在设法弄两张最快的船票。拿到船票后，他们连夜上船。轮船半夜十二点启航。

二等双人间在甲板上方，船舱里上下铺，梁士超正在闷头睡觉。他虽然是广东人，老家却在粤北山区，是个旱鸭子，夜里风浪大，他爬到上铺后就晕乎乎睡着了。

让梁士超和凌汶到广州，是林石的主意，但当时陈千里心里隐隐有一种感觉，让易君年和凌汶一起走一趟，有可能揭开一个在他心中萦绕多年的谜题。当年，叶桃就是为了寻找那个答案，最终倒在敌人枪下。那个时候他还没有真正参加工作，还不太了解共产主义，不懂秘密工作的复杂性。他也不懂，为什么传递一句话有那么重要，值得为之付出生命。

那年她才二十三岁。他记得很清楚,正是在她过生日那天——正月十五,他到了南京。分别将近一年,他又见到了她,还有她父亲、他的老师叶启年。

在叶启年仍然是大学教授、无政府主义者、世界语学者的岁月里,陈千里像很多年轻人一样,曾经认为大部分让人困惑的问题,叶老师那儿都有答案。学生之间的议论,渐渐变成一个传说,关于新闸路上叶老师的那幢房子,关于里面有一个秘密组织。那是火热的、革命的二十年代,每个年轻人都意气风发,急于参加某个组织。

只有少数同学有幸被选中,得以进入那里。那是叶老师的家,楼上住人,楼下用来会客,学会和杂志社也在楼下。后来陈千里把学校走廊里的传说告诉叶老师,叶启年笑着说,神秘感也是一种有用的武器。有一阵他每天都要去新闸路,坐在长桌旁听大家高谈阔论,帮杂志社做些杂活,到各处去送信、分发文件,他甚至运送过炸药(虽然那些无政府主义炸弹并没有在什么地方爆炸)。

过了很久他才第一次见到叶桃。那是个炎热的下午,街上贴着标语,到处都在罢工罢市。她坐在底楼客堂间,他一开始弄错了,把她当成学会里的什么人,后来才知道她是叶老师的女儿,之前从未现身,是因为她在北京女子师范大学读书,那年夏天,学校被段祺瑞政府封闭,学生强制解散,所以她回了上海。

叶启年一直猜错了,无论从什么角度看,都不是陈千里把叶桃引上了那条反对父亲的道路。实际情况恰恰相反,叶桃才是陈千里的引路人。是叶桃告诉他,她父亲的虚无主义背后,躲着一个投机分子、野心家。

有一天,叶启年把他叫到书房,郑重其事地对他说,以后你不要随便去叶桃的房间。正是在这种情况下,某种迷人的混沌状态终于消散了,就像一阵风吹过,就像阳光融化玻璃上的雾霜,他和叶桃,两个人完全看清楚了对方的心思。

随后,再一次出乎他的意料,叶桃去了南京,那时候他还不明白,为什么她那么不喜欢叶启年做的事情,却让自己加入进去。很久以后他才知道,叶桃去的地方是国民党党务调查科,在她父亲的安排下,她成了机要室干事。当然,那时候他还没有意识到,她去南京,正是因为就在那几年里,叶启年变成了另外一个人。那些年很多人都变成了另外一种人。

当时他反复问过自己:难道兆丰花园、夕阳、早春的湖水、水面上一对天鹅,这些都是他在做梦?难道他们手握着手、心怦怦跳时说的话,都只是分别前一时的冲动?他一直都很清楚,在他们两个人当中,叶桃总是先离去的那一个。自从在叶老师家初次遇见她,她就一直在离开他。

新闻路楼上的厢房,他坐在窗下,她坐在梳妆台前,他们在说话,他看见两个她,一个在面前,一个在镜子里。他完全沉浸在话题中,可说着说着,她忽然站起身,急匆匆奔出了家门。他听她说起《上尉的女儿》,也去找来那本小说,读完了才找她讨论,她却说,她现在不怎么喜欢那个故事了。他们一起去听课，他才刚刚弄懂语法结构，她就宣布要离开世界语课堂，去俄语补习班。他还在为《告少年》沉迷，她已经开始悄悄阅读《新青年》。

叶启年和他的朋友们在新闻路楼下的客堂间争论巴枯宁，他听得如痴如醉（这些人是如此激情洋溢），她和他都坐在房间角落，听了几个星期，她却告诉他列宁说的才对。他心里总是隐隐觉得，别处某个地方，必定有一件更加重要的事情在等着她。

一年以后，他也去了南京。他准备好应付叶启年的愤怒，或者冷淡，或者某种更加阴险的手段。但是自从叶桃在她父亲身边工作，叶启年似乎觉得完全不用再为她操心。也许他觉得在一个到处是特务和阴谋的地方，叶桃很快就能改变自己对世界的看法。不过就算没有放松警惕，叶启年也太忙了。那段日子他常常坐飞机去广州，似乎忙于布置什么计划。

陈千里在石婆婆巷租了一间小屋。白天他给书局做翻译，等着叶桃下班。有时她给他打电话（巷口烟纸店有一台公用电话），让他去她上班的地方（不久他就知道了那是国民党党务调查科），她也会支使他做一点事情，到哪家铺子买一包点心，或者去裁缝店拿几件衣服。

只要叶启年不在南京，瞻园对叶桃来说就是一个十分自由自在的地方。那是个大园子，据说从前是座王府，门前有影壁，园里有假山。机要室在园子最北面，过了假山就能看见那排平房。他到了那里，让门房打个电话，叶桃就会出来接他,有时候也会让门房送他,到后来门房索性让他自己进去。在记忆里,那几个月过得特别安宁,叶桃也特别快乐。她好像找到了真正有意思的工作。

他发现如今的叶桃和他更亲密了,两个人原本相差三岁,但之前叶桃更像个姐姐。时隔一年,情形似乎发生了一些变化,也许在这个阶段,他成长得反而比叶桃快了那么一些。

他们去梅花山,正是早春二月,虬枝上开满梅花,山坡上像笼罩了粉色云雾。他们心心相印,觉得整个世界退却到远处,眼前只剩下梅树、蓝天和那张脸庞。他们满心喜悦,一起背诵着涅克拉索夫:他们说暴风雨即将来临,我不禁露出微笑。

但是世界仍旧在这里,叶桃置身其中的环境十分危险,瞻园里有许多阴鸷的壮汉、狼狗、枪支、不许人碰的文件和禁止入内的警示牌。从园北假山后面偶尔会传出一两声惨叫。后来在栖霞山上,叶桃告诉他,那里是党务调查科,是叶启年参与搭建、充斥着阴谋和杀戮的世界。

直到最后那个月,他才知道她究竟在做什么工作,虽然他早些时候就猜到了一些。现在想来,说不定她一直都在暗示他,悄悄地把实情告诉他:她真正在做的是一些秘密工作,这些工作对她意义重大。而他心里很明白,她所做的那些事情,很可能是去破坏她父亲的工作。但在让他知道真相前,她就为他指明了方向,让他了解了一个人应该投身于什么样的事业,才会让人生变得更有意义。

她从来没有真正离开过他，即便去了南京，她也每隔几天就给他写信，这些信件延续了先前的思想碰撞。现在他才理解，写那些信她多少冒了一点风险，幸亏她在瞻园上班，有办法不让这些信落到邮电检查人员手中。她还托人给他捎书、杂志。《共产党宣言》《远方来信》《布尔什维克》，还有她喜欢的涅克拉索夫诗集。

端午节的前一天，叶桃给石婆婆巷烟纸店打了个电话。那些日子他很少见到叶桃，她好像整天都非常忙碌，就算见到他也很沉默，问多了，她会忽然发火。在电话里叶桃让他去瞻园，去之前先到秦淮河边的城南茶食铺，帮她买一包闽南橘红糕。叶桃一直喜欢吃零食，在上海时他就常帮她跑腿，到了南京，她的很多旧习惯都消失了，但喜欢吃零食这一样依然如故。除了这家的橘红糕和酥糖，她还喜欢一个挑担小贩的桂花糖芋苗，总是在瞻园门口那一带叫卖。

他买了橘红糕，却在瞻园门口被人拦住了。瞻园看似是一座寻常旧宅，道署街的大门油漆斑驳，门房里却总是坐着一两个穿中山装的壮汉。几个月来，南前北后两道门，几班门房都认识他了，见他进门，连忙打电话到机要室找叶干事。叶桃告诉门房，今天她不能离开保密区域，叫门房登记一下，让陈千里自己进去。门后院子里有一道照壁，转过照壁，有一片水池，池中有睡莲游鱼，水边用石墩架起廊道，廊后有假山，假山有洞，钻进洞里拾级而上，坐到假山顶上的小亭子里，可以远眺秦淮河。

陈千里来得多了，早就知道园北假山背后是所谓的保密区，在那里每一步都可能有人监视，人和物都不能随便出入。但他是"叶干事"，也就是叶主任家大小姐的男朋友，别人看见也多数装作没看见。陈千里在机要室那一排平房里见到了叶桃。她吃了一粒橘红糕，说，今天这个橘红糕怎么那么干？这放了多久呀？生气地扔到一边，冷冷地半天不理他，机要室里另外两个女人同情地朝他微笑。过了一阵，叶桃又叫他："帮我到门口买碗桂花糖芋苗。"

刚刚进来时陈千里并没有看见瞻园门口有挑担叫卖的小贩。但他没说什么，每次叶桃让他到门口买桂花糖芋苗，那个小贩总会出现在那里。

"如果没看见，你就往前跑到马府街，他一般就在这几个地方。"

他提着保温筒出来，门房朝他笑。出了瞻园，果然看见担子在那里。小贩揭开盖子搁在一边，从大锅里舀了几勺红艳艳、香喷喷的芋羹，装进提筒，往里撒了点桂花末子，又拿起抹布擦了擦盖子，盖上，收钱。陈千里把糖芋苗拿进机要室，叶桃喝了一口，这才露出满意的笑容。

几天后他才知道，保温筒盖子下面有一张字条，上面有紧急情报。他在不知不觉中把情报送了出去。叶启年在广州破获了中共地下组织，逮捕了广东地下党负责人欧阳民。由于情报送出及时，与欧阳民有联系的上级党组织全都撤离了。

他知道这情况时，叶桃已身负重伤，她告诉陈千里自己是共产党员，从前没有告诉他，是因为她受党组织派遣潜伏在国民党党务调查科，必须保守秘密，但现在她可以说了。

她说她一直打算发展他入党，可她现在没有时间了，她希望他将来能成为一个坚定的共产主义战士。她告诉他，因为她把欧阳民被捕的消息及时传递了出去，组织上迅速布置，抢在特务前面撤离机关，转移了大部分抓捕名单上的同志。叶启年由此怀疑党务调查科内部有漏洞。

她本应该静默一段时间，可她不得不再次打开叶启年的保险柜。因为上级问了她一个问题，欧阳民有没有叛变？所以她必须找到答案。叶桃曾和他憧憬未来，再过几天，他们将一起离开瞻园，离开南京。她会领着他，去一个充满光明和希望的地方。

叶桃找到了答案，可是送信途中她牺牲了。牺牲前，她让陈千里把一句话带给党组织：欧阳民叛变了。可正因为她在送出情报时被敌人发现，那就存在着另一种可能：敌人故意用假情报误导她。后来又从广州传来欧阳民牺牲的消息，敌人枪杀了他。行刑那天，全体难友望着他被押出牢房。事后，组织上曾派人做过调查，甚至冒险到公安局打听，结果却是一无所获。

他始终不相信她送出的情报有问题，为了得到它叶桃甚至献出了生命。三年来，这个问题一直萦绕在他的脑海中，他常常把问题倒过来想：如果欧阳民是叛徒，叶启年为什么要杀了他？杀人也可能只是为了灭口，为了掩盖某个阴谋。

那么，什么样的阴谋才能让叶启年认为值得去杀掉一个叛变的欧阳民呢？一个欧阳民那样的叛徒，在叶启年心目中应该很有价值。他是中共地下组织负责人,在组织内部有大量工作联系,认识很多人,了解许多秘密。有很多事情在最初几次审讯中他可能还没有想起来,虽然他在变节时,一定急于把他了解的情况告诉敌人,但总是会遗漏一些事情。就算把他像牙膏那样挤得干干净净,变成一卷牙膏皮,还可以让他写一些无耻的话,发表在报纸上。党务调查科确实有一个部门,专门从事他们所谓的"心理战",炮制谣言到处散发。那么为什么急着杀掉他呢?叶启年枪毙欧阳民,到底得到了什么好处?

现在他知道了。

公和祥码头

凌晨三点左右,风浪稍歇,海面起了大雾,看不见星光,轮船像是在黑茫茫的世界里梦游。此刻他们正在舟山群岛海域,水下暗礁丛生,轮船航速已减至十一节,大海几乎完全安静下来,只有海浪拍打摩擦船壳的声音。夜色中突然响起刺耳的汽笛声,黑暗中隐约有灯光急闪,原来轮船稍有偏航,正逼近前方一大片暗礁。轮船迅速向右转舵,船尾险些擦到尖利的礁石。

船舱里多数旅客对此并未察觉,少数人因为船身急速转向,睡梦中在床上翻了个身。但梁士超醒了。他又想起睡前琢磨的问题,两三分钟后,他对着下铺说:

"你是说,真正在濠弦街牺牲的人是龙冬?"

"我想这时候卢忠德还不知道自己要冒名顶替这个被他

杀害的人，所以他才会在端午节让香烟铺的黎叔看见。"

龙冬是被卢忠德骗去的。小凤凰是唱戏的，她是群芳艳班里的台柱，能记住所有台词。她还记得卢忠德在电话里对龙冬说：你已经离开了，不能再去那个地方。所以龙冬当时已开始撤离。也许电话里说的就是撤离那两个字，只是小凤凰不太熟悉那种说法。龙冬牺牲时，欧阳民被捕，端午节后欧阳民做了叛徒，直到这个时候叶启年才决定让卢忠德假冒易君年，在报纸上发布假消息。

"龙冬才是易君年？"梁士超的脑子快转不过来了。

龙冬才是那个本应该在那年七月来到上海，与老方接头的人。组织上把他从广州调到上海，组建一个情报工作网。

"易君年是一个假名字，工作化名，原本应当由龙冬同志使用，他用这个名字预订船票，预订到上海住的地方。在上海他也会使用这个名字与人联络。"

"卢忠德冒用了这个名字，我们就没人能够发现吗？"

"广州有可能发现这件事情的人都被杀了，上海没有人知道派来的人是谁，任何人都能使用这个名字，按照规定的联络方式和暗号，与老方接头。即使在地下党组织内部这也是绝密情报，没有谁会去怀疑来的人到底是谁。"

因为欧阳民被捕，广州的地下党组织被全面破坏，知道这项调派计划的人都不在了。叶桃的情报准确无误，欧阳民叛变了。正因为他的叛变，叶启年才得知了调派龙冬的计划，并掌握了全部细节：化名、接头方式、联系人。陈千里猜想叶启年一开始并没打算让卢忠德长期潜伏，只不过从叛徒交代的情况中看到了新的机会。

叶启年不会放掉到手的机会。很多年前，国共刚刚开始合作，他就在国民党内的右派分子集会上叫嚣，对共产党要斩草除根。所以他想乘胜追击，再赢上一把，在卢忠德身上又下了一注，付出的代价就是把欧阳民给杀了。欧阳民是龙冬的上级，是他布置了调派龙冬的计划，除了他没有人能了解得那么详细。

"这个混蛋，牺牲在他手上的人太多了，广州当地那么多人，龙冬、老方，还有那个去菜场报信的同志。我回去就干掉他，我要把他的心挖出来看看到底有多黑。"

还有叶桃，陈千里在心里默默地想，也许还有凌汶，她也很可能已经被他杀害了。立春那天，他们在濠弦街天官里后街上打听，街坊邻居没有一个人愿意回答他们的话，看到外人进来，每个人都神色惊慌。陈千里连忙带着梁士超离开，他怀疑濠弦街上的居民被那天晚上的事情吓到了。但是——

"现在我们还不能杀他，这颗子弹再给他存半个月。"

"为什么？"

因为现在唯一能够联系浩瀚同志的只有他，因为他们要设法让浩瀚同志摆脱迫在眉睫的危险。但他不能告诉梁士超，目前还不能。

"因为我们有更重要的任务，我们不仅暂时不能杀他，还不能让他知道我们已经知道他是个内奸。他今天中午要到公和祥码头接应我们，绝对不能让他看出来。"他说。

那天在疍家棚屋，他问了老肖一句话，问他为什么第二天要见凌汶。这句话一说,迷雾就渐渐散去。正月初一那天,他站在银行楼顶,远远看见崔文泰驾车冲出去,当时他心中疑窦顿起。青岛船上的来客告诉过他,上海地下党组织中有内奸,代号"西施"。特工总部的王牌潜伏特务,叶启年的宝贝,难道就是崔文泰?

他读过那份报纸,他知道凌汶到了那条街上也不会发现什么线索,那么她为什么会失踪呢?

现在他明白了。卢忠德必须把她除掉,才有机会截获老肖记在头脑中的绝密口信。凌汶消失以后,他可以演一出戏,欺骗老肖,让老肖把情报透露给他。卢忠德昨天回到上海后,一定会马上向叶启年汇报,浩瀚同志唯一的对外联络方式已经被特务掌握。就算他今天回到上海,也绝无可能抢先一步发出接头信号,因为那两份报纸的广告版面,特务一定牢牢控制在手中。

那将是一个无法破解的陷阱,就算使用武力拦截,恐怕也没有可能实现。浩瀚同志拨打了那个电话后,特务们会把接头地点告诉他,这个地点在哪里,陈千里没有办法弄到这个情报。

所以,现在不仅不能除掉卢忠德,还要让他觉得自己的狐狸尾巴没有暴露。在广州,他把情况告诉了莫少球,要他通知地下党组织,把卢忠德接触过的香港和广州交通站全部关闭。他还请莫少球安顿好老肖后,尽快赶去瑞金,把情况向少山同志详细汇报,路上要安全保密。陈千里连夜从广州赶回香港,上船前,他去了一次邮政局,给陈千元发了一份电报，让弟弟把电报内容转达给林石。电报上说，他将乘坐贵生轮于今天中午十二点左右抵达公和祥码头，让易君年来接应他。

陈千里判断卢忠德回到上海，一定会继续与林石他们联络，会装出一副悲伤的样子告诉大家凌汶失踪的消息，也有可能知道自己离开了上海，并因此怀疑自己去了广州。为了掩盖卢忠德在广州做过的事情，特务们一定想要杀了他灭口，确保卢忠德的身份不被泄露，确保联系浩瀚的方法仍旧由他们掌握。他必须让卢忠德相信自己没有去过广州，只有这样，他才找得到机会掀开叶启年的陷阱，救出浩瀚同志。

他猜想特务们会作好准备，一旦他出现，他们会立刻动手杀掉他。可是如果他主动去见卢忠德，倒有可能让他心存侥幸，认为自己能够继续瞒天过海。他估计那样一来，特务们就会作两手准备，既准备好杀他，也准备让卢忠德继续扮演易君年。与卢忠德在码头见面时，他稍有不慎，特务们很可能就会立刻动手，也许在码头旁哪一处的房顶上，就埋伏着一名枪手，等待卢忠德发出信号。他打算也给卢忠德演一场戏，麻痹他，让他以为他们一点也不知道广州发生的事情。他们没到过广州，没有见过莫少球和老肖，也不知道凌汶突然失踪了。

贵生轮驶入吴淞口是上午十点五十分，距满潮时分刚过一刻钟。只等了半小时，领航员就登上甲板，指挥轮船入港。十二点刚过，站在甲板上的梁士超就看见了公和祥码头。停靠大船的栈桥泊位已有船只停靠,贵生轮只能停泊江心,轮船公司租了小火轮接送旅客下船。这种小火轮有宽阔的甲板平台,等它靠上,大船就放下舷梯,旅客下去后直接登上小火轮,由它接驳运送上岸。行李较多的旅客可以在码头上等候,也可以先行离开,委托旅行社代送行李至家中。

陈千里让梁士超先不要下船,等他上岸后再离开。

小火轮慢慢靠岸,这一批接运的都是头二等舱位的旅客,他们在甲板上三三两两地站着,衣冠楚楚,个个笑容满面,全无长途航行后的疲惫厌倦。两头缆绳系上后,船头上铃声敲响,栏门打开了。

陈千里离开上海那天风雪交加,回来却是阳光明媚,已见早春光景。栈桥是一道向上的斜坡,公和祥码头两三年前重新修建,栈桥木板弹性十足,脚踩在上面咚咚直响。从栈桥上岸便是公和祥码头公司,空地上停了成排轿车,接客人群站在栈桥两侧。

他看到了卢忠德,但没有发现周围有什么异常。特务们多半躲在车里,码头公司三层大楼房顶上的某个角落也许有枪手。他了解叶启年,如果他决定灭口,以保证卢忠德可以继续潜伏,会选择这种干脆的方式。他猜想,这些特务一定是叶启年专门从南京特工总部调来的亲信,如此才能避免卢忠德的秘密被泄露。他一定精挑细选,所以他们的枪法一定也很不错。

他继续向前,朝码头大楼右侧的大门走去,走得并不很快,就像在这种情形下通常的接头,让对方从侧后方慢慢跟上自己。现在他们并排了。

"有没有办法找到一艘船?"他问卢忠德。

"船?"

"我想租一艘两三百吨的小货轮,可以装运货物,最好也装点其他东西。我只想要船上的客舱。"

"派什么用场?"

"送人。一艘不太起眼的小货轮,装运些米糖布匹,或者别的什么货物。不那么引人注目的旧船,设备还不错,足以应付海上的风浪。"他一边想一边说,好像这个主意他才想起来没几分钟,就在上岸前他看到耸立江边的那些吊车的时候,或者上岸后看见远处墙上"仓库重地"几个字的时候,似乎他一边说一边想着,想法才渐渐成形了。

"你让我到码头来,就是为了这件事?"

"你给我安排一个落脚的地方,现在看来旅馆已经不安全了。接下来几天,我要一个秘密、可靠的地方。房子最好大一点,行动那几天,可能需要多住几个人。"

"这个没有问题,你什么时候要用?"

"今天。"

陈千里感觉到对方稍微放松了一点,也许自己的话奏效了。他没有朝周围看,但他知道特务们一定盯着他们。码头公司大门敞开,铁门上用中英文写着"无事不准进内"。门口站着两三个小孩,手里托着大饼干盒,盒子里放着各种香烟和零钱。

门外是东百老汇路,马路一边是各家码头公司,顺泰、招商局、汇山、日本邮船会社、耶松船坞。马路中间有一条电车轨道,马路对面那些店铺,全是做船上生意的人家,五金零件铺、烟纸店、鞋帽店、洋钱兑换店,还有很多酒吧间,有几家酒吧间的二楼不仅拉着窗帘,每一扇窗玻璃上还用花纸贴了,似乎那些房间极其需要光线昏暗。

陈千里想,要不要再多告诉他一些呢?他让卢忠德和他一起坐进一家兼卖炸猪排和罗宋汤的小咖啡店。猪排是放冷后又重新炸过一次的,罗宋汤看起来很可疑。但他们对食物原本就不感兴趣。陈千里看着窗外,见梁士超出了码头公司大门,消失在熙熙攘攘的人群中。他转头面对卢忠德,见对方正盯着自己看。

"凌汶同志失踪了。"

卢忠德突然说。陈千里没有显得十分惊讶,可他也不能表现得像早已知道这件事情那样。他愣了一下——

"在哪里?"

"广州。你不知道吗?"

陈千里摇摇头,好像乍然听说一个十分可怕的消息,脑子还没转过弯来。

"我以为林石会在电报中告诉你。"卢忠德又轻轻地说了一句,努力挤出一丝悲伤。

"发生了什么?"

卢忠德沉默了好一阵。陈千里听着对方的回答,努力克制自己心中的怒火。他知道卢忠德一定早就准备好了一套说辞,他自己也早就准备好,无论他说什么,都要装得毫不怀疑。

卢忠德说凌汶去了报馆,又去了报界公会的剪报社。她坚持要去濠弦街——那条后街叫什么名字?他佯装问自己,然后回答说天官里后街。陈千里没有料到他会那样说,在广州他对莫少球可不是这么说的,他说他们没有去过濠弦街。那么,卢忠德是故意卖了个破绽,是为了试探他,看看他的反应?

卢忠德说他想阻止她,他懊恼地说,早知道现在这样,就该拼命拦住她。由此他对上级领导稍微提出一点批评意见:既然广州之行确定由凌汶同志负责,有些时候他就不好多说什么了。毕竟地下党组织对上下级有严格的纪律规定,下级本来就不该多打听上级的想法和做法。凌汶同志原本也可以不告诉他,她要去哪里。他等了很久,直到深夜她也没回来。

天一亮他就赶到濠弦街,在那条后街他找了半天,后来才发现自己弄错了,他应该从一棵大榕树下向右转,而不是再往前,因为后街要按照濠弦街的方向来算,既然濠弦街在南面,后街就应该在最北边,而不是沿着那条直巷继续朝东。他这么一耽搁,天倒是大亮了。

但后街上仍旧没有什么人,他只看见一个算命的老头,不知道为什么那么早就坐在街上,拉着他要给他算命。他问那个算命老头,昨天下午有没有看见一个陌生女人到巷子里来打听一些事情,三十多岁。他本来想对那个老头说,穿着旗袍和毛衣,但又觉得那老头未必记得这些,于是改了主意，简单说了一句，说她穿得很好看，很靓。

　　船要到晚上才开，他还有时间去一次兴昌药号交通站。交通站负责人是莫少球，还有一位莫太太。就是莫太太告诉凌汶关于报纸的事情，所以他要到交通站去一下，但是他一到浆栏街就觉得不对劲，街上有便衣，虽然广州的便衣特务，打扮跟上海不一样，可这些小特务的神情举止一眼就可以看出来。果然，不久街上就乱起来了，有人开枪。他判断交通站可能出事了，只能赶紧离开。他回到旅馆等到晚上，凌汶仍然没有出现，他只能上船回上海，任务重要，他不能再等下去。

小桃源

叶启年在正元旅社后门上车,汽车出了来安里弄堂,从宝山路向右转入新民路。不熟悉本地情形的人,看见这条马路会觉得有些古怪。它是两条平行的马路,北侧是华界的新民路,南侧却叫界路,由租界工部局管辖。这里原是分界马路,因租界里的外国商人总是想越界筑路侵蚀华界地盘,历来纷争不断。据说当年把火车站造在这条路上,本就有借以抵挡洋商越界占地野心的用意,后来更是有来安里越界筑路案,差点酿成外交事件。

如今两条马路用拒马分隔,木桩上缠绕着大串铁丝,连接在马路中央,一眼望不到头。汽车越过分界拒马,驶入北浙江路,在爱而近路路口铁栅门前,两名巡捕上前拦住汽车,从车窗向里扫视一圈,放他们进了租界。

不到十分钟的路程，却是关卡重重，马秘书不禁骂了一句脏话。隔了一会儿，后座上叶启年诵经似的念叨了一句："攘外必先安内。"

汽车驶入租界，又是另一番景象。去岁"一·二八事变"，闸北迭遭日军轰炸，新民路宝山路一带尽成断垣残壁，火车站顶棚至今仍在修复。可是租界里却日渐繁华，汽车一路向南，沿途时有在建的楼宇，商铺招幡林立，马路上人车也是十分拥挤。

今天是正月十四，一大早叶启年就让人给他拿来当日报纸，在《申报》第五张找到那条广告：

老开鬻画加润：

　　老开君渐为识者所重，其山水人物走兽花鸟无所不精，所画青绿山水最为独长，不啻大小李将军希孟再世，踵求者应接不暇。爰将旧有之润格代为加定，以结翰墨因缘。立轴每尺三元，人物加一。中堂每尺八元，五尺以上每尺加三。扇子花卉四元，翎毛走兽人物六元，山水青绿六元。

　　电话：八五三七二。

昨天傍晚，叶启年去了旧城老西门，他让司机把车停在学前街，正对着普育里横弄。卢忠德的那家书画铺虽然在普育里，却是面朝蓬莱路。约定的见面时间过了好久，他的"西施"才出来，在弄口伫立片刻，突然急奔过来蹿上了车。

汽车缓缓前行，虽然车窗拉着帘子，可是老城街窄，很少有汽车开进来。卢忠德没有说话,叶启年了解他,从广州起卢忠德就养成了好习惯,让叶启年先开口。但叶启年也沉默着,过了好久他才说:"这一带以前叫黄泥墙,咸丰年间种有三百多棵桃树,结的蜜桃色如颊晕,甜美至极。插根麦管一吸,满口甘香,手指上就只剩下一层桃皮。可惜早就绝种,如今空余其名,连龙华浦东的桃子都敢说是黄泥墙。"

"老师又在伤心了。"

叶启年没理他,过了一会儿才说:"下午在公和祥码头,你为什么不发信号?"

"这个陈千里不知道广州发生的事情,他没有去广州。"

贵生轮离开上海去青岛前,叶启年让人去船上查了旅客舱单,陈千里和梁士超在香港上的船。

"你现在越来越自信了,身处险地,得步步小心。"

"我明白,老师。"

"你们在广州到底是怎么回事?为什么要在交通站边上抓人?"

叶启年原打算暂时不动香港和广州的地下党交通站,把它们当作诱饵,但卢忠德他们在茶楼和街上闹出那么大动静,等下午广州站发来电报,他赶紧让他们带人去交通站抓人,这时候却已经人去楼空。

"广州站黎站长,在广州公安局侦缉队只是个队副,队长是陈济棠的人。他调动不了侦缉队,他说他好不容易才把这事情办成。"

"广州站发来电报,说你杀了他们两名特工?"

"戏演得很糟糕,不这么做瑞金来的交通员不会相信。我让他找两个外人当冤大头,他说不敢得罪队长,竟然找了自己的手下。"

"还有那个梁士超,他跑哪里去了?"

"陈千里说他在汕头偷偷下了船,去了瑞金。"

"你仍旧没有告诉我,为什么不杀掉陈千里?"

"他在布置新任务,说要租一艘货船。"

货船?那是什么鬼名堂?

"运什么?军火?药品?"他问卢忠德。

"运人,他想包下闲置客舱。"

"他还躲在你店里?"

"走了。前些日子我让卫达夫找了个地方,就在前面梦花街。我刚把他送到那里。住在南市,游队长很方便。"

正是用人之际,叶启年没有表示反对,但他心里总有些怀疑。连着好多天,一下子消失了两个人,他觉得陈千里一定在暗中布置着什么。如果陈千里真的不知道广州发生的事情,昨天下午不杀他,这个决定也没错。今天刊登广告,把那个浩瀚引上钩前,最好风平浪静,不要出什么意外。

他很想了解这个有关货船的秘密,但他知道卢忠德好大喜功的毛病。也许他自己也有一点,他想,可是正因为他也十分了解自己,所以每到这种时候就告诉自己,先把赢到的抓到手中,然后才考虑多赢一把。浩瀚,没有什么成果能比他更重大了,叶启年不愿意把他也当成赌注押出去。所以今天凌晨他作出决定,把游天啸叫来说,收网,把他们全部抓进来。

等游天啸布置完抓捕任务,叶启年自己却生出一片闲心,离开了正元旅社。出门前,他让马秘书打电话到八仙桥状元楼,让他们现做几只宁波汤团,装好盒子。这会儿车子开到状元楼门口,马秘书下车上楼,不一会儿拎了两只大盒子出来,放在副驾驶座上。

十分钟后,汽车停在旧城穿心河桥旁。城厢穿心河道经多年填埋,现在只剩下断断续续几段池塘。叶启年下车,马秘书提着盒子跟在后面。两个人一前一后,顺着松雪街走了一段,向左转入一条曲折深巷。到巷底,见一道高墙,墙前横巷两端不通,都是房屋山墙。

高墙下却是一道黑漆窄门,门楣匾额上书"小桃源"。进门是个园子,种着二三十棵桃树。宾客通常进门后才知道,偌大园子,只有那一道窄门,业主早就筑墙封了其他各门。旧城人烟密集,却有这么一处占地半亩的园子,颇有几分新奇。

墙内悄无声息,叶启年踏上三级石阶,轻叩了两下铸铜门环。过了一会儿,门开了。

"孟老,启年给您拜年了!"叶启年拱了拱手。

门内孟老,穿一件旧棉袍,他并不讶异,似乎猜到来人是叶启年。

"我就知道这时候来客,多半就是你。"

园中有几间平房,房前砖地纤尘不染,青苔错杂,墙边蓄水石槽中浮着几叶铜钱草,厅里一几两椅,有只黑猫躲在几案下,并不看来人。

"来得正好,我刚沏了茶。"

"一向还好吧?"叶启年淡淡地问道。

"拜老弟所赐,借我一个好地方了此残生。"孟老寒暄道。

阳光照在厅前地上,滚水注入壶中,茶香盈满室内。

"孟老还是那么客气,这是请你帮我照看房子。"

叶启年当年从川军一个下野师长手里购得这园子,从黄泥墙迁来几十棵桃树,如今这些桃树大隐于市,竟成了绝版。他虽然住在南京,这些年来只要有空,就会悄悄跑到上海,来到小桃源,找这位孟老喝茶说话。

孟老杀过人。十多二十年前,在一些激进社团里,他是赫赫有名的刺客。

两人没有过多寒暄。茶冲了几回,叶启年忽然开口说道:"我没有亲手杀过人。"

碗盖叮当,孟老放下茶碗,略感诧异。面前这位老友,相识多年,虽然往来说不上频繁,但似乎无话不谈,孟老心思缜密,谈古论今也是点到即止。"小桃源"是个避世之地,惯常往来只是饮茶闲聊,求一时清闲,此番开门见山忽然谈及杀人,令他有些疑惑。

"这一回我下了决心。"叶启年的声音在寂静的宅院内显得有些刺耳。

"像老弟这样身居高位之人,杀人何须亲自动手。"孟老一时不知如何接话。他杀过人,却从不谈论杀人。

叶启年望着庭前光影下的桃树,没有理会孟老的话。他豢养过许多人,却从来不明白自己为什么要豢养面前这个老头。也许他需要这么一对耳朵,也许他觉得只有这个老头能听明白他的意思。

"我自转变立场,投身国民革命,一向只有公敌,没有私仇。可是陈千里——"

"噢——"原来叶启年又在重提旧事,孟老回道,"两党之间原是意见之争,本不至于杀人。短短几年,到了必欲杀之而后快,其中缘由,国民党以大欺小也是有的。杀人杀到后来,公敌私仇就分不清了。"

孟老似乎想起了往事,神色忽然有些凄然。

叶启年并不看孟老:"我自己心里怎么想,我还分得清楚。三年前,叶桃被他骗出瞻园。我把所有的行动人员派出去搜查。等找到时,却只看到一具尸体。"

孟老诧异地看着这位故交,这么多年他也没完全看透过这个特务头子。他可以一面伤心地追忆逝去的女儿,一面却冷漠地把她说成是一具尸体。

"我只听你说过,他把叶桃引上了歧路,跟着共产党跑了。"孟老轻声说。

叶启年似乎并没有注意孟老的话,他依然望着那些桃树:"这些桃树该找人修剪了吧?"

因为叶桃他买下了这个园子,在园子里种上桃树。每年叶桃生日,他来桃园修剪枝条,等它们在早春慢慢发芽。每年五月,他来这里喝茶看桃花。到了七月,树枝上结满蜜桃,他就来摘上一篮,给叶桃送去。每当这样的日子,他都会跟孟老说起往事,这些事情孟老早就听过无数遍。

"这是老大房茶食店买来的橘红糕。"孟老推了推几案上的盘子,自己拈了一粒。

叶启年看了一眼盘子:"他们在南京旧城墙藏兵洞里找到她。我到机要室收拾她的东西,桌上也有两包橘红糕。她喜欢吃这些零食,跟她妈妈一样。"

也许——假如她母亲没死,后来的一切都不会发生。如果她母亲活着,叶桃可能不会那么死心塌地跟随陈千里。而且,他自己也不会变得那么乖戾。有那么一瞬间,这个想法在叶启年的脑海中掠过。

短短几年,他和叶桃都发生了变化。叶桃去了北平读书,他后悔让她去,可谁知道呢?那时候,他觉得换换环境对她有好处。就算她后来在女师大受了点影响,参加了学生运动,谁年轻时候没叛逆过?他自己不也是到后来才觉得今是昨非,改变了想法和立场?在叶桃去北平那年,他还托人找来马克思的书、列宁的书,找来布哈林的《共产主义ABC》。就在很多人开始以为共产主义可以救中国的时候,他自己却改变了看法。国共两党开始合作时,他自认觉察到了共产党的"阴谋",他和国民党中的一批人都看出来了,他和季陶先生、果夫先生一道,很早就看出来了。

女师大风潮,段祺瑞封了学校。那年夏天叶桃回家,他一点也不担心。只要回了家,她慢慢就会忘了那些一时的热情与冲动。可那段时间,他开始忙起来了。表面上他仍旧当他的教授,参加社团活动、办同人杂志,私下里他投入了国民党的怀抱，参加右派会议，了解到有一种东西叫作法西斯主义。他在学生中挑选一些人，培养他们，悄悄地搭起了他自己的秘密组织。他把他们派往各地，打算在未来某一个时刻，把这个组织贡献给国民党中的强人。卢忠德即是其中之一，这枚提前布局的棋子，后来起了极大的作用。

民国十六年"清共"，那段时间他越来越忙。国民党内四分五裂，广州有一派，武汉也有一派，他认定了南京蒋总司令。他正在上下运作，打算把他那个小型秘密组织变身为正式的特务机关。他破获了不少共党地下组织，渐渐获得重视。

他本来打算把少年老成的陈千里也拉进那个组织，那个时候，他觉得陈千里正是他需要的人，是可造之材。直到有一天下午他回到家，看见厢房虚掩着门，里面有人说话。他推开门，第一次发现他不在家时，陈千里进了叶桃的房间。桌上放着茶杯，还放着一沓报纸，那是《向导》，是中共的机关报。他常年研究中共，这些报刊他一眼就能认出。他还认出那是一份当年七月的停刊号，上面刊有中共中央对时局的宣言。他顿时有些失望，但并没有多说什么，只对陈千里说了一句：你以后不要进叶桃的房间。

后来党务调查科逐渐成形，叶桃跟他去了南京。把叶桃放在自己身边，他很放心。这样一来，她就不会受陈千里的影响。他并不想让女儿一直在特务机关做事，那种充满阴谋诡计的生活，对她并不合适，也许在某个恰当的时机，她身边会出现一个恰当的人，到时候他就可以彻底放心。又过了一年他才发现,原来陈千里也跟来了南京。

风从堂前吹过,叶启年抓了一把橘红糕放进嘴里,狠狠地嚼了几下。

"她躺在旧城墙的藏兵洞里,子弹打在她背后,她到死也不知道是谁开的枪——"

"你没有查出来是谁开的枪?"

"除了陈千里还能是谁?"

"他既然把叶桃引了出来,为什么要朝她开枪?"孟老似乎并不同意叶启年的推测。

"他们为了达到目的,又有什么做不出来?"

"那他到底有什么目的呢?"孟老垂着头,觉得叶启年似乎有些烦躁。他半闭着眼睛,早就习惯了与叶启年用这样的方式闲谈:只使用极少的一部分注意力,耳朵听着,偶尔回应一两句,而头脑中的绝大部分似乎都进入了某种休眠状态。

"叶桃到南京后,慢慢就变得听话了。在瞻园,我们经常开一些讲习班,让那些思想转变、从中共脱离出来的人站出来,给大家上课。隔一段时间,我们还会举办辩论会。找两三个人,把他们集中起来,花几个月学习中共各种文件。等到开会,就让他们坐在讲台左边,其他人坐在右边。坐左边的人就用共党那套理论与右边的人辩论。我们并不要求右边的人一定要赢,坐在讲台左边的人只要办得到,他们完全可以咄咄逼人,把对方辩得哑口无言。"

孟老面露微笑,像是对叶启年居然把学生社团的风格带进党务调查科，感到十分有趣。

"开这种会，总部的人只要在南京，都要坐在下面听听。每一次叶桃都参加了，一次也没有缺席。我以为她把陈千里忘记了，以为她把那些危险的想法也一起忘记了。"叶启年不禁黯然神伤。

"但他们是不会忘记的。过了一年，陈千里也来到南京，他们来找她了。他们故意过了一年才来找她，是想让我不再防备，果然我掉以轻心了。我甚至觉得经过了这段时间，也许叶桃反倒会给陈千里带去一些正面的影响。事到如今才明白，我对叶桃能起的作用，可能不及陈千里的一句话。这个年龄的女孩子……"

"如果你真的只是不想让叶桃受共党影响，何不断然处置，禁止他们往来？恐怕你仍然存着一点私心。"孟老淡淡地说。

"他们在叶桃身上下功夫，真正的目标却是我。"叶启年话锋一转，"我也是到后来才看清楚，他们是想通过叶桃，把触角伸进瞻园。等我发现这一点，已经太晚了。短短几个月，陈千里已经在瞻园进进出出，如入无人之境。我的女儿，她的男朋友，瞻园没有一个人敢得罪。"

"以你的缜密谨慎，怎么会那样迟才发现？"以孟老对叶启年的了解，完全不相信他会如此疏忽大意。

叶启年说他太忙了。党务调查科规模日盛，急于把触角伸向全国各地。他不得不亲自督战，建立分站，挑选干部，配置人员，检查通信联络，与地方实力派周旋。他每时每刻都在等待各地的电报，坐火车来上海，后来有了机场，他也常常飞去广州。

他真正在意的工作都跟共党有关。早年间他分派出去的那些学生，如今起了大作用。每个月，党务调查科总能破获一两处共党地下机关。上峰越是信任他，他越感到压力沉重。

但是渐渐地，奇怪的事情发生了。情报及时送到，计划也很周密，但跑到现场抓捕的行动人员却扑了个空。在上海，有些重要的共党分子明明已经抓到巡捕房，第二天却被人找个理由放了出去。共党武装分子甚至能在押解途中劫车。他们怎么会知道准确的押送路线？好几个潜伏在共党内部的特务被他们清除了。有两个共党叛徒，因为他处理迅速，所以完全没有暴露，他把他们派回去，继续假装给老东家做事，可没等到他们起作用就被人家发现了。他意识到内部出了问题——

"民国十八年春天，我们开始察觉到内部有漏洞。我渐渐把焦点集中到陈千里身上，这很明显，叶桃在机要室，所有来往电文、报告、审讯记录她都有机会接触。只要我不在瞻园，陈千里随时可以去。我找人观察，渐渐总结出规律，每一次内部泄密事件，都发生在他来过后的第二天，或者第三天。"

想到这些，叶启年不由生出了怒气："那年端午节前，最重大的一次泄密终于发生了。我们在广州的工作获得重要突破，抓住了共党特委书记欧阳民。可是就在第二天，当我们布置了全面抓捕计划，准备把广东的中共地下组织机关一锅端时，发现与欧阳民有关系的共党人员和机关大部分都撤离了。

"这个时候我已经开始提防他们。我去了广东，但没有告诉叶桃。在广州抓捕那个欧阳民，做得十分机密。我不许他们使用电台向南京通报，我打算推迟通报这场胜利，使用电台必须得到我允许。但是消息仍然泄露了。

"事后查明，有人以党务调查科的名义到机场查了保密的乘客名单，又向广州卫戍司令部发电报，要求确认我的行踪。随后党务调查科的广州站电台收到一份奇怪的电文，是以我的名义发出的指令，使用我的专属加密电码，要求广州站通报昨天夜里发生的情况。"说到这里，叶启年有点咬牙切齿。

孟老站起身，也许是想到院子里透透气，也许是不愿意听闻党务调查科的这些机密，但是走到门边又折了回来。

"是叶桃冒用了你的加密电码，使用了电台，一点也不担心事后会有泄密调查。从这点上来看，叶桃相信你不会真的把她抓起来。"

"这个命令当然不是从我这里发出的，我自己人在广州。发电报的人似乎完全知道我的习惯，我不喜欢住各地分站的机关。他们知道凌晨时候我一定在某个地方睡觉，就趁机向广州站发报，广州站收电报的人以为我已经悄悄离开，回到了南京，所以老老实实发报告知对方，抓获那个中共负责人后，正在站里连夜审讯，并且说审讯已出现突破可能。站长可能觉得加上这么一句，我听了会很高兴。发生了那样的事情，我当然十分愤怒。那么多人，花了那么多年时间。但是事情涉及叶桃，我不得不低调行事。我不动声色，猜想陈千里一定还会再来。下一次他再出现在瞻园，我打算让人悄悄地把他杀了。这样叶桃就安全了，没有人会知道她做过的事情。"

"也没有人会知道叶启年的女儿通共。"孟老半闭着眼睛，似乎昏昏欲睡。

叶启年扫了他一眼，面有愠色，但依然继续说下去："隔了两天他果然来了。我早就关照了门口警卫室，把他放进去。等他再出门时，埋伏在假山后面的杀手就跟了上去。我以为那么一来，事情就了结了。那是瞻园最好的杀手，手枪匕首无一不精。让他去杀陈千里，就像摁死一只蚂蚁。那天下着暴雨，我一个人坐在办公室里等着杀手的好消息，可是等了半天杀手都没来回复。两个小时后，我去了机要室，她们说叶桃出去了，陈千里打来过电话，但是人没有进机要室。我知道事情不对，他们俩是早就想好要逃跑了，陈千里是来接她的，他们可能意识到广州泄密事件一定会被我发现。我马上派人出去搜查，在街上发现了杀手的尸体，下雨天，尸体倒在墙角没被人看见。我让人搜了整整一个晚上，直到第二天早上才找到叶桃，躺在神策门旧城墙的藏兵洞里。"

孟老忍不住问他："这件事情最后什么结论？"

"他们发现了杀手，知道这套把戏已被我揭穿，为了掩盖真相，切断线索，就背后开枪，把叶桃杀害了。"

"公开的说法呢？"

"党务调查科机要室干事叶桃，被中共地下组织绑架，因为拒不透露党国机密，遭到杀害，壮烈牺牲。"

"动静那么大，竟然遮掩过去。巨恸之下，你倒能从容收拾残局——"

叶启年脸色铁青，他抬起眼睛盯着孟老，心中瞬间动了杀机。这个老头早就不想活了，也许可以成全他。

他为什么要养着这个老头，有时候连他自己也会恍惚。他们从来就不是朋友，说心里话他也从不认为自己需要一个朋友。也许他不过是把孟老当成另一个自己，他把心里的秘密告诉他，就像自己跟自己对话。如果不这样，他可能会发疯。这个老头知道他太多秘密，也许他总有一天会杀了孟老，就像杀掉另一个自己。他知道孟老常常故意拿话刺他，好像他不仅厌倦了小桃源外面的世界，也厌倦了小桃源，所以才不断讽刺他，戳他痛处，好让他找到动手杀他的理由。

"不这么做又能怎样？在丧女之痛里沉沦麻木？或者像你一样，躲进小桃源，欺骗自己，以为可以远离红尘，忘记一切？"

"戾毒攻心，报复杀人又有何用？"

"我要杀了他们，不是为了报私仇，是为了不让他们再去诱骗年轻人。"

"年轻人，哪有那么容易上当受骗。说不定叶桃和陈千里就是不想让自己上当受骗，才走了另一条路。"

"他们是自寻死路！"叶启年简直是在嘶喊，"面前只有两条路，一条生，一条死。中国的命运，这些年轻人的命运，叶桃也一样。没有第三条路。但是他们杀了叶桃，是共产党杀死了叶桃，他们要付出代价。"

孟老打断叶启年："年轻人，只要给他们时间，就算一时走错了，总还会找到正确的方向。反倒是你我这样的人，用一些堂皇的号召，顺之者昌逆之者亡，争来夺去，不过是为了权力。为了杀掉他们的理想，就去杀掉那些年轻人，杀掉叶桃。野心炽盛者，机狡为乐，到头来不免反噬，这些年你妻离子散，也应该反省一下自己了。"

"住口！"叶启年咆哮道，接着又压低声音，"一个人修身养性，是为了好好活着，不是去寻死。你后来参加第三党活动，我顾及往日情谊，把你拉了出来。我以为你住在这小桃源里，慢慢会转了性，想不到你仍旧离经叛道，与我们作对。你说这是权力的野心，我说这是心怀天下，有什么不一样？谁制定了法律？谁拥有军队？谁是这片土地的主人？你以为那些人是什么人？你以为小桃源外面的那些人都是什么人？天地不仁，以万物为刍狗，强者不仁，谁要是自怜，谁就去做刍狗！"

叶启年平静下来，他想着，一会儿要让马秘书派人看着小桃源。

染坊晒场

陈千里猜到今天会有特务上门,但没想到他们来得那么快。

今天是正月十四,一大早他就出了门,穿街走巷,装作一点都不知道背后有两条尾巴。在老西门,他进了一家茶馆,叫了一碟包子、一碟干丝,要了茶。趁盯梢的特务没注意,他借了邻桌客人的报纸,找到了那条广告。

广告上出现的数字依次为三、一、八、五、三、四、六、六,摩尔斯电报码上,这八个数字即为"浩瀚"二字。广告下面有一个电话号码,浩瀚同志只要一打那个电话,就置身于危险之中。

回到梦花街那幢房子,他上了三楼。昨天晚上他强迫自己睡了一觉,就在三楼这间厢房。他站在后窗口向外看,后窗下是一条夹弄。夹弄很窄，另一侧是一道围墙，围墙里是染坊的晒场，方形晒场上竖着一排排晾架。晾架高出围墙一大截，上面挂着成百上千条蓝布，在阳光下飘荡。陈千里计算了一下距离，如果站到窗台上，能够跳上对面的围墙，翻过围墙，穿过晒场就能离开这幢房子。他把椅子放在后窗下，面朝窗外坐了下来，头脑中再一次把所有事情过了一遍，确信他在船上设想的计划仍有可能完成。

他知道今天会有特务冲进来。叶启年不是卢忠德，不会轻易让他蒙混过关。昨天在码头上他演了一出戏，让卢忠德以为自己没有暴露，特务既没有开枪，也没有冲上来抓人。可是昨天晚上叶启年多半越想越不放心，今天仍然会派人来抓他，或者直接除掉他。

昨天下午他让卢忠德帮他安排了住所。他知道，只要他不去跟林石和同志们碰头，特务们有可能暂时不去抓他们。把他们放在外面，"西施"才能开展"工作"。去广州前，他让卫达夫秘密找了一个地方，打算这两天就让大家转移到那里，下船前他已让梁士超去那里待命。

晚上他去了陈千元那里，可他没有上楼，也没有进弄堂。他装作发现有人盯梢，受到了惊吓，在那里绕了一大圈，回来了。

现在特务们来了。他听到楼下有杂乱的脚步声，楼梯上什么东西叮当滚落。刚刚他上楼前，顺手拿起厨房两只破烂的钢精锅，放到了楼梯上。三楼只有他一个人住，不会有人来拜访他。楼梯间十分昏暗，特务冲上来时，不会注意到脚下有两只锅子。

他推开窗，站到窗台上，纵身一跃。

围墙上有青苔，手滑了一下，但他还是抓住了。翻过围墙，他跳进了一大片蓝布中。布匹有些已经晒干，有些半湿着，空气里有一股淡淡的酸味。他在蓝布间慢慢移动，知道事情没有结束。昨天傍晚，晒场收掉了一批布，靠近晒场大门那头露出了一片空地，他远远看见门口站着两个人。房子是卢忠德找的，他当然熟悉周围的地形。

陈千里蹲下身，从布匹底下向外观察，过了一会儿，他看到一双脚在移动，但另一双脚迟迟没有出现。

身后有人在喊叫，他不能再等，开始向那双脚的方向快速奔跑，在缝隙间穿行，尽可能不让布匹晃动起来。现在他看到了，透过蓝布他看到了人影，弓着腰，手里拿着枪，左看右看，举棋不定。他奔了过去，跑动中顺手撩起布匹甩向那个影子。他没有停下脚步，一直冲到那个特务的面前，挥手一拳打在对方的喉结上，特务还没有来得及喊叫，他又刺出一记直拳，打在对方肋骨中间的凹陷部位。他没让这个特务直接倒在地上，而是伸手抓住了他的衣襟，慢慢放倒在地，从特务手里摘下了手枪。

他猜另一名特务仍然站在晒场门口，门在右侧，他却跑到左面，用力拉扯布匹，晾架剧烈摇晃起来。他沿着两排布匹间的通道，迅速跑到右侧。从晾架到大门还有七八步距离，他从最后一排布匹中蹿出，向门口冲去，口中大吼一声，不要动，脚下却一步不停，左手拿着枪，枪口正对着还没打定主意的特务。他没有开枪，跑过特务身边，右手上匕首一挥，就像顺手撸了一下对方的下巴，就像手臂在奔跑时摆动，不小心碰了对方一下。直到他已经跳到门外，那人才感觉到咽喉上的一丝凉意。

他仍然没有停下来，继续向弄堂左面奔跑，随后向右转，进入一条直巷。巷子右边是一道高墙，高墙里面人声喧哗，高墙外面的小巷却十分安静。从巷口出来，是一条较宽的街道，他没有转弯，仍然钻进对面的巷子。下一个巷口外又是一道宽街，总算有了一些人。

陈千里放慢脚步，调整呼吸，头脑开始思考，突然有了一个主意。他没有跑向外面的马路，反而去了学前街，从学前街弄口进了普育里横弄。他转进直弄，顺着直弄穿过两三排房子来到弄堂口。外面是蓬莱路，卢忠德的书画铺就在弄口左侧。他进了店铺，一把拉住卢忠德往后屋去，边走边说："老易，特务冲进了我那里，我干掉两个逃出来了。你也赶紧撤离吧。"

"特务怎么知道我那个地方？"卢忠德狐疑地问。

"昨天晚上我想去找陈千元，有两个特务盯上我了。可能他们发现了那个地方。你马上离开店里。"

"我不忙着撤退。梦花街那房子就算暴露了，他们也找不到我，租房子的人这会儿回四川过年了。撤退转入地下，就要重新换一套身份，我们有重要任务，来不及准备那些，能坚持多久就坚持多久吧。"

陈千里从书画铺出来，钻入拥挤在蓬莱路国货市场外围的人群中。在方斜路法商电车公司车站，他朝站台旁的电线杆看了一眼，找到了梁士超的字条，贴在一则寻人启事旁。原先这个位置贴的是小广告，广告上的图案被撕掉一大半，药瓶看不见了，只剩下半个秃头。字条上有一个电话号码，像是哪个放学的小孩，在空白的地方用铅笔歪歪扭扭写了一句骂人的话：卢忠德是个王八蛋。

他上了五路有轨电车，买了票，打了洞，挤在后面三等拖车内。这洋商电车只有头等、三等，却没有二等，租界里的外国人显然觉得在他们与中国人之间，隔了不止一个等级。

他打算先去肇嘉浜，通知林石和李汉马上转移。他在心里盘算，秦传安、田非、董慧文和陈千元这几个人都住在租界里，叶启年就算想要抓人，动作也不会那么快。他估计广州和香港交通站的撤离，可能会让叶启年警觉。公和祥码头他虽然成功骗过了卢忠德，但今天对他的抓捕，说明叶启年改变了主意。这么一来，他就不应该让其他同志再冒险了。

司乘用法语和汉语各报一次站名，电车在斜桥转向西行，过了马浪路、卢家湾、打浦路桥、潘家木桥，在亚尔培路站陈千里下了车，车站就在肇嘉浜岸边。他在街角一家烟纸店给梁士超打了电话，然后沿着肇嘉浜路往前走。

茂昌煤号外并无动静。工人运煤过桥，两个人一个在前面拉纤，一个在后面推车，板车上装满了刚刚制好的煤球。木板桥上没有桥栏，煤车通过时，他侧着身，勉强让自己站在桥板边缘。

堆场车间里有传送带嘎吱滚动的声音，太阳照在河岸淤泥上，河面上漂浮着一些绿藻，一群麻雀在煤堆上寻找食物，铁丝网围绕的煤场里，看不到一个人。他绕过小山一般的煤堆，平房西墙边有人弓着腰、背对外面站着，陈千里靠近时，他刚撒完尿，转身问，你找谁。他找李汉。

那人往工人居住的棚屋方向挥挥手："李汉昨晚上值夜班，刚回去。"

他知道李汉住在哪里。煤场西北角有一段铁丝网被扯开了，那里紧靠河岸，周围都是荒地，外人不会来。扯破的铁丝被小心卷了起来，露出一个洞，洞外有一条小路，不是专门修建，而是被人常年用脚踩出来的。小路周围全是荒草，从土堆一直长到土坑里，土堆上有晾晒的衣服，土坑则成了垃圾坑。小路弯弯曲曲，通向一排棚屋。煤场里的工人，大多住在这些棚屋里。

棚屋有两排，东一间西一间，随随便便搭在河边，有几间是砖墙，大多数是土墙，墙上倒是都刷了石灰。外面一排棚屋面朝荒地，门前一片地被平整过，铺上了煤渣和土，是棚屋居民的小广场，到了夏天，他们便在这里吃晚饭、乘凉。这时候天冷，场地上只有晾晒的衣物和野猫野狗。场地南边，距棚屋大约二十来米的地方，打了一口井，平时这里总有几个妇女在洗衣服洗菜。

李汉住里面靠河岸这排，两排棚屋中间有一长条空地，空地上靠着各家各户的门墙，垒了些水槽灶台，墙上挂着辣椒、大蒜和晒干的豆角，李汉的棚屋外面却挂着一大块咸肉。

这块咸肉是安全信号，看见它，陈千里便从墙边转身出来，往里走。刚进那片长条空地，他心里就忽然生出危险的感觉。李汉的棚屋关着门，他知道平时李汉很少关门，哪怕他去煤场上班。实际上棚屋里的这些居民，平时都很少关门——除了夜里，就算天冷也开着门，这样棚屋里才比较亮，可以省下煤油。

陈千里连忙回退几步，转到棚屋的背后。这排棚屋的后墙紧贴着河岸，河岸是一道陡坡，上面是多年堆积的淤泥，在陡坡和棚屋后墙之间，平地只剩极窄一条，一个人侧着身勉强能站在上面。他贴着棚屋后墙慢慢向前移动，一间、两间、三间……他知道李汉的棚屋是第七间。棚屋后墙上没有窗，所以里面的人不用防备屋后，但是李汉的邻居家却开了后窗。他推开那家的后窗，悄悄翻了进去。

一进屋他就知道发生了什么。李汉那里有特务。隔壁，李汉和林石正交替着说话，一个要喝水，另一个却要撒尿，有人轻声地呵斥他们俩。陈千里走到房门边，门是用长条木板钉成的，木板和木板之间有缝隙，他从缝隙间向外看。前面那排棚屋的后墙跟这排一样，有些开着后窗，有些没有。他怀疑那些窗后面可能也有人。

他不知道隔壁房间有几个人，有几支枪。他只能等。

他等了很久。太阳已经有些偏西，阳光从门板缝隙间照射进来，外面空地上有小孩追逐着跑过，然后又是一片沉寂。

　　他知道隔壁是个陷阱，专门为他设下。他们在梦花街没有抓到他，叶启年就猜到他一定会来这里。他现在担心的是叶启年会不会看破他在卢忠德面前制造的假象。特务到茂昌煤栈来抓人，说明叶启年似乎已经不在乎暴露"西施"。李汉从菜场逃脱没有被捕，崔文泰也没有来过煤栈，他们到煤栈来抓人，是不想让卢忠德继续潜伏在地下党组织内部了吗？他是不是低估了叶启年的判断力？广州交通站撤离，会不会让叶启年认为他们在这条交通线上已经挖不出什么新线索，打算收网了？这是一盘错综复杂的棋局，他不仅需要猜到对手下一步会做什么，而且要猜到对手是如何猜想他的下一步。无论如何，现在还不能让卢忠德觉得自己暴露了。

　　机会来了。隔壁房门打开，有人出来，站到空地对面，一边哼着小曲，一边对着墙根撒尿。陈千里看到他肩膀一抖，便向外轻推房门，又往回合上。撒尿的特务猛然转身，狐疑地向这边张望。没有动静，特务放心了。他系着扣子，又哼起了小曲，准备回到李汉的棚屋。

　　门又开合了一下，这一次动作更大，声音更响。这下特务惊吓到了，大叫一声："是谁？"

　　斜对着李汉棚屋的一扇木窗推开了，两个特务伸出脑袋，有一个高声呵斥："闹什么闹？滚进去。"

　　撒尿的特务往陈千里的方向指了指，又有两名特务从李汉棚屋里出来，几支手枪齐刷刷对着这扇门，却不敢贸然进门，迁延良久，最后才有一个胆大包天的，举着枪踢开门冲了进去，但是房间里什么人也没有，后窗倒是半开着。

"原来是风！"这名特务惊魂未定，大骂一声好让自己回过神来。

现在陈千里知道前排棚屋的特务躲在哪里了。他翻窗出去，顺着墙边只有一脚宽的窄路绕到棚屋东头，在那里等了一会儿，等四周又再次安静下来。他开始奔跑，像一只猫，或者一只猎豹，跑起来脚下一点声音都没有。他跑到躲着特务的那间棚屋门口，完全没有停步，靠那股冲力撞开房门，直接冲到后窗前，那两名特务还没有反应过来，陈千里手里的匕首就划开了一名特务的喉咙，只见他愣愣地看看陈千里，又看看自己的同伙。看了一会儿，他的腿开始发软，倒下了。另一个就是刚刚发声呵斥的家伙，他盯着倒在地上的特务，却不敢发出任何声音，因为他的脖子上顶着一把锋利的匕首，刀尖扎在喉结部位，他觉得咽喉冰凉，似乎有液体在往外冒。

刀尖没有刺进去，陈千里低声说："让对面房子里的人出来。"

他没听明白。

陈千里朝窗外努努嘴："把他们喊出来。"

特务叫喊起来，全部出来，全部出来。从李汉的棚屋出来三个特务，陈千里没有等待，一把夺过特务的手枪，上膛、射击、再射击，动作一气呵成。三名特务倒在地上。看到陈千里开枪，房间里的特务从后面扑上来抓他，他头也不回，曲肘向后撞击，回身又是一枪。

陈千里跳出窗口,向对面奔去。冲进门,发现棚屋里面已打了起来。屋里还有两名特务,枪声响起的瞬间,他们愣了一下。林石和李汉趁机动手,李汉抱住一名特务滚在地上,死死掐住了对方的脖子。林石则举起桌上的茶壶,冲上去砸到另一个特务的脑袋上,但他腿伤未愈,这一下并没有把那个特务砸晕。见特务抬起手枪,林石合身扑了上去,像李汉那样,也跟特务一起滚在了地上。

陈千里一步蹿过去,提脚踢向抱着林石的那名特务的后腰。这一脚足以踢断对方的腰椎,但是这个特务在被踢到之前开枪了,枪压在两个人的腹部之间,枪声听起来有些沉闷。

扬州师傅

虹口公园东侧是靶子场，围墙里传来枪声，一大早租界商团就在实弹训练。两道围墙之间有一条煤渣小路，因通往日侨聚居的千爱里，这条路就被叫成千爱路。千爱里有内山书店，陈千元常去那里，日人开办的书店，可以看到很多别处不敢卖的书。但今天来得太早，书店还没开门。路边的房屋是三层小楼，门前庭院有砖砌的镂空围墙，围墙只有齐腰高。庭院里种了不少樱花树，"千爱里"就是从樱花的英语读音来的。

董慧文一到，两个人就顺着那条煤渣路向北，他们约好了去公园。

这是他们最喜欢散步的小路，但是陈千元先要问一句：

"你甩掉尾巴了吗？"

"今天不理他们。"董慧文回答。她打算像普通情侣那样,好好过上一天。

在公园的湖岸边,他们找了长椅坐下,刚买的栗子还有点温热。

"昨天下午他就忙起来了,快半夜了还在厨房,我下楼逼着他才去睡觉。"董慧文说道。

"我就叫他董伯伯吧?我要是叫他爸爸,他会不会马上就问我们什么时候结婚?"

"你不叫他爸爸,也会问你。"董慧文望着河面上干枯的浮萍说。前一阵董慧文进了龙华看守所,她爸爸吓了一大跳。等她出来,觉得他一下子老了好几岁,过了年精神才好些。

栗子壳落在水里,水纹一圈圈向外漾,几条鱼从水底冒上来。

陈千元忽然下了决心:"等见到哥哥,我就跟他说,顺便也就请示了上级。"

他们俩第一次见面是在地下党秘密机关,那是戏院边上的一幢房子,楼梯与戏院楼座合用。她去的时候,戏院里正上演新编话剧,下午场。戏已过半,检票员不知去了哪里,通往楼座的门大开,舞台上马振华痛心疾首,楼道的每个角落都能听见她悲伤的声音,她准备写完那封信就去投江自尽。

楼梯转角旁有一扇门,她敲敲门,重重地敲,她担心马振华说话的声音太大。开门的男生眼睛很亮,看起来还像个学生，正怒气冲冲望着她。

房间很小，没有窗，里面放着拖把、水桶和一堆板箱。板箱上有一本书，书页翻开，箱子旁边放着一只板凳。她愣住了，这里是机关？后来她才知道，机关在楼梯上一层，穿过戏院楼座入口前的长廊，才是秘密机关所在。

他们说了接头暗号，她把文件递给对方，但是他余怒未消，低声训斥她：

"为什么要那样敲门？

"你怕别人不注意吗？

"这里是党的机关，你当是你小姊妹的宿舍？"

她去过那里三次，每次都是去送文件。每一次接到任务，她的心情都很轻快，像信鸽从天上飞越大街小巷。她已经爱上他了，只不过那时候她自己不知道。直到送信的任务突然停止，连续五个月，老方都没有让她送文件去那个机关。她不能向老方打听那是为什么，她也不敢打听。也许送信的任务再也不会交给她了。是她犯了什么错吗？他向组织上告状，说她敲门太重？可是他不再生气了呀，随后的两次任务，他表现得很温柔。给她倒水，跟她说话。

有一次是夏天，他还到楼下捧来半只西瓜，让她坐在板箱旁边吃西瓜。那一次他们说了很多话，他告诉她，俄文书的作者名叫涅克拉索夫，他正在翻译他的诗歌，哥哥和他女朋友都喜欢涅克拉索夫，后来他也爱上了。难道是因为这一次他们说话说得太多，她在联络点耽搁了太久？她以为自己再也不会去那间小小的密室了，她以为永远也见不到他了。

后来她又见到他了。在第二年五月的一次街头集会上。他慷慨演讲,但几分钟后,聚拢的听众散开了,巡捕冲了过来,警棍砸在他头上,她跑上去扶住他,他们转进了弄堂,再转到另外一条马路上,她把他送到一个安全地点,原来她和他的上级都是老方。

史考托杯赛是租界体育盛事。公园草地上,下午开始的西联会甲组第二场已赛至下半场,陈千元喜欢看球,但他们俩今天到这里约会,却由董慧文提议。他哥哥离开上海好多天了,一直没有音讯,陈千元有些焦虑。球赛对外售票,球场两侧各有三座临时搭建的长条木台,木台高至膝盖,放着五排长条凳子,每座木台能坐二三百人。木台周围拦着绳子,不愿买票的人也可以站在拦绳外面观看。

董慧文紧挨着陈千元,站在拦绳外看球的人群里。侨商腊克斯队那几个人高马大的英国人,跑起来比较奔放,震得草地嗵嗵乱响。两队一番争抢,眼看着球要出底线,暨南队的一个瘦长队员滑铲过来救球,连土带草扬起一阵灰沙。

拦绳外的观众惊呼着纷纷拍手,互相点头称许,人群中一个女声十分尖亮,董慧文听着有些耳熟,循声看去,只见陶小姐花枝招展地挤在人群中,那个受到欢呼的瘦长队员正朝她频频飞吻。

董慧文拉了拉陈千元的衣袖,正打算离开,却见陶小姐在向自己招手。她低声对陈千元说了句:"那个陶小姐。"

话音未落,陶小姐在人群中朝他们挤过来。

"董小姐！董小姐！"陶小姐涨红着脸，汗津津地跑到他们面前，她一边打量着陈千元，一边拿手帕扇着风，"你们也来看球啊？"

董慧文客套道："我们是路过。"

陶小姐看出董慧文有点敷衍："哦哦，这么好的天气，出来游园最好了。不过哦，踢球还是很好看的，你看那几个洋人，腿像大象一样，把草地踩得像地板一样响。谁住在这种人楼下，真是倒霉死了。"

陶小姐见董慧文无意介绍陈千元，倒也并不介意："那位凌太太好哦？上次在银行里碰到一次，急急忙忙也没说几句话。"

凌汶动身去广州好些天了，一直没有消息，陶小姐忽然一提，董慧文又有些惴惴不安："凌太太蛮好的，她说起过有次碰到你。"

"说起来真的很不好意思。"关于龙华那封信的事，陶小姐终于碰到个机会想解释几句，但是又不知道该说什么。

董慧文见她有些尴尬，连忙说："陶小姐，你看球吧，尽兴。我们有点事情，先回了。"

"没事的，比赛我也看不懂，我是来看人的。"陶小姐说着朝董慧文眨眨眼睛，好像已经忘了之前想要说什么。

此刻场上暨南大学队一比零领先侨商腊克斯队，暨南队左边锋带球突击，球又到了底线附近。

四周观众目不转睛，陈千元却看见两座看台之间的通道上，有人在朝他们这边张望。看球的人或站或坐，全都面朝球场，这两个人却侧身站着，在那里指指戳戳。

带球进攻的队员转身一脚远射，球被侨商队守门员抱住，他正想扔球给后卫，手却一松，门前禁区内，暨南队前锋见势冲上前就是一脚，球脱手向后落入球门。四周观众顿时疯狂喝彩。陈千元拉了拉董慧文，两个人趁乱悄悄离开了。

董慧文住在郑家木桥聚源坊，父亲是淮扬菜名厨，靠手上锅勺挣下全副家业。扬州师傅当年，用一味普普通通的扒烧整猪头，在一年一度的扬州南门宴业公会一夜成名。其时扬州城内饭店业几百位老板、厨师全都会聚现场，甚至北平上海的淮扬帮馆子也派人前去观礼。

当天晚上就有人送来礼金和聘书，延请他去掌勺。上海有几位银行家，学租界里洋商的样子，依样画葫芦，也办了一个私密的银行家同人俱乐部。除了打牌聊天，必不可少的就是要有一个好厨房。

董师傅四十岁才结婚生女，只可惜妻子得了产褥热，产后两天就过世了。董师傅一个人把女儿养大，等董慧文毕业做了教师，自己过了六十岁便告老退休。虽然退了休，他在厨房里也教成了一两个徒弟，但是政商两界，很有几位耆宿记着他做的菜，逢年过节，或者遇上什么事要办宴席，仍旧会请他出来主持。明天是元宵节，上个月赫德路程家就派人来说定了日子。程家虽然标金失败，倒了生意，仍要撑着场面，打算正月十五那天遍请各方友好。董师傅不好意思推辞。

所以他让董慧文请陈千元到家里吃饭,只能安排在正月十四,今天晚上。

墙上挂着董师母的照片,中间放了圆台面,客人加主人只有三个,放了三把椅子。圆桌上几只小碟,油爆虾、笋尖、鸭胗、火腿、醉鱼,加上一碟什锦菜。拌炒的咸菜,里面倒有香菇、木耳、竹笋、豆腐干、芹菜、豆芽十几种,都切成丝淋了香油。桌子中间放着一壶烫好的绍酒,董师傅却仍在后面厨房。

陈千元和董慧文前日去街上买了一顶皮帽、一条围巾,装了盒子,预备今天拿来送给董师傅。董慧文拿起盒子走到后面,进了厨房,出来就预报菜单:"今天董大师傅请你吃三头宴。"

话音未落,董大师傅隆重出场。因为在厨房干活,只穿了一件玄色洋缎短褂,下身同色直贡呢扎脚裤,天冷又加了羊皮背心,头上歪戴一顶簇簇新的貂皮帽,肩膀上挂着条驼绒围巾,半条在前面,另外半条垂在背后,前面长后面短,险险乎要往下掉,董师傅却腾不出手。他双手托着大盘子,盘中坐着一只枣红色猪头,猪脸栩栩如生。猪头拆骨镊毛,焯水三次,大铁锅竹箅垫底,铺上葱姜,加冰糖酱油作料,小火焖了几个小时。装盘虽是整只猪头,却眼球软、耳朵脆、舌头酥、腮肉润、拱嘴耐嚼,分出五种口味。

下一碗是拆烩鲢鱼头。过年前董师傅的徒弟回了一趟扬州，带回来几条三江口血鲢，董师傅养在缸里，就等今日待客。鱼头拆骨以后装入篾编网兜，加火腿笋片炖成腴厚浓汤，装入汤碗，两鳃鱼云如花瓣绽放。

最后是一只砂锅，里面四只拳头大小的狮子头。因为这会儿连一只大闸蟹也找不到，董师傅便用鲴鱼代替，将肋条肉与鱼肉同斩，用手捏成松松一丸，逐个放入砂锅，小火清炖而成。

董师傅平日里早就被没大没小的女儿治得服服帖帖，这会儿却端着架子。他毫不客气地叫陈千元去给董师母磕头，照片下放着案桌，案桌上放着两碗菜肴，一盘八宝饭，一盘枣糕。青砖地上，陈千元恭恭敬敬跪了下来，三个头磕好，董师傅就把陈千元当成了自家小孩。

董慧文被抓进了龙华看守所，董师傅才意识到自己家里也有了共产党，即使七八年前国共合作时，他也只是从报纸上听说过他们。虽然从报纸上或者从宴席上传到厨房的片言只语里，让他对共产党有那么一点模糊的印象，但自己女儿加入了共产党，这让董师傅对他们有了一种隐隐的好感。

他不打算把心里的感觉表现出来。女儿在龙华的那些日子里，他甚至去找了银行家俱乐部的陈先生，他知道陈先生在南京认识很多人。但陈先生对他说，老董，这个事情我帮不了什么忙。董师傅希望自己能通情达理地说出一些看法，让这两个孩子注意到他的希望，他希望他们俩早一点结婚，生儿育女。但他说不出什么道理，他只知道连陈先生都不愿意帮忙的事情，赢面一定不大。

绍兴酒喝了两杯，董师傅像是随口问一句："那几天小文在龙华，你和她一起吗？"

陈千元回答是的，但男牢和女牢并不在一起。这么一来，董师傅又接不上话了，饭桌上一阵沉默。

董慧文抬头看看父亲："他们抓错人了。"

噢，董师傅点点头。他不相信女儿的说法，共产党，一般人想见也见不到，如果他们把小文抓去，那她多少沾了一点边。但今天是好日子，应该开开心心。他又问陈千元："你们俩是同学？"

他今天什么话都对陈千元说，什么问题都问陈千元，他是故意的。

"当然不是同学，他比我大三岁。"

"那么你们是怎么认识的呢？"他仍然对着陈千元问。

"在戏院的办公室。"陈千元一边说，一边微笑地看了一眼董慧文。

"好意思说办公室，那就是个猫洞。"董慧文转头对董师傅说，"他在木板箱子上读书。"

"怪不得外面有一只猫拼命撞门。"

"你才是猫，脾气很大的野猫。"

董师傅当然知道他们俩是故意打情骂俏，好把他的注意力引到别处。他用筷子把猪耳朵分出来，一只夹给千元，一只夹给小文。他希望他们俩吃了炖透的猪耳朵，耳朵根也软软的，听得进劝告。

他端起酒杯，想要跟千元干一杯——

陈千元端着酒杯站起身来,他想确实应该敬老人家一杯,也许以后再也没有这样的机会了。

就在这时候,门被撞开了,厨房边的走道里好像进来很多人,三个人拿着酒杯、筷子,转头朝门外看。

是游天啸,带着侦缉队四五个手下。

他大摇大摆走进来,在客堂间前面站定,眼神对着面前几个人扫了一圈:"两位真能跑,在足球场上我的人正想上来找你们,一转眼你们跑到这里来了。吃好了吗?把这杯酒喝了,跟我们走一趟吧。"

董师傅刚想站起身,却被两个特务按住了肩膀,游天啸对他说:"董师傅,大厨师。我们穆处长也吃过你做的菜,对你的猪头肉赞不绝口。"

他看看桌上,伸手抓起一块,是猪头上一块拱嘴,塞进嘴里,边嚼边说:"你也不用到处找了,案板上大刀小刀都让我们收起来了。"

墓 地

正月十五，元宵节。

汽车一路向西，行驶至小闸镇附近。蒲汇塘一段旧河道中，河水已被抽干，沿途只见数百名河工，正在疏浚开挖河道。这项去年十二月开始的工程，完工后将贯通蒲汇塘和漕河泾两条河道。

宁绍山庄就在小闸镇南面，墓园门前有座木桥，桥后林木森然。汽车停在桥前，叶启年下车后独自过桥。草地间的小路上，零星有几个来扫墓的人。墓园分甲乙丙丁四区，叶启年穿过一方草地，草坪后冬青环绕，他走到叶桃和她母亲的墓前。

叶桃墓前有一小堆栗子，已遭鸟雀啄食，散落在四周。叶桃爱吃栗子，叶启年似乎心里想到了点什么，盯着栗子看了半天，又俯身用手把墓穴石板上的残渣扫落草丛。

今天是叶桃的生日，谁还会记得这个日子？他将叶桃的骨灰从南京送回上海陪伴她母亲，没有什么人知道。至于陈千里，他有何面目来见叶桃？是他们杀了她。他想，也许是她的那些同学，她们曾一起分享零食，分享对男生的看法，也分享那些让人误入歧途的思想。

叶启年并不希望手下当场击毙陈千里。他想抓到他，让复仇变得漫长而彻底。他们在梦花街没有抓到他。现在他知道，陈千里已受过专业训练，是他大意了。他记忆中的陈千里，还是从前那个少年意气的学生。

所以昨天他离开了来安里，去了小桃源。也因此梦花街失手的消息传回正元旅社时，游天啸作了草率的决定。在茂昌煤栈，他们又一次失手，还赔上了好几个行动人员。游天啸怀疑陈千里有贴身护卫，但是他看了侦缉队拍摄的现场照片，也去了停尸房，他认为那些干脆利落的致命一击，应该是一人所为。

好在游天啸总算把陈千元抓回来了。叶启年让他把陈千元、董慧文押回他们的住处，并把上海站行动人员全都派了出去，再加上龙华侦缉队的人，打算在那里给陈千里设下陷阱，马路上、弄堂里、房间里、屋顶上，这一次全都布置了人手。他命令他们，可以开枪，但要留活口。

一阵风吹过，有人在远处轻声哭泣，声音像是在吟唱。

叶启年忽然觉得背后有些异样，他猛地转过身，几步开外，陈千里两手垂在大衣两侧，镇定地注视着他。

宁绍山庄是个不大的墓园，四周围着木栅栏，进门只有一条路。

"你把我的人怎么了？"叶启年顺着蜿蜒的小路，望了眼墓园入口。

陈千里环顾四周："司机在车里，有人看着。"

"你还是改不了不请自到的毛病。"那个兴冲冲的年轻人依稀还在，似乎时间还没有来得及彻底修改他。

"你派人找了我几趟，这次我自己来了。"

两只灰背鸫落在草丛中，它们是新来的觅食者，对别的鸟儿啄过、已经裂开的栗子不感兴趣，而是找到了一颗完整的栗子。

"那么这些栗子是你带来的？你倒记得她喜欢吃这些。"

陈千里仍然盯视着叶启年，他似乎根本没听到叶启年说的话。

"你跟着叶桃跑去南京，现在又跟着我来她的墓地。"

陈千里淡淡地回答："找你不难，看守墓园的人有一本登记簿。这几年，你每年元宵节都会来一次，放下一点钱。"

叶启年冷笑了起来："我差点以为你会专门来看看叶桃。你是打算在她们的墓前杀了我？"

陈千里的声音很平静："你不配死在她们的墓前。"

"这是我的女儿！"叶启年突然咆哮了起来，"你利用她，然后又把她杀了！"

陈千里厉声道："是你杀了叶桃，是你杀了自己的女儿！"

草地间的小路上一对男女向这里走来，他们好像感觉到了什么，犹犹豫豫地停住了脚步，转身向另一条小路走去。

叶启年盯着陈千里，压低了声音："你们欺骗她，让她进入瞻园窃取情报。她被发现了，你们就认为她没了利用价值。她投奔你们，你们却把她杀了。从背后开枪，让她孤零零地死在藏兵洞里。"

陈千里觉得是时候戳破这个冥顽不化的特务头子的妄念了："叶桃是为了她的理想牺牲的。她去南京，利用你的关系进入瞻园，是她主动向党组织提出的请求。还有更重要的，和你说的正相反，她在女师大加入了共产党，是她把我引上了革命的道路。"

叶启年看着叶桃的墓碑，面无表情地说："你们把她杀了，再把她塑造成你们的烈士。但是我的女儿是党国的烈士。我的女儿。我非常清楚！"

"你清楚？我来告诉你不清楚的。"陈千里看看四周，也压低了声音。

"虽然她暴露了，但她知道你不敢公开告诉其他人，把她抓起来。她是你女儿，如果她是中共情报人员的事情被别人知道，你不光丢了面子，在瞻园的地位也会摇摇欲坠，因为上面那些人就会知道，原来行动前屡屡泄密，漏洞在你叶主任自己家里。"

"是我引狼入室——"叶启年悔恨不已。

陈千里明白，真相可以摧毁他那自欺欺人的盔甲："可是她也没法撤离瞻园。先前泄露的情报，都是从那里出去的，她出不了瞻园，你不许门卫室放她出门。她一到门口，门卫就会拦住她,然后给你打电话。她没法离开,也不敢离开。她觉得就算出了门,你也会悄悄派人盯着她。"

"我派人监视自己的女儿?一派胡言。"

"叶桃了解她的父亲是个什么样的人。如果她贸然出去联络党组织,很可能连累其他同志。"

"你以为你编造的这些能够蒙骗世人?"叶启年心想,父亲的本能是否让自己在特殊时刻失去了一个特务的应有判断。

"那时正值梅雨季节,那年南京雨下得特别多,也特别大。每个人都穿着雨衣,带着伞。"

陈千里仿佛又看见那个下午,看见叶桃焦急的模样:"她想出了一个主意。她怀疑你可能会监听她的电话,所以悄悄跑到总务科,总务科常常跟外面联系,从那里打出去,总机不会特别注意。她在电话中跟我商量好,让我去买双马牌雨衣,要纺绸面料上涂胶的那种,红色。买两件一模一样的。再买两把雨伞,也要一模一样。她让我穿上雨衣,打着雨伞到道署街瞻园南门口。"

"你在向我解释瞻园的内务?"叶启年仰头望着天,面露讥嘲,似乎对陈千里说的这些毫无兴趣。

"门卫室给她打了电话,让我进门。我没有去机要室,而是跑到假山洞里躲了起来,把另一套雨衣雨伞放在石阶上。两三分钟后我就从假山出来,回到门口离开了瞻园。"

叶启年终于直视着他,表情狰狞:"事情到了那一步,你真以为瞻园的门卫还能让你随便进出?"

"当然是你让门卫放行的,因为你想让特务在背后跟踪我。"

叶启年当然记得自己当年做了些什么,他一直试图忘记,或者试图以忘记来修改他不想面对的一切。

"她从机要室出来,跑到假山后换上雨衣,戴好兜帽,拿着雨伞,这样别人就不知道她离开了瞻园。她从机要室后面的北门出去,这样门卫就不会两次看见我离开瞻园。"所有那一切,陈千里历历在目。

"我和她约好了,在马府街等她。我远远看见她从九条巷过来,立刻跑过去,但枪声响了。等我赶到时特务躺在地上,她自己也中了枪,子弹是从背后打进去的。她说特务蹲下来检查,打算再补一枪,但他看到了叶桃的脸,愣了一下,这时候叶桃口袋里那支袖珍手枪射出了子弹。"

叶启年后悔没有随身带着枪。

"她昏迷不醒。我背着她向北面狂跑,丹凤街、洪武路、子午路,一直跑到神策门。"陈千里眼前浮现出当时的情景,他们冒雨上了城墙,城墙顶上有向下的阶梯,下去几阶就进了城墙里面的藏兵洞,那里可以躲几千个兵卒。

"她全身都湿了,血和雨水混在一起。她醒来后对我说,她知道为什么会有人来杀她了。她说,那不是要杀她,那是冲着我来的。你不想让人知道你的女儿通共,你认为只要把我杀了,就切断了叶桃和地下党之间的联系。你以为她是因为我才加入了共产党。"

只是一瞬间,叶启年就像燃尽的蜡烛开始销蚀坍缩,虽然还站在那里,但已是神色委顿。

叶桃说她很高兴替他挡了这颗子弹,她不能想象子弹打在他的身上。陈千里好像又听到了那时的心跳声。他找了一块干燥的地面,让她躺在那里。他想去找医生,但叶桃拦住他,她有话要对他说。

她告诉他,她是中共地下组织的情报人员,受命潜伏在瞻园。她说,虽然你应该早就猜到了,但我还是应该正式地告诉你。她一直想介绍他加入党组织,也让他做了很多外围的工作,每次她打电话让他去瞻园,都是要完成一件党的任务,只是他自己不知道。就在那天,她原打算带着他一起去地下党秘密机关,她请示了上级领导,而领导也认为经过一段时间的考验,可以接受陈千里入党。

那个地方就在马府街,他不是常帮她去那儿买桂花糖芋苗吗?她微笑着说。他们之前约好了,出了瞻园以后,到马府街碰头。她在昏迷中,不知道陈千里背着她,一直往前跑,远远地离开了马府街。她要他立刻赶去马府街,向组织上汇报,她找到了那个答案:欧阳民是叛徒。

他不愿意离开她,但他必须走。他下了城墙,又拼命向南奔跑。可是马府街周围全是特务。瞻园倾巢出动,街上设了关卡,到处都是穿着橡胶雨衣的人。

他在雨中观察了一会儿,只得回头。他再一次拼命奔跑,想去找一个医生,可是街上开始出现大批军警,警车呼啸而过。

党务调查科对外宣称，机要室女干事叶桃被中共绑架，全城到处都在搜查，没过多久街上就贴了他的画像。

他根本跑不出那一带，最后翻墙跳进了一个院子，躲在院墙角落的枇杷树背后。树上结满枇杷，有些熟过了头，有些被鸟儿啄开，在暴雨中，他闻到浓烈的酸甜气味。

他到现在也忘不了那个气味，忘不了那强烈的焦虑和悲愤。他想冲出去告诉特务，叶桃在城墙上奄奄一息，可他不能。因为叶桃对他说，他必须去马府街，把那个答案报告给党组织。

直到那天晚上，他才有机会进入马府街，找到了地下党。组织上马上派人陪他一起，悄悄去了神策门城墙，但那段城墙被封锁了。特务发现了叶桃。

陈千里看着面前这个杀死了自己女儿的父亲："我想去找医生，但街道被你派出去的人封锁了。你派人枪杀了叶桃，还堵死了救她的一线希望。"

他长舒一口气，望向墓地上空，天色不知什么时候起了变化，浓云密布，像是要下雨了。他凝视着叶桃的墓碑，上面只是简单地刻着叶桃的名字和生卒年月，朴素如她在世时的面容。平静，令人信赖，视死如归。

从墓地到河边的那段路，叶启年完全不知道是怎么走过来的，他面无人色，浑身像被抽去了骨头。寒风席地而来，墓园中的落叶被卷至半空。

看见汽车上多了一个人，叶启年并不惊讶，他没有回头看陈千里，打开后座车门，坐了进去。坐在副驾驶座上的是李汉，他正拿枪指着马秘书。

陈千里把手插在大衣口袋中，向四周扫视了一圈，也坐上车。

上了车，叶启年似乎稍微恢复了一点生气，他直了直腰，对陈千里说："我知道你想要什么。到漕河泾镇上打个电话，我可以让他们放人。"

前座的马秘书发了急，回头喊道："主任，让他们先放了我们。"

李汉用枪口在马秘书腰上使劲戳了一下。

僵持了一会儿，叶启年说道："把人放了再杀了我们？陈千里不是那样的人。"

"陈千里不是叶启年。"

时机稍纵即逝，行动迫在眉睫。为了最终完成转移浩瀚同志的任务，他抑制着立刻手刃这个特务头子的冲动。

漕河泾小镇，镇中心是一条直街，街上开着些竹器店、米店和柴行。

叶启年本想对陈千里说去镇公所打电话，但陈千里事先侦查了周围的环境，在豆腐店旁边找到了一家烟纸店，里面有一台公用电话。

在电话里，叶启年让游天啸把布置在陈千元家里的人全都撤了。

牛奶棚

陈千里的新计划中,卫达夫的角色十分重要,而且相当危险,所以他这会儿做出一副闷闷不乐的样子,坐在老西门一家小酒馆里,要了一壶烧酒。桌上一碟是花生,另一个碟子放着些鸡脚、鸡头、鸡屁股,他自斟自饮起来。

他在心里默默地说,这一杯,是为了老方,喝干了。下一杯,他想着是替林石喝的酒。前天下午在茂昌煤栈,与特务搏斗时,林石中了枪。陈千里让李汉找来一辆三轮车,把他转移到法华镇,当时除了陈千元和董慧文,其他人都到了。秦医生虽然缺少手术器械,但也想尽了办法。他们一度考虑通过秦医生的关系把林石送往租界的外国医院,可是还没等他们联络安排好,林石就牺牲了。

卫达夫一连喝了好几杯,为那位到菜场报信的同志也喝了一杯，他们连他的姓名都不知道。他想自己也应该为凌汶喝一杯，根据陈千里的判断，她一定被卢忠德杀害了。后来他甚至想为从来没见过的龙冬喝一杯，为许许多多他没有见到过的人喝一杯。

现在是晚上九点，这家小酒馆营业到深夜，除了酒菜冷食，也卖阳春面。只有一些深夜买醉的酒鬼、夜班警察和职业可疑的人才知道这个地方。可是这会儿，那些人都还没有来，店里只有他一个人。

卢忠德来了。他坐在小桌对面，提起锡壶晃了晃，皱起眉头说："怎么喝那么多？"

卢忠德大声叫来堂倌，让他切半斤羊肉，再来两碗阳春面。

"陈千里在哪里？"他问卫达夫。

"他躲起来了，他们都躲起来了——"卫达夫拿着一根鸡脚，醉眼蒙眬。

"怎么回事？"

"前天，从早上到晚上，特务都在抓陈千里，他跑到哪儿，特务就追到哪儿。幸亏他没来找我。他们找到茂昌煤栈，林石死了。"

叶启年要游天啸故意放过秦传安的诊所、卫达夫的家，因为他还想让卢忠德继续伪装一阵。

"林石牺牲了？"

卢忠德假装大惊失色。

"对，应该说牺牲，林石同志牺牲了。"

"陈千里人呢?这会儿他在哪里?"

"他躲起来了,不知道他在哪儿,其他人都在法华镇。我找的地方,他去那里给大家布置了任务。"

"什么任务?"

"各有各的任务,我可不能告诉你。"卫达夫醉得抬不起头,把脑袋放到桌上撞了两下,又抬头对他说话。

"你看看你现在什么样子。"

他一直是卫达夫的领导,知道卫达夫虽然看起来吊儿郎当,但人却相当精明。

卫达夫喝光剩下的半杯酒,觉得没喝够,提起酒壶倒满,一仰头又喝干了。

卢忠德掏出烟盒,点上一支,又把烟盒伸到卫达夫面前,让他拿一支。卫达夫拿了一支夹到耳朵上,想了想,又点上了。茄力克是最好的香烟,平时拿到一支好烟,他会先存起来,等心情好的时候再抽。卫达夫深深地吸了一口,然后吐出一段长长的烟,烟雾在卢忠德眼前散开。

"老易,你说我们做的这些事情,究竟是为了什么?我们还有前途吗?"

卢忠德注视着他,似乎在鉴别他脸上每一处细微的变化,好从中寻找到他企图背叛组织的证据。或者,也许是想寻找一些足以证明他言不由衷的证据。

他看看卫达夫手上夹着的香烟,把烟盒里剩余的烟都给了他:"我们一定会成功。"他回头看了一眼柜台,又重重加上一句:"革命一定会成功。"

卫达夫笑了起来,摇了摇头。

"死了那么多人,就算真有成功那一天,我们可能也看不到。"

卢忠德低声呵斥:"混蛋,卫达夫同志,你这种想法很危险。"

堂倌从后面出来,端来两碗阳春面和切好的羊肉。吃完面,卫达夫看上去稍微清醒了一些。

"陈千里让我告诉你,立刻从书画铺转移,隐蔽起来,把联络方式告诉他,等候行动通知。"

卢忠德想了想:"陈千里有没有说过,'千里江山图'到底是什么计划?"

"他怎么会对我说,"卫达夫嚼着一片羊肉,回答道,"不过这两天都忙起来了,秦医生到处买药,装了满满三箱,我叫了一辆黄包车,帮他送去给了李汉。只有李汉知道陈千里在哪儿,他有什么事情也都是让李汉通知大家。"

"他让我也去法华镇?"

"我找的地方,很安全。四面全是牛奶场,牛奶公司一块一块买地,周围全买了,独独剩下这几间房子,听说当初他们不肯卖地,牛奶公司索性不买了,周围全造了牛棚,臭是臭得来不得了,没人愿意住在里面。卖也卖不掉,租也租不出去,早晚归了牛奶公司。正好,我们先拿来用用。"

"我不能离开书画铺。现在不能告诉你原因,这是老方同志牺牲前给我布置的任务。"

卢忠德信口编了个理由。围捕陈千里未果,他对那个神出鬼没的家伙心生畏惧。游天啸明明抓住了陈千元，在他家里布下天罗地网，也不知发生了什么事，叶启年竟然打电话让游天啸把人撤了，放人。昨天晚上他在正元旅社见到叶启年，感觉老师像突然老了几十岁，看上去十分颓唐。

"老易，早点躲起来吧，管它什么任务呢。你自己以前不是老对我说，做工作，安全第一位，如果觉得情况不对，就不要去冒险。"

有两个人叼着香烟走进酒馆，看了看写在黑板上的酒菜价格，盘算了一下口袋里的钱，又转身出去了。卢忠德不知怎么变出了一种沙哑的嗓音，对卫达夫说："有时候，有些冒险是必须的，也是值得的，甚至是可以为之献出生命的。"

卫达夫有些肃然起敬，他望着桌上的小酒盅，没有说话。

"除了让秦医生买药，他还让大家做了什么？"

"昨天晚上吃饭时，听李汉说他和陈千里一起去了董家渡。田非到火车站接人，没回来。陈千元和董慧文两个人下午来了就一直歇着，什么都不干，难道是他弟弟就可以躲着不做事？"

"接人？田非去接什么人？"

"我不清楚。任务内容都躲在小房间里单独传达。吃早饭时田非笑着说，这可能是跟大家一起吃的最后一顿饭了，如果发生意外，他打算牺牲自己。"

"什么人那么重要？"

卫达夫愁容满面，没有回答。

深夜，卫达夫回到法华镇。法华镇是公共租界、法租界和华界三方交界之地。这一片民居极少，除了厂房、外国球场，也有一两家类似银行俱乐部、农业学会那样的机构。在这些工厂机构的围墙外仍有大片农田，种着青菜和玉米。卫达夫摸黑走在牛奶场围墙间的土路上，土路七拐八弯，一路上看不见人影。他进了那幢房子，里面却没有人。

他上了楼，黑暗中有人问："老卫？"

问话的人是梁士超，他点燃一盏煤油灯，卫达夫这才看见他手里拿着一把枪。

"老梁你别那么一惊一乍的，还拿着枪。陈千里呢？"

"在后面。"

卫达夫走到后窗边，推开窗户，只见后墙紧贴着牛奶场围墙——为把这几家居民赶走，牛奶公司把围墙直接建到人家窗下，窗户对面是黑蒙蒙的大片棚房。

梁士超在后面说："你声音轻点，别惊动那两条大狗。"

"没事，它们俩认得我了，白天我给它们吃了两大块牛肉。"

卫达夫拿油灯朝窗外晃了几晃，又撮起嘴，长短不一吹了几下口哨，窗外棚房间的夹道蹿出一个人影，迅速奔过来，把一架梯子靠到围墙上，卫达夫顺梯而下。来接他的人是李汉。他们俩在充斥着牛粪气味的夹道里绕了几个弯，钻进了其中一间棚房。这是牛奶公司的一间备用牛棚，闲置了半年，地上还有些干草。卫达夫认识管这片备用棚房的奶场工人，那幢房子就是从他那儿听说的。不知用什么法子，卫达夫说服了那个人，让他睁一只眼闭一只眼，这段日子不要到这儿巡查。

其他人各自占着一间牛奶棚睡着了，陈千里却还醒着，靠着围栏坐在干草上。见卫达夫进门，他站起身迎了上去。

"怎么样？"陈千里问。

"他不肯过来。说老方牺牲前交给他一个任务，他必须守在那里。其他的话我都对他说了。"

"他看上去怎么样？"

"我喝了不少酒，他应该是确定我醉了。"

陈千里坐下抱着膝盖想了一会儿，说："你先睡觉。我想想下一步怎么做。"

第二天上午，卫达夫再一次离开法华镇。他走了很长一段路，又换乘了两辆电车，跑到二马路大舞台对面，找到那家小吃店，好好吃了一顿早点。他最喜欢这家店的生煎馒头和砂锅馄饨。吃饱喝足，他打了一个长长的哈欠，松了松肩背，起身出了小吃店，走到了三马路申报馆。

报馆门口靠墙蹲着许多报贩，面前的地上铺着油布，布上放着各种报纸。《申报》发行量大，每个报贩手底下都有很多报童。所以凌晨《申报》发行，报贩们把报纸折叠点数，发给报童，然后依旧守在申报馆墙边。稍晚几小时，望平街上别家报馆也会把报纸送到这里，交给《申报》报贩，再由他们发给报童。

报馆底楼是印刷厂和排字间，卫达夫在二楼营业厅柜台打听，说自己要在报纸上发一条广告，报馆的人把卫达夫领到了广告科。他说这条广告必须加急刊登，明天早上就要见报，广告只需刊登一次，但他愿意花刊登一周的钱，而且愿意支付加急的费用。他把拟定的文字交给负责接待他的吴小姐，还顺口夸了吴小姐的新发型，问她是在哪家著名理发店做的头发，说他要去报告女朋友。他并不急着离开，盯着吴小姐一字不差地把那段文字誊录到稿纸上，吴小姐被卫达夫夸得心花怒放，倒也没有对他的百般要求心生厌烦。

开了单子付了钱，广告的事情算是办完了。卫达夫看看时间，又问吴小姐："能不能让我用一下电话？"

吴小姐指了指窗边架子上的电话机。

电话那头是陈千里，他对卫达夫说，不要到处乱跑，不要喝酒，也不用回法华镇，让他找地方躲起来，明天一早到顾家宅公园门口跟他碰头，有事情让他做。

放下听筒，卫达夫笑着对吴小姐说："今天没事了，老板刚刚让我休息，不要回公司，要不我请吴小姐午饭？"

这一回，吴小姐没有理他。

出了申报馆，已是下午一点。卫达夫似乎没有注意到报馆周围有三个人盯上了他。望平街上有一个，三马路上有一个，在三马路对面街角上也站着一个。他打算去二马路上的悦来川菜馆，他觉得吃一点辣的食物，可能比较适合他此刻的心情。

距离川菜馆还有几十步，一辆小车靠近卫达夫身边。他觉得有异样，转头看那辆车，身后有个人拍了一下他的肩膀:"卫先生,找了你好久,欠了人家钱,你忘了吗?"

他想回头,但后脑勺被人用手按住了,两个肩膀上也各有一双手。这时候从前面过来一个人,抓住他洋装的衣领。卫达夫认出了这个人,在电车上就看到过,他甚至还跟着自己换了一趟车。

昨天晚上跟卢忠德说过那番话之后,卫达夫就预料到会有人来抓自己。他半夜一直睡不着,事情萦绕在心,不吐不快。后半夜他去了陈千里那间牛奶棚,想把他叫醒,但陈千里也没有睡着,依旧背靠围栏坐在干草上。月光从棚顶气窗照射进来,两个人就蹲坐在地上说了一个多小时。陈千里跟他想的一样。昨天晚上他在小酒馆里说了那些话,他们不会不对他感兴趣。

几个人把卫达夫按进了汽车后座,后座的另一侧坐着游天啸。他被夹在游天啸和一名便衣特务中间,前座除了司机,也坐着一个特务。一路跟他到这里的那三个人中间,只有一个人上了车,另外两个消失在二马路的人群中。行人并没有注意到街边发生的这一幕。

是绑架,但卫达夫没有叫喊,他知道对这些人叫喊也没有用,反而会让自己皮肉多吃点苦头。汽车并没有朝龙华方向驶去,反而顺着浙江路向北开。不知道他们会把他带到哪里,卫达夫心里有些惴惴不安。

北 站

卫达夫在车上被人用黑布蒙了头，隔着头套，他只能看见一些光亮和影子。但在蒙上黑布之前，他看到了汽车越过马路中间拒马排成的长龙。上海的马路他熟悉得像自己的手指，他猜他们要把他押送到闸北。

停车前他听到汽笛声，火车在铁轨上哐当而过，声音那么近，他想这里一定在北站附近。进门前他绊了一下，摔倒在台阶上，趁乱他从头套下面的缝隙看到了外面。他熟悉房子，看见一个墙角就能想出整幢楼房的样子，他马上猜到这儿是来安里。他隐约记得来安里有一家旅社。

他很少到这里来，因为这里地近北站，是租界华界交错之地，两处的警察巡捕都不愿意跑到这里来，附近出没的人品流复杂。去年年初日军轰炸闸北，不单火车站、宝山路、新民路上楼房俱毁，遍地瓦砾。

因为正对着火车站，来安里弄堂、房顶和天台上埋伏过十九路军。当时有几百名日军试图从来安里进窥火车站，被居高临下地击溃。但是那么一来，居住在附近的平常人家就住不下去了，只要有办法，全都逃进了租界。如此，来安里成了赌场烟馆的渊薮，除了这些，也有很多当铺和押头店。出没其间的，除了赌徒、烟鬼、妓女、流氓，剩下的也就只有擦鞋匠和卖烟的小贩。

卫达夫知道，他遭到绑架，被人蒙着脑袋押进旅社，周围的人就算看见也不会当回事。只要进了房间，摘下头套，他就有数了。

他被押上楼，但是不知道具体方位。房间被人腾空了，里面只有一张床，卫生间是跟外面的套间合用的，门被人从外面锁住。窗子下半部分被木板封死，上半部分也钉了铁条，只剩下几条窄缝。他从窄缝向外看，远远看见很多铁轨，也能看见候车楼一角，车站主体被路局大楼挡住了。他知道多看无益，就往床上躺下了，虽然床上没有被褥，光剩着床板，但他一夜没睡，倒下便睡着了。

他以为自己睡了很久，还梦见了自己早已去世的父母亲，可实际上没过多长时间，便被人从梦中粗暴地叫醒。卫达夫隐约记得梦里最后几分钟他被一大帮人围着踢打，而他刚睁开眼睛，就被两个人一把拖起来，拉到房间外面。外面原是套间的起居室，家具也被搬得干干净净，只放着一张桌子，桌后放着两把椅子，桌前放着一把，卫达夫心里有数，这就是审讯室了。

这房间本就没有窗，外面那扇窗也被封了一大半，再加上关着门，审讯室里一片昏暗。有人打开桌上的灯，这是特制的审讯室聚光灯，人家发明这种灯，原本是打算在舞台上用的，却让他们用到这里。这灯亮得吓人，卫达夫被它一照，眼睛顿时一阵刺痛，灯光聚拢在一起，光圈笼在他身上，这下他觉得周围更加黑暗了，隐约看见桌边有两团黑影，前面那个他勉强辨认出来，是侦缉队游队长，坐在侧后方那个人，就完全面目不清了。

房间里面沉默了很久，间或外面有几声火车进出站的汽笛声，可是传到这个四处密封的房间，声音也似乎隔得很远。火车过去后，房间变得更是死寂一片，卫达夫竭力让眼睛避开直射的灯光，但灯光好像可以从任何角度笼罩住他，怎么转头也让不开。他被照得浑身发热、冒汗，头开始疼痛。光线突然好像变成一种巨大的声音，在他的耳朵里隆隆作响。

"知道为什么把你抓进来吗？"游天啸毫无新意地开了口，声音也很遥远，像是从水下听见水面上有人在说话。

卫达夫突然微笑起来，举起两只摊开的手，手腕对着手腕转动了一下，嘴里说一声，卡！

游天啸愣住了。只听卫达夫接着说："这段话太没有新意了，游队长重新来一个。每次你们都会问人家，你知道为什么把你抓进来？你抓人家进来，你自己不知道为什么吗？"

游天啸不怒反笑,侧头对坐在他背后的阴影说:"这个卫达夫,别看他平时黏糊糊软塌塌,关键时候还有点青皮光棍的劲头。"

阴影似乎轻微晃动了一下,但没有说话。

"上一次四马路菜场开会,你也去了。你跑得快,没有抓住你。"

"什么菜场?开什么会?你怎么知道我也去了?"

"这几天你去哪儿了,怎么又不回家了?"游天啸又问。

"你又不是我老婆,我不回家关你什么事。"

这下连阴影都失声笑了一下,但旋即停止,倒像是清了清嗓子。

"你没有老婆孩子,这倒是你的优势。"游天啸认为自己这句话说得意味深长,停顿了片刻,又接着说,"不过连老婆孩子都没有,你做人也失败得很。"

卫达夫并不接话,似乎在想着什么心事。游天啸以为自己这句话说对了地方,连忙乘胜追击:"你那些同伙,包括陈千里,也让我们全都请到这里来了。这里房间很多,他们正在旁边审着呢。"

卫达夫心里一惊,旋即知道那是对方诓骗他,他没有作声。法华镇一带也是越界筑路之地,治安分别归公共租界、法租界、华界三方警察管辖。他们隐蔽得很好,搜捕并不容易,如果用密捕和绑架的办法,却又并不知道他们躲在哪一幢房子里。

"说说看,你的同志们最近都在忙什么呢?"

"我天天陪人看房子,你说的同志是谁我不认识。再说,你想知道别人在忙什么,你要问他们自己呀。"

"知不知道这是什么地方?"游天啸突然提高声音,"你跟我们唱滑稽,想死得快点?"

卫达夫又不说话了。

"把陈千里交给我们,你想要什么我们都可以满足你。"

"我不认识那个人,再说出卖别人的事情,卫达夫也做不来。"

"你还蛮讲义气。很好,国民党也喜欢讲义气的人。说说看,你可以把什么交给我们,换你自己一条命?"

卫达夫想了一会儿,说:"要不我给你打个欠条,你放我出去,等我哪天卖房子发财了,我送你一万大洋?我卫达夫说话算话,一定不会赖掉这笔人情账。"

为了让卫达夫学会好好说话,游天啸叫来几个壮汉,把他拉到另一个房间。卫达夫的头又被蒙住了,这一回用了黑布棉套。因为要在心理上对卫达夫造成足够大的压力,准备工作做得十分缓慢。棉套从上往下罩住他的头以后,用绳子在底下收紧,再把他的手脚都绑住,头朝下倒吊了起来。

尽管蒙着头,卫达夫仍然意识到自己被吊得很高。他们开始用一种稳定的节奏拍打他的头部,拍打得并不很重,但是频率很快,他的头像拳击沙袋那样左右晃动。没过多久他就觉得脑袋像要炸裂开来那么疼痛。拍打的声音越来越响,甚至连耳廓与棉套摩擦的声音也变得刺耳难忍。

他失去了时间感,觉得这个过程无休无止,甚至可能永远也不会结束。

过了很久,有人隔着棉套问他愿不愿意好好回答问题。他没有发出声音,也没有哪怕轻轻动一下脑袋。于是特务们开始对他的各处关节下手。他的臂肘和膝盖关节被人朝反方向使劲推。把他拉直按在地上,脸贴着地面,从后面向前拉他的手臂,他的肩关节咯吱作响,似乎正在慢慢断裂。

施刑的特务训练有素,他们做得慢条斯理,对他的身体逐渐增加压力,让他在手臂被拉断前,有足够的时间可以认输。等特务们松开手,血液似乎在一瞬间涌进关节部位。这正是施刑者想要的效果,让他的身体在极度痛苦和麻木感之间来来回回。

卫达夫忍不住哼了一声,又点点头。

他被拉回到椅子上,解开绑绳,又拿掉了头套。

强烈的光圈又笼罩在他脸上,在他的视觉完全回来前,隐约看见坐在后面的那个阴影对游天啸说了点什么。

"愿意开口了?你不愿意出卖别人,也可以——"游天啸说,"那就说点你知道的事情吧。"

卫达夫又犹豫起来。太快了吧?他想,第一轮他就开始说话,这样他说的话太不值钱了。他们也许会不当回事,那他就白白做了一回叛徒。他决定再坚持一轮。他摇摇头,不肯说话。

于是壮汉们再次上场。这一回没有给他套上头套,也没有拉到别的房间。

卫生间浴缸里放着一条长凳,长凳一头的两只凳脚被锯短了一截，凳板一头高、一头低，成了斜面。他被平放到斜面上，脚放在高的那一头。他们把他绑到凳子上，拿来一块湿毛巾，盖在他脸上。

卫达夫听见水管发出呼噜呼噜的声音。隔着毛巾，他的脸被橡皮管戳了一下，然后水就下来了，刚开始他以为自己能忍受，他屏住呼吸，以为可以间歇吸一口气，但自来水源源不断地灌到毛巾上，毛巾沉重地贴在脸上，他觉得窒息，眼前直冒金星。水一停他就开始咳嗽，可没等他咳够，水就又下来了。

他又被拉回到椅子上。

"打算说点什么了吗？"

他又咳嗽了一阵，几乎把头垂到地上，早上吃的那些生煎包、砂锅馄饨早就吐完了。他呕了很多水。

"你想知道什么？"他开口了。

"首先，你要先向我们承认你是地下党成员。"

卫达夫点点头，现在这些都不用瞒着他们了。先前他只不过是不想对游天啸认输。陈千里把卢忠德的事情告诉了大家，那么这些情况，他们早就掌握了。

"梁士超去了哪里？"躲在后面的阴影也开口了。

"他本来就是到上海养伤的红军指挥员，现在伤好了，他回苏区了。"

"凌汶呢？她去了哪里？"

"她去了广州，没回来。"

"这样就很好。你对我们没有抵触情绪，这样就好办了。

陈千里呢？他在哪里？"

"我不知道，他没在法华镇。"

"我想听你说说你们所谓的计划。我了解你其实并不知道多少情况，你就把你知道的说一说。"

"这个特别保密，我们都只听说过名字，知道是很大一件事，多半是要建一条新的交通线吧。"

"这些我们都知道，你最好跟我们说一些我们没有听说过的事情，这么一来，你和我们就交了朋友，其他事情就都好办了。"

"让我喝点东西。"

"水？"

"我要酒。"

"我这儿没有你喜欢喝的绍酒，只有一瓶常纳华克。"躲在黑暗里的人让游天啸到他房间里去拿酒。

"陈千里这个人我很熟悉，他是个笨蛋。"

趁着游天啸去拿酒，阴影说了一句闲话，并不要求卫达夫回答。过了一会儿他又说："他以为他那些偷偷摸摸干的事情我们不知道。这两年，政府为了肃清共产党，动了不少脑筋，也积累了不少经验。我们有很多耳目，无论你们做什么，不用多久我们就会知道。我建议他们先不要把你送去龙华，秘密地把你请到这里来，这是给愿意改过自新的人一次机会。"

酒来了，卫达夫其实喝不惯这种酒。他们还给他拿来一些吃的，但他并不觉得饥饿。他希望他们在审讯中主动把问题提出来，这样会显得更加自然。但他们并没有问，他们只是要他说说自己知道的情况。可这么一来，话题就又开始新一轮兜圈子。他想可能他们还没有发现陈千里今天会完成的一些布置。

"你去三马路申报馆做了什么？"

"发了一条广告，陈千里让我到那儿找广告科，明天早上要见报。"

"广告上说了什么？"

"写在纸条上，我可记不清那么多字。你们肯定去申报馆要来看了吧。"

"为什么要发这条广告？"

"那我就不知道了。"

审讯进入胶着状态，坐在黑暗中的人悄悄地离开了审讯室。游天啸忽然开始询问他有关易君年的问题，想知道那个人为什么明明知道他们要抓他，却胆敢不逃，仍然趴在他那家书画铺里不动。卫达夫想了想，回答说，易君年是他的上级，按照地下党的规定，他不能打听上级的工作和行踪。他对游天啸说，他刚刚被弄得精疲力竭，想要休息一下。游天啸认为他又开始油腔滑调，不好好说话，一生气，便离开了审讯室。

他们没有让卫达夫回到先前关押的房间。卫达夫新进入的地方甚至称不上是一个房间，既没有窗，也没有任何家具。特务把门一关，里面一点光线也没有。卫达夫蹲在地上，摸黑向四面测了测，发现这里十分狭窄。他想这倒也好，他可以好好睡一会儿。但他们不会给他休息的机会。

他刚躺到地上，装在天花板上的聚光灯就打开了，他根本看不清头顶上到底装了几盏，他头一次体验到灯光可以那么亮，光线像无数根细针刺向他，他就算紧闭着眼睛，那些光针仍然可以钻进瞳孔、钻进他的脑袋里。他想砸烂那些灯泡，可他够不到。

片刻后灯光熄灭，震耳欲聋的声音又开始撞击他的耳膜。他们在房间里装了汽车上用的高音喇叭，就好像喇叭的按钮被一个顽童按住不放，这些喇叭只响了可能不到一分钟，卫达夫就觉得脑子炸开了。

正元旅社另一个房间里，卢忠德歪在沙发上抽烟。见叶启年进来，他略欠了欠身，又坐下了。

"你怎么进来的？"叶启年对卢忠德没有起身行礼略感诧异，这个得意门生此番从广州回来，神色间就有一丝异样，也许是太疲倦了。

"马秘书开了角上那扇门，没人看见我。"

"有什么情况你要跑到这里来？"

"陈千里让田非到店里来了一次，通知说他们准备与外界切断联系，我既然有老方牺牲前交代的任务，不能脱身去隐蔽集合处，他们就暂时不跟我联络了。"

"切断联系？"叶启年有点奇怪。

"我想他们一定有个大行动。"

"'千里江山图'？"

"有可能。"

"这个'千里江山图计划',到底是要搞什么名堂?"

他们为了查清楚这个秘密计划绞尽脑汁,花了那么多时间,至今连个大概情况都没弄到手。

"总是跟交通线有关吧。"

"没那么简单。总部分析各地获得的情报,我有一种预感,共党中央最近可能要离开上海。浩瀚的情况可能不是孤立事件。我们抓了他一次,他就彻底消失,不见了。过了几天,共党分子中有人被我们说服,同意把他交给我们,打听到他要跟方云平接头,我们派人过去,又让他逃了。耐人寻味的是,那个方云平正是你们这个临时行动小组的头目,与浩瀚接头的那一天,他原打算接着就到菜场参加会议。我们去抓方云平,他却宁死也不愿意让我们抓住。可惜了——"

"千里江山,共党中央离开上海,听起来倒真像那么回事。"卢忠德琢磨着,他忽然肩膀一抖,拍着沙发扶手说,"租一艘船,包下客舱?"

"你昨天晚上打电话给我,我连夜派人到法华镇,让他们一大早就开着车,在附近大小马路上找,果然看见了卫达夫。他们跟着卫达夫一路跑到申报馆,把他抓了回来。"

"他去申报馆做什么?"

"发广告。"

"又发一个广告?发给浩瀚?"

"当然不是。按照你从广州带来的那条广告,把这条广告中的数字拿去查摩尔斯电报码,又出现了一个共党中央的大人物。"

"是谁？"卢忠德兴奋地说。

叶启年看了他一眼，没有告诉他。

"老师，现在怎么办，去法华镇把他们都抓回来？"

"法华镇那个地方，地形复杂，连他们的具体位置在哪儿都不知道，贸然去抓只会打草惊蛇。你本应该那天跟他一起去。"

陈千里从梦花街逃跑那天，去了书画铺，要卢忠德跟他一起撤离。卢忠德对叶启年说的理由是，他已经和浩瀚接上了头，如果跟着陈千里跑，担心会出什么变故。但叶启年知道卢忠德是不敢去，他害怕陈千里。

"在码头上就应该杀了他，或者把他抓回来。在那儿不动手，你就应该跟他去，进退之机，不能犹豫不决。"

"老师，如果那时候杀了他，这背后的'千里江山图'，我们就看不到了。"

叶启年赞许地对卢忠德说："这倒是说对了，行动的步骤，历来考虑的不仅仅是一时、一地、一人。楼上在审卫达夫，我刚刚坐在后面听了一下。这个滑头，又不想死，又不想得罪那一头，碰到关键问题就闪烁其词。熬刑倒是有两下子，要让他好好说话也不那么容易。我看，先要在他这里打开缺口。"

鱼生粥

　　光亮和声音一下子消失了，四周一片黑暗。过了一会儿，卫达夫向左挪动，伸出手臂，他碰到了墙壁。他又向右挪了一下，也碰到了。他想起来了，这里是一间极其窄小的密室，小得像个箱子，像个棺材。

　　他用手指关节敲了敲，墙壁是水门汀。他不知道审讯后到现在过了多久，连他被审讯过这件事情也是慢慢想起来的。时间很重要，他听陈千里说起过，要保持清醒的头脑，就要尽量把握住时间，有了时间感，身体就会形成某种秩序。但他忘记了时间，连刺眼的亮光突然熄灭到现在有多久，他也有点模糊了。

　　他只记得一件事情——他打算叛变。他脑子里有一些重要情报，只要他说出来，事情就会不一样了。但他要在一个恰当的时刻开口，这样他说出去的话才值钱，才会有效果。不然他就会害人害己，不仅于事无补，而且还让自己白白做了一回叛徒。

有人打开门，手电筒晃了几晃，光圈照在他脸上。进来两个人，一左一右抓住他腋下，提起他，把他推了出去。在没有灯光的走廊里，他被人拉着绕了几个弯，又下了一层楼梯，最后被推进了一个房间。房间里有沙发、茶几，还有一只小圆桌，桌上放着几碟糟鸡腊肉，另有一只砂锅。

沙发上坐着的人他并不认识，但是一开口他就听出来了，是刚刚坐在阴影里的那个人。在法华镇的牛奶棚里，陈千里对他说过，有个特务头子名叫叶启年，看上去像个严肃的教授，对他要十分小心。他请卫达夫坐到小圆桌上，砂锅盖打开，是一锅热气腾腾的鱼生粥。

"火车站附近的宵夜店，也就这样了。"叶启年客气地说。但他自己却没有坐下来，而是离开了房间。卫达夫没有经历过多少这样的场面，他有些不知底细，坐在那里不敢动弹。

有人进来了，是卢忠德。看到他在这里出现，卫达夫还是十分吃惊，这震惊并不全是装出来的。愣了一会儿，他叫出一句："老易——你怎么也在这里？"

卢忠德在小圆桌对面坐下，打开烟盒，自己点上一支，对卫达夫说："你先吃一点，喝了粥再抽烟。"

在卢忠德仍是卫达夫心目中那个老易的时候，其做派素来为卫达夫所佩服。混在城里的各种小骗子，卫达夫见识过不少，但他从来没想过老易也是假的。他很想当面问他一句，你到底把凌汶怎么了？他抱有一线希望，希望她这会儿还活着，哪怕是被关在某个监狱里。他仍然记得她那好看的侧脸，后来他才想起来，早在一次未曾预计的接头中就见过她。如果不是因为参加革命，他可不会认识一个女作家。他一度以为她和老易的关系不一般。如果真像陈千里推测的那样，凌汶被面前的这个人杀害了，那这个家伙简直是禽兽。

但卫达夫不敢那么问他。

"报馆是陈千里让你去的？"卢忠德随口问了一句，就好像从前的易君年，总是这样随口问卫达夫，心里知道卫达夫绝对不会有什么事情瞒着他不说。

卫达夫想了想，说："这我可以对你说，是的。"

"有什么不可以对我说？"

卫达夫摇了摇头，没有说话。卢忠德开始循循善诱，从前他假扮成"老易"时，常常这样劝导一会儿吊儿郎当、一会儿垂头丧气的卫达夫。他从国共两方面的局势说起，提到近年来国民党特工总部破获了多少地下党机关，抓了多少人。他历数了被捕人员的不同结局，不经意地提到了枪毙和死亡。从这里，他借着身体发肤受之父母这句老套陈词，话锋一转，把话题引向了卫达夫的父亲和母亲。

卢忠德实在太了解卫达夫了。他知道卫达夫的父母去世了。那年长江发大水，田地一夜尽毁，他们夫妇俩坐着摇橹船从安徽到上海，在苏州河北岸搭了间棚屋。父母去世后，有一阵卫达夫常对"老易"说，陪人看房子，每次打开房门进入昏暗的房间,他会恍然觉得爹妈的面貌身影在眼前闪过。卫达夫对他说过,他爹妈现在所在的地方,和他们活着时住的地方一样阴暗,没有窗户。他希望有一天,他能好好顶下一幢房子,实现他们二老的心愿。

"你心愿未了,就去见他们二老吗?"

卫达夫轻轻叹了一口气。他在心中问自己,是时候了吗?他没有说话,把一碗鱼生粥两三口就喝完了,然后夹起一块糟鸡,在嘴里嚼了很久。

"情报就像这鱼生,切出来马上就要下锅,过了时间就不好吃了。"卢忠德说。

"那也要等厨师到了才能下锅,"卫达夫接了一句,"再好的鱼生,也要送给识货的大厨。"

卢忠德笑了起来,他知道面前这个自以为精明的跑街在想什么。他在笑声中说:"你是不相信我,担心我吞没了你的奖金?"

卫达夫心中作出了决定,也微笑着对他说:"笑话,老易,你不是不了解,我卫达夫做事向来光棍,真到要下注,哪一回抖过手?这手牌实在太大了。往大里说,只要打好了,你们的'剿共'事业就完成了一半。我担心的倒是你老易打不了这手牌,却白白让我当了一回叛徒。"

卢忠德点了点头。他不紧不慢地把手上香烟抽完,见卫达夫不吃了,把银烟盒往桌上一丢,说了一句,你自己抽,便转身出了门。

"找两个人到走廊那头站岗,你在房间里守着。上海站的人一个都不许过来,卫达夫有什么要求,你打电话上去叫他们办。"关上门,在走廊里,叶启年命令马秘书。他和卢忠德两个人从卫达夫那里出来,又躲进卢忠德先前所在的房间。

现在是正月十八凌晨,叶启年连夜审讯卫达夫,取得惊人成果。卫达夫听说站在他面前的人是特工总部叶副主任,就说出了他了解的全部情况。卢忠德异常兴奋,可他见叶启年仍然有些神不守舍,心中有些不解:"老师,你是不是太累了,要不然你去休息一会儿?"

卢忠德不知道,他的这位老师,特工总部叶副主任,两天来一直心如死灰。某些时候,他甚至觉得自己应该像孟老一样,躲到小桃源里了此残生。他恍惚了一阵,又努力振作起来。

如果不是陈千里揭开了那件陈年往事,叶启年此刻心里应该会狂喜。这是运气吗?他觉得不是,这是他多年来殚精竭虑、付出极大代价取得的收获。很有可能,明天夜里他将抓获一大批共党首要分子。这样的胜利即使在世界特工史上也独一无二,在南京他将成为第一功臣。

租一艘货船,他确实有些佩服陈千里,如此胆大妄为。货船上装着大米、木材、棉花。装船、验单、报关完成后,到了晚上开船前,他们才用小火轮,在黑暗的江面上把人送上船,推说是有一批剩下的货刚刚才到码头。

没有人会关心那是些什么人。大部分船员那时候都不在甲板上,他们不会看见船舷旁发生了什么。少数船员也许会觉得有点奇怪,可是船长早就关照过了,这是船东的安排,不要大惊小怪。

江面上巡捕房的缉私巡逻艇也不会关心,这样的事情常常发生,轮船只要有舱位,总是能卖多少就卖多少,一直卖到开船前的最后一刻,船东们恨不得把船长室都拿来卖钱。只要通过合适的人向巡捕房打个招呼,他们就睁一只眼闭一只眼,随他们去了。

货船出港以后,谁也管不着他们,唯一需要担心的是下船出港。那也很容易,货船通常都会顺便带一些旅客,只要准备一些身份证明文件,共党对于铺保保单这类事情,一向十分在行。

当然最重要的是能弄到船。船,陈千里说弄到了,可他讳莫如深,不会把情况统统告诉不必要了解的同志。但是卫达夫这个机灵鬼看出了一点迹象。他是个大滑头,不可过于信任。可这一次他机灵对了地方。

陈千里从口袋里掏出拟定的广告文字时,没有注意到夹带了一片小纸头,那是打了洞的电车票。卫达夫存了个心眼,把车票塞进了口袋。叶启年拿到车票,立即让马秘书给华商电车公司打电话,根据车票颜色和编号,加上打出的票洞,电车公司接电话的人马上告诉马秘书,那是一路电车,上车地点是董家渡。

这就好办了,他叫一直等在站长办公室的游天啸连夜带人到码头打听。码头上发生的事情总有人会知道。不管是六股党、八股党、十六股党、三十二股党或者七十二股党，他要游天啸以淞沪警备司令部军法处的名义，狠狠敲打敲打这些码头帮会，天亮之前一定要打听到消息。

"事到如今，这下我们全弄清楚了。"卢忠德兴高采烈，他恨不得越过叶启年直接去南京向委员长报告。

"李汉去接人了。卫达夫发广告，又接了一个。老师让申报馆把广告发出去，真是太高明了。"

马秘书查了广告上的那个电话号码，电话公司说，那台电话机装在法华镇的一幢住宅里。

"现在可以猜想，至少有三名共党首要分子企图乘这艘货船逃出上海。考虑到陈千里要租下货船剩余的十多间客舱，我们甚至可以想象数量可能更多。"

叶启年闭着眼睛，没有理睬他的学生。他在等着游天啸从码头带回的消息。

将近凌晨四点，游天啸开车回来了。他一回到站长室就用内线电话机给叶启年打电话。叶启年认为到这个时候，"西施"计划已圆满完成。他让游天啸下楼，直接来到这间位于正元旅社楼下的密室，这里原是特工总部上海站专门用于指挥秘密行动的地方，这回叶启年一到上海，就让他们把这里辟出来专门给他使用，站里其他人不能来到这个地方。

游天啸看到房间里坐着易君年，愣住了。随即他就想到，原来他才是那个"西施"。游天啸给他上过电刑，此刻想起来，脸上倒有些讪讪的意思。可是没有人要听他说那些客套话——

"码头上有什么消息?"叶启年立刻问道。

"王家码头街,林泰航运公司。正月十六一大早,有个三十多岁的人,打扮得像个阔气商人,跑到他们那里,说是要包下一艘货船的全部客舱,当场付了定金。一根金条。

"他们正好有一艘船要去厦门和汕头,运送一批洋货,货主是正广和洋行。回程将装运木材和矿石。

"开船时间是正月十八晚上。那个人是以旅行社名义包租船舱,但他说,坐船的客人下午五点坐火车到上海,所以夜里十一点以后他们才能登船。而且,他希望货轮早点离开码头,到吴淞口附近等他们用驳船靠上船舷。之后这个人又去了沙船业船舶会馆旁边的公茂运输行,租了一艘小火轮,正月十八晚上使用,要求把船停靠到浦东某个小码头接人上船,然后把人送到吴淞口大船上。

"究竟在浦东哪个码头接人,那个人说当天下午他会派人来运输行,先行上船,具体接人地点临时通知。在这里他也付了定金。"

"这个陈千里,实在太狡猾了。"卢忠德咒骂了一句。这么一来,他们很难确定抓捕地点。浦东小码头那么多,小火轮在黄浦江上开来开去,又是晚上,天知道他们会在哪里上船。也许他们可以到货船上设下埋伏,可是说实话,叶启年对码头帮会那些家伙很不信任。游天啸随便一打听就能得到消息,他们要是提前控制大货船,让军警从码头栈桥登船,消息说不定就会泄露出去。

要把一艘漂浮在黄浦江上的大货船当成陷阱,变数实在太多了。军警在哪里秘密上船？他们会不会派人监视货船？对方有多少人？他认为，这些共党首要分子在浦东集结的码头，他们必须先得到消息，这样才能确保抓捕行动顺利完成。

卢忠德对先前卫达夫见到他说的第一句话，一直耿耿于怀。这会儿两个人坐着抽烟，他就把自己真正身份告诉了卫达夫。

"不习惯，"卫达夫说，"叫了你几年老易，现在改过来太不习惯了。"

"这没关系，你仍然可以叫我老易，我估计今天你还要叫我一天老易。"

卫达夫琢磨了一会儿："什么意思，你还想回去？"

"我们必须知道他们上船前的集合地点。"

"去法华镇把陈千里抓起来不就行了？"一晚上没睡觉，卫达夫打了个哈欠，想了想又说，"倒也是，把他们抓起来，没人去接头，线就断了。要不然，把董家渡全部封锁起来？"

"这不行，陈千里鬼得很，董家渡附近他肯定布下暗桩，稍微有点动静，他们就缩回去不动了。"

"船呢？把船找到也行呀。"

卢忠德摇了摇头，又问："你从申报馆出来到现在也不回去，你说陈千里会不会怀疑你出了意外？"

"昨天在报馆，我给他打过电话。他倒是让我不要回法华镇，今天上午八点到顾家宅公园跟他碰头。到时候要给我布置新任务。"

　　这一点,卫达夫倒没有信口胡说。他们在申报馆门口抓住他以后,就去报馆广告科盘问了那个吴小姐。吴小姐说他后来打过一个电话,挂了电话,还乐滋滋地说老板放他一天假,他要约吴小姐吃午饭呢。

黄浦江

早上八点，在顾家宅公园门口，陈千里果然等着卫达夫。

卢忠德泰然自若，他知道马路对面的那辆车上，总部训练有素的枪手正瞪着眼睛往这边看。如果卫达夫稍有异动，子弹马上就会打穿他的脑袋。刚刚出来前，叶启年再次犹豫。在正元旅社那间密室里他对卢忠德说，拿浩瀚当诱饵，钓出陈千里的秘密上船地点，这一局他觉得本下得太大了。

卢忠德觉得老师可能真是老了。这件事只要做成了，有可能抓住大批中共高层。这是与中共地下组织的一次决战，下多大本钱都值得。

"老师请放心，我们布置了人手，控制了接头地点，陈千里翻不出什么花样。"

卢忠德嘴上这么说着,心里却不像往日那么踏实。他最初没有把陈千里视为真正的对手,跑马场接头之后,他一直不懂叶老师为什么这么担心这个人。他见过那么多地下党,老练如龙冬,都成了他的手下败将。但是,银行保管库那一回,着实让工于心计的卢忠德暗自叹服,可他又觉得这个含蓄内敛的对手多半是靠着运气。最近这几天游天啸带那么多人围捕,都被陈千里一一化解,确实显示了他机敏过人的身手。此刻卢忠德又宽慰自己,特务工作并不是学过几手格斗术,靠着运气就能逢凶化吉的。

陈千里仍然是那副高深莫测的样子,看见卢忠德也没表现出惊讶:"你的事办完了?"

"老易要向你汇报一件事情——"卫达夫刚要直截了当地把钓饵扔出来,又想起卢忠德关照他的话,不能心急,先听听陈千里怎么说。

"那你们先说。"

卫达夫犹豫地看了看卢忠德。

卢忠德没有看卫达夫,他对着陈千里说道:"这是老方牺牲前——实际上是在菜场开会前跟我交代的事情。"

在公园门口说话,总会有一种不安定的感觉。买菜的用人提着篮子慌忙走过,谨慎地看了他们一眼,又匆匆走开。一辆三轮车摇晃着冲过来,车上装满分格的板条扁箱子,箱子里是空的牛奶瓶,瓶子在木格里蹦跳,不断发出叮叮当当的声音。几个外国小学生冲向公园大门,途中互相"追杀",

其中有一个在卢忠德背后被喷水枪击中,偷工减料地倒下,又跳起来回击。

他们看着小孩嬉闹着跑过,各自的脸朝着不同的方向,陈千里低声说:"换个地方说吧,这里不方便。马路对面有一辆汽车,停在那里半天了。"

卢忠德狠下了心,同意换个地方。他们进了公园大门,顺着林荫大道走到池畔,在面对环龙碑的长椅旁站定,陈千里和卢忠德坐了下来,卫达夫站在他们面前,因为地势倾斜,他往右边挪了一下,这样就可以靠在池边那棵小树上。

现在,卢忠德打算正式放出诱饵,不过在那之前,他要先讲一个有关老方的故事。

"菜场开会那天早上,七点不到就有人敲打书画铺门板。门一开,是老方。那么冷的天他满头大汗,一定是走了很多路,脸色很不好,看样子一晚上都没睡觉。我到隔壁早点铺子要了油条豆浆,我们边吃边说。再过几个小时就要去开会了,我让他到后面休息一会儿,回头我叫他一起去开会,但是他说不行,马上就要走,临时有个重要的接头,接完头他会再去菜场开会。

"但是那天他没有来,会议因为他耽误了十几分钟,然后特务就冲进来了。幸亏耽误了一会儿,不然会上林石同志把任务一传达,崔文泰就知道这个机密了,那样一来可能特务也不会把我们放出来。

"老方是腊月二十一那天牺牲的,那个时候我还关在龙华看守所,腊月二十二才释放,一放出来就从巡捕房内线得到老方牺牲的消息。我当时心里很难过，悲愤，完全没有心思去想别的，第二天才想起来一件事情。

"老方其实和我有一个秘密联络信箱，说是信箱，其实是蓬莱路新舞台观众席的一个座位，椅座后面的挡板下有一条缝，正好可以塞进一片纸。把纸塞进去再用手捏一下，根本看不出来。但你如果知道它，只要坐到后面那排座位上，等戏开演，俯下身就能摸到，再用手轻轻一掰，木板缝中那片纸就会掉下来。

"老方早就跟我约好，有什么紧急情况，他会把密信塞到这里面。我到第二天才想起来这件事，连忙买票进了戏院，到那儿一摸，果然有一片纸。我一看见上面的字就泪如雨下，那是老方的字。

"老方在密信中让我过了年以后，到正月十四，在《申报》上发一条广告。广告内容他都写在纸上了，要求一字不差刊登到报纸上。广告是秘密接头信号，接收这个信号的同志你猜猜是谁？是浩瀚同志。我一看到这个名字就全懂了。

"为什么老方不能来开会？为什么他会牺牲？原来他是为了掩护浩瀚同志牺牲的。广告需要附上一个电话，浩瀚同志看到广告后就打这个电话接头。所以你让我离开书画铺，我不能同意，因为浩瀚要打那个电话，我必须守在电话机旁。我虽然与浩瀚同志接了头，却没有办法安排撤离。按照老方写在纸上的指令，我应该与林石同志商量撤离路线，但他也牺牲了。我想了半天，只能来找你商量。"

"你把浩瀚同志安排隐蔽在哪里？"

卢忠德本想说他还没与浩瀚碰头，只是在电话中约定了接头地点，但话到嘴边，他又改口道："我已接到浩瀚同志，把他安排在一个秘密住所内。地方十分安全，没有任何人知道。"

"老方没有跟你交代撤离办法？"

"他只是说到时候跟'老开'商量。"

陈千里想了很久，半晌才对他说："我来安排撤离。你把浩瀚同志安排在哪里？"

卢忠德摇了摇头："我不是不能告诉你。老方交代过，浩瀚同志实在太重要了，知道的人越少越能确保安全。这是老方牺牲前交给我的任务，我必须完成。这是不惜牺牲也要完成的使命。"

卢忠德说得有些激动。陈千里不再说话，他静静地想了一会儿："其实不止浩瀚同志。中央还有部分领导同志都要在近期撤离上海，上级早就把这个任务交给了上海行动小组。林石同志就是来上海负责完成这个任务的。

"我估计上级通知老方在开会那天与浩瀚接头，就是决定由上海小组负责浩瀚同志的转移工作。

"这几天撤离路线已安排完成，实际上，今天晚上就会有一批同志坐船离开。我们租了一艘货船，今天半夜，船会停在吴淞口等候，我们用小火轮把领导同志接送上船。

"集合地点在浦东，小火轮晚上十点会在那里靠岸。"

"浦东哪里？"

"小火轮靠岸地点现在还未定，这是为了预防水警巡逻，也是为了防止消息泄露。陈千元今天下午会提前登上小火轮，指挥小船在浦东沿江慢慢航行。天黑以后，他会让小船选择一处码头停船靠岸，他自己上岸到浦东塘桥，接应在那里等候上船的同志。你今晚七点以前从董家渡租舢板船摆渡过江，李汉会在对岸等你，把你们护送到塘桥集合地点。"

"在塘桥集合。"卢忠德琢磨着，"所以小船停靠在附近码头？"

"也可能很近，也可能不近。陈千元在小火轮上，他来决定。"

"如果离塘桥太远，交通怎么解决？"

"只能靠双脚了。"

他们分手时，陈千里对卫达夫说："我马上就要上那艘货船，到吴淞口等候。你也可以跟着我去坐坐大轮船。"

卫达夫朝陈千里微笑，说老易这里更需要他。

夜晚，董家渡口江风萧瑟。黄浦江上这一段，船只不多。因为没有灯火，对面塘桥的沿江岸线已辨认不清。董家渡外马路上，停下一辆汽车。过了一会儿，有人打开车门，先下车的人是卢忠德。

陈千里躲在一家木行仓栈的平房顶上，手里拿着一副望远镜，远远地看着卢忠德。借着路边灯光，他认出了随后下车的浩瀚同志。

他开始快速奔跑，趁着夜色跑到江边，纵身跃入寒冷的黄浦江。他盘算了很久，推断叶启年一定已在塘桥布置了大批军警。黄浦江西岸这边，虽然看起来风平浪静，黑暗中一定也藏着很多敌人。

这个时间，摇橹摆渡船早该停运，船工们躲进了渡口木屋里，正在喝酒吃肉。下午五点不到，有人来到渡口，说他是警备司令部侦缉队的人，让他们准备好一艘渡船，船工待命，七点左右有人要用船。并且，所有船工休工后都不准离开渡口，违者以通共论处，抓到龙华枪毙。说完，这个人又从里马路回民馆子叫来几只锅子，请大家晚上在渡口喝酒吃涮羊肉。

夜色浓重，卢忠德引着浩瀚上了栈桥，有人在栈桥那头等着，下午在正元旅社，叶启年让他见了这个人。

"都安排好了吗？"卢忠德远远问了他一句。

那人朝停靠在码头边的木船挥挥手。

对岸的塘桥，此刻一片黑暗。游天啸坐在车里盯着江边的渡船码头。他看到渡口栈桥上出现了人影，应该就是李汉，他恨不得马上就抓住他，在茂昌煤栈，李汉和陈千里杀了他好几个手下。

从塘桥镇过来报信的手下告诉他，有几个陌生人进了镇，敲开一家小饭馆的门，坐在店里吃晚饭。他们没有过去仔细看，怕惊动了对方。远远望去，桌上有不少人，他们认出了董慧文。游天啸一得到这个消息，马上让人到江边向对岸打灯光。等卢忠德到达渡口，等在渡口的上海站特务会悄悄暗示他，一切准备就绪，让他过江。

军法处穆川处长是第一次来正元旅社，他也是第一次获悉特工总部在上海有这么一个秘密分站。他清楚自己即将调任南京，猜想叶副主任邀请他到此一游，也许是听到了什么消息。当然，叶副主任也是有理由的，这次抓捕中共地下组织首要分子，将由特工总部与淞沪警备司令部军法处联合采取行动。

他与叶启年同为简任，官阶相当，见面倒也不用十分拘礼，两个人坐在沙发上喝了一会儿茶，电话就打进来了。是游天啸。他报告说，塘桥镇上确实来了不少共党分子，他认出了其中几个。这些人都坐在一家小饭馆里，上海站行动人员和军法处侦缉队的军警已将那里团团包围，只等"西施"放出钓饵，把陈千里引上钩，说出小火轮的靠岸地点，现场立即实行抓捕，一网打尽。

"卢忠德到渡口了吗？"叶启年追问。

"看不见对岸情况。我们已向埋伏在对岸渡口的行动人员发出信号，一切准备就绪。"

"那两艘船到哪儿了？"叶启年放下电话，转头问马秘书。

"林泰航运的货轮，刚刚完成装船，仍然停在招商局北栈码头上。公茂运输行那只小火轮没有拖驳，下午单独离开了码头，一直在黄浦江上游弋，间或接近沿江小码头，可能在察看岸上的情况。陈千元在船上。"

"能盯着吗？"

"穆处长从警备司令部借了巡逻艇，不过江面安静，引擎声音太大，不敢靠得太近，怕惊动了他们。船在黄浦江里，他们跑不了。"

叶启年看了一眼穆川："陈千里在哪里？"

"我们的人从顾家宅公园一路跟着他，下午他去过招商局码头。从码头出来以后，盯梢的人跟丢了。"

叶启年点点头，马秘书退了出去。

穆川望着挂在对面墙上的地图，那是一幅一比一万的军用地图，图上详细绘制了黄浦江两岸的地形，也标示了驻军哨所和警察署的位置。那是穆川专门从警备司令部带来送给叶副主任的。去年闸北战事结束后，警备司令部重新勘测了防区地形，地图是军事机密，虽然送给特工总部叶副主任问题不大，却也是个不大不小的人情。

南京传说穆川即将调任军委会密查组，将来与叶启年就是同行了。

"听说穆处长也要负责调查工作了？"

"没有得到上峰调令前，我都是军法处长，继续配合叶主任和游队长做好工作。"

"游天啸在军法处侦缉队，多得穆处长照应，总部一直有人说，派往各处的调查人员中，与淞沪军法处合作最为愉快。"

"叶主任客气，我生性散漫，这些年游队长辛苦。"

叶启年想了想，笑着说："好像穆处长对调查工作有一些看法？"

"调查工作是党国要务，委员长也很倚重，视为耳目。我以前不理解，觉得杀气重，不过看到叶主任殚精竭虑，视共党为个人仇恨，必欲除之杀之，我也受到了感召。"

对岸董家渡渡口，卢忠德让浩瀚先上船。等两个人坐定，船工解开缆绳，小船慢慢离开码头。

塘桥镇上这家小饭馆，平日一到晚上根本没有生意，今天却来了一群客人。饭馆并没有准备，但客人一点都不挑剔，让老板随便炒盘青菜，蒸一块咸肉，再加一锅米饭。老板安排好客人，自己也跑到后面自家饭桌上去了。

客人们很少说话。他们知道小饭馆外面有大批特务，在那片黑暗中躲着很多敌人。他们知道不久之后自己就会被捕，也许会牺牲。秦传安、董慧文、田非，每个人都来了，连梁士超也来了。陈千里曾对他说："老梁不用去江边，他们认为你离开了上海。"

梁士超却说他也要去。夜里，只要他稍微改变一下外貌衣着，敌人从远处就分辨不出他是谁了。这里需要他，塘桥镇上出现的人越多，特务就越相信他们的"鱼饵"起作用了。同志们心甘情愿进入敌人设好的"陷阱"，心中充满豪情，无所畏惧。

陈千里游得很快，在黄浦江河道中间，他追上了那艘渡船。卢忠德没有听取他的建议,另租一只舢板过江,仍然使用渡船,渡船船尾上有一盏煤油灯,卢忠德十分谨慎,还另外打着手电筒。这就比较麻烦。

他游到船工所站位置的另一侧,把头伸出水面观察。现在是落潮时刻,这段江面上水向北行,摇橹船为了准确靠到对岸码头上,船工先将船朝东南方向奋力划行,到了江心,船头就开始折向东北。

从水下潜游到船边后,陈千里悄无声息地把手搭在船板上,一动不动地等了一会儿,身体完全放松,让自己跟着船漂行。当听见船上开始说话时,他用力抓住船板,身体向上一跃,翻身滚到船上。他早已看好方向,一上船就将煤油灯打落黄浦江。卢忠德一惊,抓着手电筒向他照过来。

陈千里没有站起身,就势扑到卢忠德面前,手中的匕首刺过去。慌乱中,卢忠德用手电筒一架,手电筒也落到了水里。陈千里知道不能拖延,他不能让对方有喘息之机,他不知道如果卢忠德叫喊起来,埋伏在两岸的军警特工会不会听见。灯光一灭,他就跳起身,只一脚,就把卢忠德踢进了黄浦江。他随即也跟着跳进水里,合身扑向卢忠德。他抓住卢忠德的衣服,把他往水里拖。他想用匕首结果卢忠德,但对方一个挣扎,匕首在衣领上划了一下,脱手落进江底。陈千里屏住呼吸,潜入水底,抓着卢忠德的两条腿,把他死死地往黄浦江水底拖。他坚持了一两分钟,直到感觉卢忠德的身体不再挣扎。他把卢忠德的脑袋拖到近前,在水下用手指关节狠狠捏了一下他的喉结部位,然后松开手,看着这个特务顺着黄浦江水越漂越远。

陈千里望着黄浦江右岸，天地变得越发黑暗。他知道那些同志马上就会被敌人逮捕，还有千元。为了"千里江山图计划"，他们义无反顾，勇敢地让自己成为"钓饵"，为了把钓饵直接下到叶启年、卢忠德的嘴边，卫达夫故意被特务抓去，假装叛变。在顾家宅公园门口，他心里忽然一动，让卫达夫不要再跟着卢忠德回去，他是想把卫达夫拉出魔掌，但卫达夫微笑着拒绝了那也许是唯一的逃生机会。

但他却不能去营救他们，他要负责把浩瀚同志安全地送到瑞金。年初一晚上在茂昌煤栈向同志们布置任务时，早已安排了一明一暗两组任务。在凌汶和卢忠德去广州时，他自己带着梁士超去了汕头。另外打通了一条绝密交通线。

陈千里再次翻身上船，抹去脸上的水，望了一眼船舱，命令船工把渡船转向苏州河方向。

2022年3月完稿于上海思南

一封没有署名的信
（龙华牺牲烈士的遗物）

我一直想给你写一封信，但是不知道怎么落笔才不会泄露。

也许该用密写的方式写在纸上，或者用莫尔斯电码编成一段话，但是所有这些方式，都只是试图在万一被发现时无法破译。而我真正想对你说的并非秘密，可以写在云上，或者写在水上，世间任何人都可以看到，但那只是写给你的。犹如我此生说过的所有的话，被你的眼睛、耳朵捕获，像是盲文或者世界语，它的凸起，它对自然语言的模仿，那隐约的刺痛或者句法，为你的指端所记取。

我从来没有想过我们会分别。虽然，每分每秒都可能是我们永别的时刻。而如果我们能看着彼此分开，那已经是幸运了。

你大概读不到这封信，我也许已经不在了，已经离你很远，在某个我不知道的地方。

我不知道我应该在哪里等你，你才能找到我。但你会知道的吧？

我们并不指望在另一个世界重聚，我们挚爱的只有我们曾经所在的地方，即使将来没有人记得我们，这也是我们唯一愿意为之付出一切的地方。

我爱听你讲那些植物的故事，那些重瓣花朵，因为雄蕊和雌蕊的退化与变异显得更为艳丽，而那些单瓣花朵的繁衍能力更强。

什么时候你再去龙华吧，三四月间，桃花开时，上报恩塔，替我再看看龙华，看看上海。还有报恩塔东面的那片桃园，看看那些红色、白色和红白混色的花朵。

我们见过的，没见过的。听你讲所有的事，我们的过去，这个世界的未来。

有时候，我仿佛在暗夜中看见了我自己。看见我在望着你，在这个世界上，任何地方，一直望着你，望着夜空中那幸福迷人的星辰。

附录
材料一

节录自保存在某省档案馆有关卷宗中一篇未曾发表的口述记录。记录者显然原本打算用于发表,特地给装订好的记录稿写上了封面标题:

我所了解的陈千里同志(节选)

……1979年,我专门去了一次水利局,终于见到陈千里同志。在这里加上"终于"这两个字,并不是什么修辞。见到他真的很难。说起那天见到他时的场面,还真可以说是富有戏剧性。

那个时候,我们党正处于拨乱反正的重要时刻,每个中国人的脸上都充满笑容。所以我一看到他,不能说没有一点惊讶。因为他好像对人并不十分热情,一点也看不出当年国民党统治最黑暗的时刻,他在对敌斗争中所表现出来的那种大无畏的革命精神,以及那种敏捷和智慧。

之前我对那段往事做过不少调查,也看了很多解放后缴获的敌特档案,包括一些国民党军警特务在彻底改造好之后,提供的口述材料。但我一直都没有找到他的照片。

读到后来我才慢慢意识到，在当时，中共地下组织是处于怎样的危急时刻。在短短的一个多月时间里，陈千里和他的战友们，不仅查清了内奸，建立了一条从上海绕道广东抵达瑞金的秘密交通线，还成功地营救了党中央重要的领导人浩瀚同志。这是需要多么大的勇气和智慧啊。

明白这点以后，萦绕在我心头的一些疑团才彻底消除。比如说，为什么这些坚定的革命战士，在开会时居然用赌钱作为掩护借口？又比如说那次银行行动：陈千里在行动前并没有十足的把握，如果特务发现箱子里面没有金条，一定会猜到在银行里被调了包，只要马上封锁银行，不许任何人和物进出，情况就危险了。所幸那个动摇分子自己逃跑，才把特务们引到另一个方向上去。

在那种情况下，陈千里为什么要冒险采取行动呢？这些原因我现在完全搞清楚了。形势十万火急，不可能有万全之策，最重要的是必须马上行动。应该说，在那些行动中，陈千里同志也都出色地完成了任务。在紧急时刻，他凭借着一种独特的智慧，或者说直觉，领导着那些战友，一次又一次挫败了敌人的阴谋。至于说到运气，那也是有的。但一个辩证唯物主义者，不就应该认识到，偶然性正是寓于必然性之中吗？

……我到了水利局，从门卫那里打听到陈千里在哪个办公室，就直接去找他了。我以为进了办公室，只要说一句，我找陈千里，他自己就会站出来。但他不在办公室。有老师告诉我,他可能在会议室。到了会议室门口一看,里面并没有人,会议室空空荡荡,上方横七竖八拉着很多绳子,绳子上挂着刚写好的标语,在晾干。

我看看里面没人,就叫了一声:陈千里同志。窗开着,只有风呼啦啦吹动标语的声音。我又叫了一声:陈千里同志在这里吗?仍然没有人回答。我估计里面没人,但又忍不住想进门看个究竟,结果远远看见会议室前面,靠窗有一个人,正趴在桌上用毛笔写大标语。很大的纸上一次只写一个字,我走近一看,他正在写一个"践"字。

我就问:"陈千里同志在这里吗?"

那老人不回答我,继续写他的大字。

"我找陈千里同志。"

他写完最后一笔,慢慢抬起头,又慢慢直起腰,放下笔,把纸往桌子里面挪了挪,然后转过身,望着我。

"我找陈千里同志。"我客气地说,其实心里有点恼火,因为他那副样子,好像就是故意的。

他仍然盯着我看,一句话都不说。我想他年纪大了,可能反应迟钝,便等着他回答,也站在那里不动。两个人就那样面对面站了至少有一分钟,然后他说了一句话,其实就是两个字:"是我。"

我心目中的陈千里,不是这个样子的……

……后来想想,那一次采访,我其实并没有从陈千里那里得到过什么新材料。整个过程将近两个小时,我感觉把他说的话加在一起，可能顶多也就有十几分钟。大部分时间都是我在说。我把之前通过调查阅读所了解的情况全部说了一遍，好像是我在把那段历史讲述给他听，他只是对我的话加以确认，或者不同意我的看法。

某些时候，我的话又好像唤醒了他的某些记忆，让他得以重新想起一些久已忘怀的片断往事。聊到后来，我甚至觉得哪怕就是为了帮助他抵抗垂老的头脑，可能也是值得的。

但我后来渐渐意识到，他的智力一点都没有退步，记忆也完好如初。因为每次只要我说错一点什么，他马上会发现，虽然他并不是每一次都向我指出。有时候他会极其微弱地闪烁一下眼神，有时候他的眉头会几乎看不见地皱一皱，或者动动嘴角，似乎想说些什么。他的沉默很可能是一种长期自我约束、自我训练的结果。

我问他有关卫达夫的情况。我读了一些有关他的档案，都是从国民党中统局缴获，或者特务分子的交代材料。我问陈千里，卫达夫到底有没有叛变革命，他明明向敌人说出了秘密行动的计划，为什么敌人要把他杀了？我猜想，他的情况可能与广州的欧阳民差不多。

但陈千里明确回答："他是死间。是烈士。"

"浩瀚同志脱险以后，是从哪条路线离开上海到达苏区的？"他没有回答我。我想他可能记不清了，便提醒他："是不是当天晚上就上了船？"

他笑了笑，不置可否。

说起六十年代叶启年在香港一本杂志上刊登的回忆文

章里,仍然说陈千里枪杀了叶桃,他小声说了一句:"叶桃清楚。"

说完这句话,他就回头去写标语,再也不搭理我了……

材料二
在相关行动中牺牲的中共地下组织成员

叶桃,中共地下组织成员,一九二四年在北京女子师范大学就学期间入党,后受党组织派遣,潜入南京国民党党务调查科。一九二九年端午节后,在国民党白色恐怖最猖狂的时期,牺牲于南京明城墙藏兵洞。

无名氏,中共地下组织秘密情报网成员,潜伏在租界巡捕房。为向正准备召开秘密会议的中共地下组织示警,一九三三年一月十日牺牲于上海四马路菜场。

方云平,中共地下组织上海区领导,一九三三年一月十六日在掩护中央特派员陈千里撤离时,牺牲于上海北四川路附近(具体地址已无法查明)。

凌汶,中共地下组织妇女干部。一九三三年二月二日于广州豪贤路中共地下组织交通站原址被国民党特务杀害。

林石,代号:老开。中央特派员,一九三三年二月八日在上海茂昌煤栈工人宿舍与特务搏斗中中枪,后经抢救无效,牺牲于法华镇。

陈千元，中共地下组织成员。一九三三年四月四日牺牲于上海龙华监狱。

董慧文，中共地下组织成员。一九三三年四月四日牺牲于上海龙华监狱。

卫达夫，中共地下组织成员。一九三三年四月四日牺牲于上海龙华监狱。

李汉，中共地下组织成员。一九三三年四月四日牺牲于上海龙华监狱。

梁士超，红军指挥员，在上海养伤期间参加上海地下工作。一九三三年四月四日牺牲于上海龙华监狱。

田非，中共地下组织成员。一九三三年四月四日牺牲于上海龙华监狱。

秦传安，中共地下组织成员。一九三三年四月四日牺牲于上海龙华监狱。

图书在版编目（CIP）数据

千里江山图 / 孙甘露著. -- 上海：上海文艺出版社, 2022（2025.4重印）
ISBN 978-7-5321-8331-9
Ⅰ.①千… Ⅱ.①孙… Ⅲ.①长篇小说－中国－当代 Ⅳ.①I247.5
中国版本图书馆CIP数据核字(2022)第042253号

发 行 人：毕　胜
责任编辑：李伟长　江　晔
装帧设计：付诗意

书　　名：千里江山图
作　　者：孙甘露
出　　版：上海世纪出版集团　　上海文艺出版社
地　　址：上海市闵行区号景路159弄A座2楼　201101
发　　行：上海文艺出版社发行中心
　　　　　上海市闵行区号景路159弄A座2楼206室　201101　www.ewen.co
印　　刷：浙江中恒世纪印务有限公司
开　　本：890×1240　1/32
印　　张：12.375
插　　页：2
字　　数：247,000
印　　次：2022年4月第1版　2025年4月第22次印刷
Ｉ Ｓ Ｂ Ｎ：978-7-5321-8331-9/I・6575
定　　价：59.00元
告 读 者：如发现本书有质量问题请与印刷厂质量科联系　T:0571-88855633